ANNA MERATI
TOD
IM PIEMONT

*{ *Trüffel, Nougat und Barolo* }*

ANNA MERATI
TOD
IM PIEMONT

❊❴ Trüffel, Nougat und Barolo ❵❊

GMEINER

KRIMINALROMAN

Dieses Werk wurde vermittelt durch die Literarische Agentur Thomas
Schlück GmbH, 30161 Hannover.

Die automatisierte Analyse des Werkes, um daraus Informationen
insbesondere über Muster, Trends und Korrelationen gemäß § 44b UrhG
(»Text und Data Mining«) zu gewinnen, ist untersagt.

Immer informiert

Spannung pur – mit unserem Newsletter informieren wir Sie
regelmäßig über Wissenswertes aus unserer Bücherwelt.

Gefällt mir!

Facebook: @Gmeiner.Verlag
Instagram: @gmeinerverlag

Besuchen Sie uns im Internet:
www.gmeiner-verlag.de

© 2024 – Gmeiner-Verlag GmbH
Im Ehnried 5, 88605 Meßkirch
Telefon 0 75 75 / 20 95 - 0
info@gmeiner-verlag.de
Alle Rechte vorbehalten
2. Auflage 2024

Herstellung: Julia Franze
Umschlaggestaltung: U.O.R.G. Lutz Eberle, Stuttgart
unter Verwendung eines Fotos von: © e55evu / istockphoto
Druck: GGP Media GmbH, Pößneck
Printed in Germany
ISBN 978-3-8392-0723-9

PROLOG

Corazzo, Piemont, 06. Oktober 2001

Als der Bauer vor seiner Tür stand, atemlos und mit Furcht in den Augen, zögerte Tommaso keine Sekunde: Ein Unfall, auf der Landstraße kurz vor Corazzo. Ein Junge, ein junger Mann ... keuchend hielt der Bauer sich die Seiten, und Tommaso sprintete los. Keine fünfhundert Meter, hatte der Bauer gesagt, gleich am Ortseingang. Eleonora hatte den Notruf gewählt, telefonierte jetzt sicher mit den Kollegen, während Tommaso rannte. Er musste nur schnell sein. Corazzo war nicht groß, lächerlich klein eigentlich, und doch kamen ihm diese fünfhundert Meter vor wie eine Ewigkeit. An Claras Pension vorbei, der ausladenden Wiese dahinter, auf der ein Esel graste, jetzt musste es gleich so weit sein. Tommaso keuchte.

Es war nicht der erste Autounfall, zu dem er gerufen wurde. Seit fast zwanzig Jahren war er nun bei den Carabinieri und hatte trotz aller Tragödien seine Arbeit immer gern gemacht. Doch heute ... heute hasste er nichts mehr als diesen Job. Dort! Kurz hinter dem Ortseingang, wie der Bauer gesagt hatte, lag ein Roller, knallrot, zerschmettert neben der Straße. Dahinter musste er sein. Oddio! Er kannte diesen Roller! Sah ihn beinahe jeden Tag im Dorf. Antonio hatte schon mehr als einmal eine Verwarnung von ihm erhalten. Den jungen Mann, der reglos im Gras lag, erkannte Tommaso an den blonden Locken auch im trüben Morgengrauen schon von Weitem.

»*Lass ihn überlebt haben, bitte, lass ihn überlebt haben*«, schickte Tommaso ein stummes Gebet in den Himmel. Wie sollte er das den Eltern beibringen?

Er beschleunigte seine Schritte, das Herz klopfte ihm bis zum Hals. Kühl war es um diese Uhrzeit, er spürte die kalte Luft in den Lungen. Zu viel Blut, dachte er, da war zu viel Blut. Tommaso rannte jetzt, stürzte regelrecht auf den Jungen zu. Kniete sich hin, umfasste vorsichtig seinen Kopf, strich Antonio die blonden Locken aus der Stirn und stöhnte auf, als er die große Wunde an der Schläfe entdeckte. Das war zu viel Blut. Tommaso tastete nach einem Puls, fand keinen. Kalt, er war so kalt wie der junge Morgen. Sein T-Shirt roch noch schwach nach Waschmittel und Bier und Blut.

Tommaso suchte nach dem Brustbein, begann mit der Herzmassage, weigerte sich, an die Fruchtlosigkeit seines Unterfangens zu glauben. Der Krankenwagen müsste bald da sein, Eleonora hatte schon mit dem Notruf gesprochen, als er aus der Tür gestürzt war.

Antonio, dachte er. Was hatte er mitten in der Nacht hier verloren? Und welcher gottverdammte Bastardo *hatte den Jungen angefahren und in der Einsamkeit der Nacht einfach verbluten lassen?*

Herzdruckmassage – Mund zu Mund – Herzdruckmassage – Mund zu Mund – Herzdruckmassage – Wo blieb der Krankenwagen? Endlich, endlich konnte Tommaso die Sirenen hören.

Doch für Antonio kam jede Hilfe zu spät.

Später, viel später würde Tommaso erfahren, dass der Junge schon lange tot gewesen war. Jetzt, in diesem Moment, betete er voller Hoffnung, dass der Notarzt etwas tun konnte, und als der Mann nur traurig den Kopf schüttelte, schrie

Tommaso seine Wut heraus. Das Schicksal war ungerecht. Hatte einen jungen Mann grausam aus dem Leben gerissen. Und der Verantwortliche, der Unfallfahrer, hatte nicht den Mumm gehabt, zu seiner Tat zu stehen, war feige geflohen, hatte Antonio einfach so seinem Schicksal überlassen.

Tommaso schwor sich an Ort und Stelle, diesen feigen Hund zu finden und festzunehmen. Antonios Tod würde er nicht ungesühnt hinnehmen. Für Corazzo fühlte er sich verantwortlich, er war der Carabiniere.

Doch als er später, nach einem mitgebrachten Kaffee von seiner wunderbaren Eleonora, nach dem Zuspruch der Kollegen und aufmunterndem Schulterklopfen, als einzigen Hinweis auf den Unfallfahrer dunkelgrüne Lackspuren finde konnte, da wurde ihm plötzlich mulmig zumute.

1. KAPITEL: DER MOKKA

Sofia Dalmasso war nicht abergläubisch. Natürlich, wie jeder normale Mensch streute sie Salz auf verschüttetes Öl und fasste Eisen an, um Krankheiten oder Unglück abzuwenden, aber das war allein gesunder Menschenverstand. Schließlich gab es einen Unterschied zwischen Aberglaube und Leichtsinn!

Es war nur so, dass Sofia im Großen und Ganzen eben nicht an schwarze Katzen glaubte, die Unglück brachten. Dass sie keine Angst vor der Zahl siebzehn und auch keine Vorbehalte gegen bestimmte Wochentage hatte. Sofia Dalmasso war, so könnte man sagen, durch und durch rational. Was auf den ersten Blick verwunderlich erscheinen mochte, wenn man bedachte, dass sie die Wahrsagerei sozusagen beruflich betrieb. Nicht hauptberuflich, nein, nur hin und wieder, vielleicht zweimal in der Woche kam eine alte Frau oder auch ein nervöser junger Mann mit dem Foto einer Angebeteten zu ihr und bestellte einen Mokka. Dann nickte sie wortlos, führte ihren Gast in die Küche, hinter den hölzernen Vorhang, der die Fliegen fernhalten sollte, und holte die verzierte bronzene Kanne mit Stiel vom Sims. Zuerst gab sie fein gemahlenes Pulver hinein, füllte es mit Wasser auf und ließ den Kaffee dann zweimal aufkochen. Das Besondere am Mokka war das feine Kaffeemehl, das mit eingegossen wurde und nach dem Trinken am Boden der Tasse verblieb. Dies stürzte Sofia dann auf eine Untertasse, wo es leicht austrocknete, und anschließend konnte sie aus dem Kaffeesatz die Zukunft der Person vorhersagen, die den Mokka getrunken hatte.

Sofia hatte ihrer Großmutter noch nie einen Wunsch abschlagen können, und so hatte eines zum anderen geführt und gemeinsam mit dem kleinen Café, in dem sie Kaffee, Gebäck und einen Mittagstisch anbot, hatte Sofia die Kunst der Wahrsagerei von Nonna Valerija geerbt. Dank ihrer Großmutter konnte Sofia die beste Torta di Nocciole Piemontese nördlich von Turin backen und wusste nebenbei, wie man aus einem dunklen Mokka die Zukunft lesen konnte. Bisher hatte sie geglaubt, dass man dafür nur gute Augen brauchte – oder in ihrem Fall eine gute Brille – und die Fähigkeit, sich zu merken, welches Bild welche Bedeutung trug. Keine Hexerei.

Deshalb wunderte sie sich jedoch umso mehr, dass der Mann, der an diesem Nachmittag vor ihrer Theke stand, sie so sehr verunsicherte. Er hatte einen Mokka bestellt, die Besonderheit, die man nicht auf der Karte ihres kleinen Cafés fand. Auf der großen Tafel hinter ihrer Theke standen Espresso und Cappuccino, auch einen Doppio konnte man bestellen, einen Latte Macchiato oder einen Caffè Americano, was die meisten, die Sofias Café besuchten, auch taten.

Nun stand also dieser Fremde vor ihr. Sofia hatte ihn noch nie zuvor gesehen und nicht die leiseste Ahnung, weshalb er von ihr und dem Mokka wusste. Doch aus irgendeinem Grund zögerte sie, ihm seinen Wunsch zu erfüllen.

»Ich kann Ihnen einen erstklassigen Espresso anbieten«, versuchte Sofia ihn stattdessen zu überzeugen.

»Gianluca Ferrari«, stellte er sich vor und reichte ihr die Hand über die Theke. Sein Händedruck war angenehm, fest und warm, und dennoch glaubte Sofia für einen Moment, einen feinen, kaum wahrnehmbaren elektrischen Schlag bekommen zu haben. Ohne Zweifel wirkte Gianluca sympathisch, eine ruhige Art gepaart mit offener Freundlichkeit. Trotzdem gab es da etwas, das Unruhe in ihr auslöste. Obwohl er jung war – sie schätzte ihn auf Mitte dreißig, nur einige Jahre älter als sie selbst – und gut aussah mit seiner feinen Bräune und den dunklen Augen, strahlte er etwas aus, das sie nicht einordnen konnte. Etwas, das ihr ... Angst machte.

»Und ich glaube Ihnen, dass Sie einen hervorragenden Espresso anbieten. Aber ich möchte wirklich einen Mokka.« Er blickte ihr fest in die Augen. »Es ist mir wichtig.«

Sofia musterte ihn, die feinen Fältchen, die sich um den Mund abzeichneten, die erste graue Strähne, noch gut versteckt unter einer Locke, die ihm in die Stirn fiel. Machte *er* ihr Angst? Nein. Sie kniff die Augen hinter ihrer Brille zusammen, nicht er. Etwas *an ihm*, etwas, das jedoch nichts mit ihm selbst zu tun hatte. *Mamma mia*, jetzt wirst du schon so wie Valerija, schalt Sofia sich. Denn ja, Nonna Valerija, ihre Großmutter, *war* abergläubisch gewesen. Hatte gewusst, wie man die Kaffeetasse stürzen musste, wie man die Zeichen im Satz zu lesen hatte, hatte Sofia eingeschärft, dass man Glück und Verderben, doch niemals den Tod vorhersagen konnte. Sie hatte fest daran geglaubt, die Zukunft wirklich vorherzusagen, Glück oder Verderben, Liebe oder Trauer.

Sofia ... nicht.

Eine Weile schwiegen Gianluca und sie, er abwartend, sie nachdenklich, bis sie sich schließlich einen Ruck gab. Es bestand kein Grund zur Sorge. Sie würde ihm einen Mokka aufbrühen, er würde den Kaffeesatz stürzen, und dann würde sie ihm unerwarteten Geldsegen prophezeien.

Oder die Begegnung mit der Liebe seines Lebens, vielleicht würde sie es auch vage halten, ihm Anerkennung vorhersagen und ihn wieder seiner Wege schicken.

»Kommen Sie mit«, sagte sie also. Sie hielt ihm den hölzernen Vorhang auf, damit er in ihre Küche treten konnte.

Sofias Küche war ihr ganzer Stolz: Sonnendurchflutet, mit einem Holztisch in der Mitte, frische Kräuter standen auf der Fensterbank, Basilikum, Thymian und Rosmarin, ein getrockneter Strauß Oregano hing über dem Herd neben getrockneten Chilistangen und einem aus Knoblauchzehen geflochtenen Zopf, ein geräucherter Schinken komplettierte ihre Ausstattung. Direkt über dem Herd, einem modernen Gasherd mit Umluftbackofen, war ein Brett für die Bialetti, die mechanischen Espressokännchen, angebracht – und eben auch für die Mokkakanne. Es duftete nach gerösteten Haselnüssen, die sie für hausgemachtes Nougat in den Ofen geschoben hatte.

»Setzen Sie sich.« Sie deutete auf einen der beiden Stühle am Küchentisch und griff zur kleinen Mokkakanne mit dem Stiel und dem rußgeschwärzten Boden. Dann löffelte sie das Pulver hinein, gab Wasser hinzu und bemerkte, dass ihre Hände leicht zitterten. In diesem Moment schob sich eine Wolke vor die Sonne und ihre sonst so helle Küche wirkte seltsam düster. Sie versuchte, alle Gedanken an dunkle Omen abzuschütteln, stattdessen drehte sie sich zu Gianluca, als die Flamme des Gasherds brannte.

»Kann ich Ihnen vielleicht einen Keks anbieten?« Sie nahm das große Glas, das auf der Arbeitsfläche stand und mit Biscotti gefüllt war. Diesmal waren es Mandelkekse, die sie am Wochenende gebacken hatte.

Doch er verneinte. »Nur den Mokka, bitte.«

Sofia nickte und schöpfte den Schaum ab, der sich gebildet hatte, als der Kaffee zum ersten Mal kochte. Dann nahm sie sich selbst einen Keks und knabberte daran herum, während sie darauf wartete, dass der Mokka erneut aufkochte. »Sie haben die Kunst von Ihrer Großmutter gelernt, richtig?«

Erstaunt blickte Sofia auf.

Er lächelte. »Es ist ein kleines Dorf.«

Das war es in der Tat. Zum ersten Mal seit dem Beginn ihrer Unterhaltung musste Sofia grinsen. Mit Schwung warf sie sich ihren Zopf über die Schulter, dann goss sie den Mokka in eine kleine Tasse und stellte sie Gianluca hin. »Zucker?«

Erneut verneinte er.

Sie setzte sich ihm gegenüber, während er trank, bedächtig, langsam, damit das Pulver Zeit hatte, sich am Boden abzusetzen. Obwohl er jung war, obwohl er gut aussah, strahlte er etwas aus, das Sofia urplötzlich mit dem Traum verband, den sie in dieser Nacht gehabt hatte. Seit ein paar Tagen träumte sie schlecht, sie hatte es auf die Wärme geschoben, die schon jetzt nachts herrschte. Aber in diesem Moment fühlte sie genau das Gleiche, das sie heute Morgen beim Aufwachen gespürt hatte: eine allumfassende Schwere, eine Düsternis, die sie mit sich zog.

Schließlich schob er die leere Tasse zu Sofia hinüber, die sie vorsichtig auf eine Untertasse stürzte. Das dunkle Kaffeemehl zog feine Fäden auf dem Weiß der Tasse, bildete Figuren und Symbole. Sofia suchte nach dem ersten Bild, einem Kreuz. Nicht gut, nicht gut. Sie atmete tief ein, versuchte, Gianluca beruhigend zuzulächeln, und suchte nach dem nächsten Symbol. Nein. Das konnte nicht sein. Noch nie hatte sie so etwas gesehen, noch nie so eindeutig.

Sofort blickte sie auf, zu ihrem Gast. Hatte er bemerkt, wie erschrocken sie war? Er musste es registriert haben, denn erwartungsvoll schaute er sie an. Bevor er fragen konnte, was los war, sah sie ihn an, sah in seine dunklen, forschenden Augen und versuchte zu lächeln.

»Der Kaffeesatz ist nicht immer so eindeutig«, murmelte sie. Ihr Herz klopfte wie wild.

Der Tod! Es war der Tod!

»Ihre Zukunft …«, stotterte Sofia ein wenig verloren. Der Tod! Wie sollte sie ihm … wie sollte sie überhaupt? Noch nie hatte sie den Tod gesehen. Und doch waren die Bilder heute so klar wie nie zuvor. Konnte das stimmen? Oder war sie nicht vielleicht einfach übernächtigt, von den schlechten Träumen verängstigt, und sah nun Gespenster, wo keine waren?

Mit der Zungenspitze fuhr sie sich über die Lippen. Wie hatte Nonna Valerija ihren Kundinnen schlechte Nachrichten überbracht? Zum Glück fiel es ihr wieder ein.

»Seien Sie auf der Hut vor Gefahren«, sagte Sofia langsam. Das war eine gute Möglichkeit, denn wenn man auf der Hut war, bedeutete das, man konnte die Gefahren abwenden. Erneut blickte sie dem Mann in die Augen und erneut wurde sie von einer inneren Unruhe ergriffen. Sie unterdrückte den Impuls, auf ihrem Stuhl herumzurutschen. Stattdessen starrte sie wieder intensiv auf den Kaffeesatz, auf die Untertasse vor ihr. Was war es genau gewesen, von dem sie geträumt hatte? Nicht nur diese Nacht, auch die Tage davor. Sie konnte sich nicht erinnern, nicht genau, nur an dieses lebensbedrohende Gefühl, keine Luft mehr zu bekommen. Als sie aufgewacht war, hatte sie entgegen ihrer Gewohnheit ein Kreuz geschlagen.

»Seien Sie vorsichtig«, flüsterte sie noch einmal.

Gianluca nickte ernst. »Das bin ich«, sagte er und stand auf. »Was schulde ich Ihnen?«

Sofia schüttelte den Kopf. »Das erste Mal ist gratis«, antwortete sie nicht ganz wahrheitsgemäß. Aber sie konnte es nicht über sich bringen, Geld von ihm zu verlangen, nicht, wenn sein Kaffeesatz so aussah. »Passen Sie einfach auf sich auf«, sagte sie leise, als er das Café verließ.

*

Obwohl die Sonne schien, fröstelte Sofia auch eine halbe Stunde später noch. Sie drehte sich zu ihrer Espressomaschine um, nahm den Siebträger heraus und befüllte ihn mit dem frisch gemahlenen Pulver aus der Mühle. Dann drehte sie ihn fest in die Maschine, kontrollierte, ob noch genügend Wasser vorhanden war, und drückte auf den Knopf. Während goldbraune Flüssigkeit in die Tasse lief, band sie den Zopf neu, in den sie ihre langen dunklen Haare gefasst hatte und der ihr schwer über die Schulter fiel. Sofia schnappte sich die Tageszeitung, die auf der Theke auslag, nahm ihren Espresso und ging nach draußen. Für eine kleine Auszeit war der Platz unter der ausladenden Kastanie direkt vor dem Eingang ihres Cafés wie geschaffen.

Am Nebentisch spielten Massimo und Raffaele Karten. Die beiden alten Herren hatten zwei leere Tassen Caffè sowie zwei halb volle Weingläser vor sich stehen, die sie in einer Viertelstunde etwa nachfüllen würde. Mit abnehmendem Espresso- und steigendem Weinkonsum wurde ihr Spiel lauter, bis sie sich am frühen Abend so in die Haare bekommen würden, dass Raffaele mit einem wütend hingeworfenen »*Basta*!« abrauschte und sich weigerte, jemals wieder ein Wort mit Massimo zu wechseln.

Bis zum darauffolgenden Nachmittag, an dem sie beide pünktlich um vierzehn Uhr an der Bar standen und nach einem Caffè verlangten. Manchmal leistete der Dorfpfarrer ihnen Gesellschaft, Padre Fabrizio, der Priester von San Giovanni Battista, dessen Schwäche für gutes Essen man seinem ausladenden Bauch ansehen konnte und der zeit ihres Lebens mit Nonna Valerija auf Kriegsfuß gestanden hatte.

An den Nachmittagen, an denen die beiden alten Männer jedoch ohne den Priester bei Sofia saßen, spielten sie um Geld.

»Wer gewinnt?«, fragte Sofia die zwei älteren Herren lächelnd.

»Massimo, wie immer.« Raffaele verzog den Mund. Sofia hatte Fotos von ihm als jungen Mann gesehen, auf denen er verträumt, eine schwarze Locke in die Augen fallend, in die Ferne zu den Alpen gestarrt hatte. Heute befanden sich keine Haare mehr auf seinem Kopf, was ihn jedoch nicht davon abhielt, sich täglich herauszuputzen, als wäre er noch der schöne junge Mann aus dem Jahr 1970. Sein Mit- und Gegenspieler Massimo hatte noch volles Haar, inzwischen beinahe schlohweiß, und ein dröhnendes Gelächter, von dem Sofia hätte schwören können, dass sein Echo bis ins Tal des Lago Maggiore zu hören war. Jetzt nickte er in die Richtung, in die der Fremde verschwunden war, nachdem er das Café verlassen hatte. »Was wollte er?«, fragte er.

»Nichts.«

Die Augenbrauen beider Herren wanderten gleichzeitig nach oben.

»Nichts Bestimmtes«, schob sie schnell hinterher. Beide wussten vom »Mokka«, Raffaeles Ehefrau Rosa kam regelmäßig bei ihr vorbei, dennoch wäre es Sofia unangenehm gewesen zu erzählen, dass Gianluca ihr Angst eingejagt hatte. Nicht Gianluca, sein Kaffeesatz, verbesserte sie sich. »Er bleibt ein paar Tage hier im Dorf. Urlaub«, sagte sie, weil sie nicht wusste, was sie sonst sagen sollte. Sie ging davon aus, dass es stimmte. Weshalb sollte er sonst hier sein?

»Ah, ist er einer dieser …« Massimo machte eine undefinierte Handbewegung. »Wanderer?«

Sofia musste sich das Lachen verkneifen. Sie selbst genoss es durchaus, durch die Wälder zu streifen, aber die meisten der alten Generation in ihrem Dorf hatten kein Verständnis für diese in ihren Augen neumodische und wenig zielführende Art der Fortbewegung. Schlimmer angesehen war wahrscheinlich nur noch Joggen.

»Sag ihm, mit dem Auto ist er in einer halben Stunde bei der Capella Fina«, sagte Raffaele. Die Kapelle mit Aussichtspunkt war ein beliebtes touristisches Ziel in der Region. Ziemlich steil ging es bergauf, aber der Blick belohnte für alle Strapazen – fand Sofia jedenfalls, im Gegensatz zu Raffaele und Massimo.

»Wo wohnt er denn?«, fragte Massimo. »Bei Clara in der Pension?«

Sofia hatte nicht gefragt, da Clara aber die einzigen Unterkünfte in der näheren Umgebung vermietete, ging sie davon aus, dass er dort übernachtete.

»Das heißt Agriturismo«, verbesserte Raffaele. »Weil Clara einen Esel hat. Da kann sie pro Nacht das Doppelte verlangen.«

Massimos Lachen dröhnte.

»Einen Hund hat sie auch«, verteidigte Sofia die Pensionsbesitzerin. Clara, die nur Frühstück anbot, schickte ihre Gäste gern zum Mittagstisch ins Café, und Sofia war dankbar für das zusätzliche Geschäft. Außerdem hatte

Clara ein großes Herz für Kinder, sodass ihre kleinen Miet-
bungalows bei Familien ausnehmend beliebt waren.

Raffaele winkte ab. »Na, wir werden schon noch erfahren, was der junge Mann hier wollte.«

2. KAPITEL: DER TOTE VOM SACRO MONTE

Zwei Tage später hatte Sofia die unheimliche Begegnung mit Gianluca schon beinahe wieder vergessen. Sie liebte den Sommer, und wenn er noch nicht so heiß war, dass die Pflanzen in den Gärten verbrannten, war es gleich doppelt so schön. Torta di Nocciole wollte sie heute backen, die berühmte Haselnusstorte aus dem Süden des Piemonts, wo man im Herbst Haselnusssträucher in Hülle und Fülle finden konnte. Die weltbesten Haselnüsse, so sagte man, kamen aus der Region Langhe, genauer gesagt aus dem Dorf Cravanzana bei Alba. Für eine perfekte Torta di Nocciole brauchte man die besten Haselnüsse, natürlich wuchsen die hier im Piemont, einen Schuss Rum dazu und danach benötigte sie ganz viel Ruhe. Die perfekte Torta di Nocciole war eine Liebeserklärung: süß und zartbitter, weich mit Biss.

Sofia liebte es zu backen, und so nahm sie sich mindestens einmal in der Woche Zeit, um in ihrer kleinen Küche Haselnüsse zu hacken, Eier schaumig zu schlagen und schließlich den fertigen Teig in die gusseiserne Form ihrer Großmutter zu gießen.

Wenn der Duft aus dem Ofen durch ihr Café zog, setzte sie sich mit einem Caffè und der Tageszeitung unter die Kastanie draußen vor dem Eingang und genoss die Sonnenstrahlen, die durchs Blätterdach auf ihre sommersprossigen Arme fielen.

Es war Anfang Juni, und die Natur stand in voller Blüte. Das saftige Grün der Kastanienblätter, das kräftige Blau und Weiß der Hortensien, die sie in Kübeln aufgestellt hatte, und der süße Geruch des Feigenbaums an der Hauswand begrüßten sie am Morgen, wenn sie ihr kleines Café aufschloss. »Valeria« hatte sie es genannt, die italienische Variante des Namens ihrer Großmutter Valerija. Sie war aus Kroatien gekommen, sie und Sofias Großvater hatten sich in Deutschland kennengelernt, als beide in der gleichen Firma am Fließband gestanden hatten. Aber Giuseppe, Sofias Großvater, hatte seine italienische Heimat so sehr vermisst, dass er krank geworden war. Heute würde man es wohl Depression nennen, aber damals hatte man noch keinen Namen dafür und keinen Grund, mit Traurigkeit zum Arzt zu gehen. Doch Valerija hatte geahnt, was ihrem Mann fehlte, und so hatte sie, hochschwanger mit Sofias Vater, schließlich die Koffer gepackt, ihren Mann auf den Rücksitz des roten Fiats verfrachtet und war über die Alpen gefahren. In ein für sie weiteres fremdes Land, in dem eine weitere fremde Sprache gesprochen wurde.

»*Ciao*, Sofia!«

Unsanft riss Laura, ihre beste Freundin, sie aus ihren Gedanken. Sie winkte ihr von draußen zu und parkte ihren Roller vor der Kastanie. Wie üblich hatte sie die gelbe Warnweste, die sie als Postbotin eigentlich tragen sollte, hinten in das Aufbewahrungsfach ihres Rollers gestopft. »Die Arbeitskleidung passt nicht zu meinem Stil«, erklärte sie jedem, der es wissen wollte, und warf dabei ihre langen glatten Haare über die Schulter. »Und ohnehin kennt mich schließlich jeder im Dorf.«

Sofia fand, das Gelb ihres Rollers gab ebenfalls Aufschluss über ihre Rolle, und so hatte sie verständnisvoll genickt, als Laura ihr die Argumentation vorgetragen hatte. Laura kam jeden Tag mindestens einmal bei Sofia vorbei, am Vormittag auf einen Espresso und ein Cornetto, und wenn ihr langweilig war, stattete sie ihr auch am Nachmittag noch einen Besuch ab. Schon seit dem Kleinkindalter waren die beiden Frauen befreundet. Von jeher wohnten ihre Eltern im gleichen Haus, und so hatten sie bereits als Babys miteinander gespielt, in der Scuola Primaria die Brotdosen geteilt und in der Scuola Secondaria den ersten Liebeskummer erlebt. Kaum jemand kannte Sofia besser als Laura – oder Laura sie.

»Caffè?«, fragte Sofia jetzt also und stand auf.

»Besser einen Grappa«, schnaufte Laura und folgte ihr hinein an die Bar. »Nein, nein, ich mache Witze, ich muss den vermaledeiten Roller noch bis nach oben zum Bauernhof fahren. Die Lafrattas wohnen ja fast in Esio!«

Sofia lächelte. »Sei froh, dass du den Roller hast und nicht das Rad nehmen musst.«

»So, wie die Autos hier rasen? Ich bin doch nicht lebensmüde.« Wie an vielen Orten rund um den See waren auch hier in Corazzo rote Ampeln eher so etwas wie ein unverbindlicher Vorschlag, und Schilder zur Geschwindigkeitsbegrenzung schienen die meisten Dorfbewohner nicht einmal zu lesen. »Hier, die Post, zweimal für dich, einmal für Davide, Zia Rebecca, die kommt doch später noch vorbei, richtig?« Laura zählte die Briefe und legte sie auf die Theke. »Massimo«, murmelte sie und gab einen weiteren Brief dazu. »Raffaele.« Ein kleines Päckchen. »Ach, und zur Kirche müsste ich auch noch, bin aber schon spät dran. Monsignore Fabrizio kommt ja sicher auch bald wieder her. Hier, das ist nichts Eiliges.«

Sofia verdrehte die Augen. Sollte sie etwas sagen? So etwas wie »Ich bin nicht die Post. Das bist du«? Aber dann entschied sie sich dagegen, Laura hatte ja recht: Rebecca würde noch vorbeikommen, Massimo und Raffaele sowieso, und Davide war Lauras Bruder. Jedes Mal, wenn sie mit ihm Streit hatte, ließ sie seine Briefe bei Sofia. Außerdem war Laura aufgewühlt, also angelte Sofia schulterzuckend zwei Tassen aus dem Schrank und klopfte den Siebträger der Kaffeemaschine aus. »Woher weißt du, dass es nichts Eiliges ist für unseren Padre?«

Laura winkte ab. »Kommt vom Erzbischof, mit dem liegt er im Clinch, die Briefe öffnet er aus Prinzip erst einmal drei Tage nicht.«

»Du kennst eindeutig zu viele Details über unser Dorf und seine Bewohner«, murmelte Sofia. Durch ihren Beruf wusste Laura, wer mit dem Finanzamt auf Kriegsfuß stand oder wer geheime Post mit Herzchen bekam. »Wissen ist Macht«, pflegte sie feierlich zu sagen. »Und mit Macht kommt Verantwortung.« Welche weisen Sprüche sie zu diesem Thema sonst noch auf Lager hatte, bekam Sofia meist nicht mehr mit, weil beide Freundinnen zu sehr lachen mussten. Doch mehr als nur einmal hatte Sofia die Postbotin davon abhalten müssen, einen Plan in die Tat umzusetzen. Vor etwa zwei Jahren hatte sich die alte Signora Rossi mit ihrer besten Freundin verkracht, und Lauras Idee war es gewesen, den beiden Damen jeweils die Briefe der anderen zu bringen, sodass sie sich treffen und wieder versöhnen mussten. Dieses Treffen hatte in einem blauen Auge für Signora Rossi und einer harten Lektion für Laura geendet. Was sie jedoch nicht davon abhielt, sich weiterhin in das Leben der Dorfbewohner, gern auch Sofias, einzumischen und ständig neue Pläne zu entwickeln. Doch heute gab es noch etwas anderes, das Laura beschäftigte. Sofia drückte auf den Knopf der Kaffeemaschine.

»Also, was ist los?«, fragte sie, als sie ihrer Freundin den Espresso hinüberschob.

»Erst das Cornetto, ich brauche eine Stärkung.«

*

Friedlich war die Stimmung am Sacro Monte di Ghiffa, die weißen Gebäude des Wallfahrtsorts hoben sich strahlend von dem satten Grün des Waldes dahinter ab. Vom Lago Maggiore, der sich himmelblau in der Tiefe erstreckte, tönte leise das Horn einer Fähre hinauf in die Stille, und Commissario Alessandro Ranieri hätte die Augen schließen und sich im Urlaub wähnen können. Wäre da nicht der Tote gewesen. Er hing an dem dicken Ast eines Baums neben der Kapelle. Was für ein Baum es war, dafür hätte Alessandro jemanden fragen müssen. Doch er wollte die Ruhe, die hier herrschte, nicht stören.

Die beiden Carabinieri, die den Sacro Monte di Ghiffa abgeriegelt und die Questura in Verbania verständigt hatten, standen etwas abseits auf der Straße, um den Kollegen von der Spurensicherung, die sicher bald eintreffen würden, den Weg zu weisen.

Bis dahin hatte Alessandro Zeit. Zeit, sich den toten Mann am Baum genauer anzusehen. Ein Eichhörnchen lief den Stamm hinauf, stockte plötzlich in der Bewegung, raste dann wieder hinunter und schließlich in Richtung Kapelle davon. Alessandro blickte ihm für einen winzigen Augenblick hinterher, bevor er sich wieder dem Toten widmete. Die Leiche war kein schöner Anblick, das waren Erhängte selten, und auch bei diesem hatte sich das Gesicht bläulich verfärbt. Ein dickes Seil war um seinen Hals und um den Ast geschlungen. Jemand hatte versucht, die Tat wie einen Selbstmord aussehen zu lassen. Doch schon die beiden Carabinieri hatten auf den ersten Blick erkannt, dass es sich nicht um einen Suizid handelte: Unter dem Seil war am Hals eine dünne und blutunterlaufene Linie zu erkennen, der Mann war also nicht an dem Strick gestorben. Jemand hatte ihn vorher mit einem Draht erdrosselt, es mochte auch ein Kabelbinder oder etwas Ähnliches gewesen sein. Genaueres konnte ihm hoffentlich die Forensik sagen.

Anschließend hatte der Täter ihn hier hinauf verfrachtet, er musste kräftig gewesen sein – suchte er also nach einem Mann? Vielleicht, vielleicht auch nach einer kräftigen Frau.

Der Tote war noch jung, Alessandro schätzte ihn auf ein ähnliches Alter wie sich selbst, etwa Mitte dreißig. Ob er aus Ghiffa stammte? Alessandro selbst kam im Gegensatz zu den meisten seiner Kollegen in Verbania weder aus einer der Städte um den Lago Maggiore noch überhaupt aus dem Piemont. Seine Heimat lag in Neapel. Vor drei Jahren hatte es ihn hierher in den Norden verschlagen. Der Posten in der Questura in Verbania hatte einen Karrieresprung bedeutet, und da er zu diesem Zeitpunkt gerade eine unglückliche Beziehung beendet hatte, war er bereit gewesen, am Lago Maggiore noch einmal neu anzufangen. Manchmal vermisste er seine Heimat. Der Norden unterschied sich schon sehr vom Süden. Hier oben war alles organisiert und sauber, die Menschen besaßen gut bezahlte Jobs und hielten einen gewissen Lebensstandard. Alessandro genoss den See und die Berge, aber hin und wieder fehlte ihm hier die Wärme und vor allem das Essen seiner Großmutter.

Jetzt dröhnten die Geräusche von Automotoren zu ihm hinüber, Menschenstimmen, ein Gewirr aus Gesprächsfetzen, offenbar hatten die Carabinieri alle Hände voll zu tun, Touristen vom Betreten des Geländes abzuhalten.

»Ranieri!« Der Mann, der mit einem Koffer in der Hand auf ihn zukam, gehörte zur Spurensicherung. Guzzo hieß er, wenn Alessandro sich recht erinnerte, bisher hatte er meist mit einem seiner Kollegen zu tun gehabt. Guzzo war Ende fünfzig mit einem dunklen Haarkranz um eine Glatze. Seine Mundwinkel hingen konstant herunter, sodass er immer missgelaunt wirkte. Er blieb vor dem Baum stehen, stellte seinen Koffer ab und bekreuzigte sich. Dann ließ er den Koffer aufschnappen, winkte einem Kollegen, der eben von der Straße herantrabte, und wandte sich an Alessandro.

»Ein Toter an einem Wallfahrtsort?«, fragte er angewidert. »Blasphemie.«

Alessandro zuckte mit den Schultern. »Bei einem Mord kommt es auf eine Todsünde mehr oder weniger wahrscheinlich auch nicht mehr an.«

*

Mit Puderzuckerresten noch auf der Nasenspitze fühlte Laura sich nach einem Cornetto crema, mit Vanillecreme, endlich in der Lage, Sofia zu erzählen, was passiert war.

»Ich habe Clara ihr Paket geliefert, sie hat neue Servietten bestellt, zitronengelb, weil ihr Wohnzimmer doch neu gestrichen wurde. Sie will auch anbauen, wusstest du das? Sie bekommt neuerdings Briefe eines Bauunternehmens, da scheint sie schon im Kontakt zu stehen.«

»Oder sie muss das Dach reparieren oder etwas völlig anderes«, sagte Sofia, die Laura manchmal bremsen musste, was ihre Schlussfolgerungen aus den Postsendungen anging, die sie beförderte.

»Na, ist auch egal.« Erneut wedelte Laura mit der Hand. »Jedenfalls betrete ich nichts ahnend ihre Pension und es wimmelt nur so vor Polizei.«

»Polizei? Wurde eingebrochen?« Vor Schreck stellte Sofia ihre Kaffeetasse wieder hin. Sie hatte Corazzo, eigentlich alle Dörfer hier oberhalb des Lago Maggiore in und um den Nationalpark Val Grande, bisher immer für so etwas wie die Insel der Glückseligen gehalten, ein Fleckchen Frieden in einer feindseligen Welt.

»Schlimmer.« Laura machte eine dramatische Pause und blickte Sofia eindringlich an. »Ein Gast von ihr wurde ermordet.«

Und mit voller Wucht kam die Erinnerung an Gianluca und seinen Kaffeesatz zurück. Sofia wurde schlecht. »Nicht Gianluca«, flüsterte sie und war sich nicht sicher, ob es eine Frage oder eine verzweifelte Bitte war.

»Du kennst ihn?«

Er war es also. Sofias Mund wurde trocken. »Wie … was ist passiert?«

»Sie haben ihn im Wald gefunden, heute früh, mehr weiß ich nicht. *Mamma mia*, Sofia, du bist ja ganz blass.« Besorgt fasste sie nach Sofias Hand.

»Es geht mir gut.« Sie versuchte zu lächeln, doch es fiel etwas schwach aus, das merkte sie selbst. »Er war vor zwei Tagen hier«, erklärte sie dann. »Wollte einen Mokka.«

»Du hast ihm die Zukunft vorhergesagt?«, fragte Laura.

Sofia nickte. »Ich habe ihm geraten, auf der Hut zu sein.«

»*Maledetto – verdammt*«, fluchte Laura leise.

So konnte man es auch ausdrücken. Sofia blickte auf ihre Hände, unbewusst hatte sie begonnen, an der Schleife ihrer Schürze zu nesteln. Dabei fiel ihr auf, dass sie die Schürze noch trug, wobei sie wiederum an die Haselnusstorte erinnert wurde, die noch im Ofen wartete. »Ich bin gleich zurück.« Sie flog in die Küche, nahm den Kuchen aus dem Ofen und stützte sich für einen Moment auf dem Tisch ab, um tief Luft zu holen. Sie hatte Gianluca nichts getan. Sie konnte die Zukunft nur vorhersagen, sie konnte sie nicht herbeireden. Und wahrscheinlich konnte sie sie nicht einmal vorhersagen. Hatte sie denn daran geglaubt? Die Träume, dachte sie, sie hatte keine Luft bekommen, Todesangst gehabt, Angst zu ersticken. Wie war der Tote gestorben? Sofia atmete tief ein und presste die Hände auf die Augen. Hätte sich etwas geändert, wenn sie ihm die Wahrheit über die Bilder in seinem Kaffeesatz gesagt hätte? Wenn sie ihn deutlicher gewarnt hätte? Hätte er ihr überhaupt geglaubt? Sie glaubte sich doch selbst nicht! Und was genau hatte er von ihr gewollt, weshalb war er bei ihr gewesen? So viele Fragen und keine Antworten, ihr schwirrte der Kopf. Langsam zählte sie bis zehn, versuchte ihre Gedanken zu beruhigen, selbst ruhig zu werden. Draußen wartete Laura, machte sich sicher Sorgen. Sofia fuhr sich über die Augen und atmete noch einmal tief ein. Dann straffte sie sich und ging hinaus, bevor Laura zu ihr in die Küche kommen würde.

»Ist alles in Ordnung?«, fragte ihre Freundin besorgt. Sie war schon vom Barhocker aufgestanden.

Sofia nickte. »Alles in Ordnung«, antwortete sie und hoffte, ihre Stimme zitterte dabei nicht. »Was ist denn passiert?«, fragte sie nach.

Doch Genaueres konnte Laura ihr auch nicht sagen. »Sie haben die ganze Pension auf den Kopf gestellt, die arme Clara war komplett aus dem Häuschen. Dabei hatte sie extra frischen Käse zum Frühstück besorgt. Du weißt ja, wie die Touristen sein können.«

Sofia nickte geistesabwesend.

»Ein Commissario war da, aus Verbania. Commissario Ranieri. Daran erkennt man, dass es ernst ist, wenn zwischen den ganzen Uniformen noch einer in Zivil herumläuft.«

»Wie lange hat er denn bei Clara gewohnt?«

»Der Commissario hat …« Laura zog die Augenbrauen zusammen. »Ach, der Tote. Natürlich. Ich weiß es nicht.« Forschend blickte sie Sofia in die Augen. »Geht es dir wirklich gut? Vielleicht trinkst du selbst noch einen Caffè. Und hier …« Sie angelte ein weiteres Cornetto aus der Vitrine und drückte es Sofia in die Hand. »Du solltest etwas essen.«

Das war in der Tat nicht die schlechteste Idee, dachte Sofia und hoffte, dass das Gebäck gegen ihren flauen Magen half.

Plötzlich blickte Laura auf die Uhr und hielt erschrocken inne. »Du liebe Zeit«, murmelte sie, bevor sie den letzten Krümel ihres eigenen Cornettos mit dem Zeigefinger auftupfte und sich in den Mund steckte. »Kommst du klar?«

Sofia nickte.

»Gut. Wir sprechen später! Die Lafrattas im Bauernhof verzeihen es mir nie, wenn ich erst zu Mittag mit ihrem Päckchen auftauche.« Sie verabschiedete sich mit Küsschen von Sofia und schob den Barhocker zur Seite. Im Gehen rief sie über die Schulter: »Und vergiss nicht, dich um deine Post zu kümmern! Davides Brief ist wichtig! Er muss nicht noch wütender werden, als er ohnehin schon ist.«

3. KAPITEL: DER COMMISSARIO TRINKT ESPRESSO

Eine halbe Stunde später hatte Sofia sich wieder so weit gefasst, dass sie sich um ihre übliche Kundschaft kümmern konnte: Die drei Damen Rosa, Rebecca und Eleonora saßen lachend und plaudernd an dem Tisch in der Ecke, an dem sie mittwochvormittags immer saßen, sommers wie winters, bei Regen oder Sonnenschein.

»*Prego.*« Das Geschirr klapperte nur leicht, als Sofia das Cornetto in einer fließenden Bewegung neben Rosas Espresso stellte. Als Einzige hatte sie ein Croissant bestellt, »*albicocca*«, mit Aprikosenmarmelade, wie auch Sofia sie am liebsten aß.

Die drei Frauen kamen gerade vom Einkaufen. Lauras Eltern besaßen den einzigen – kleinen – Supermarkt Corazzos, und wie jeden Mittwoch genehmigten sich die Damen eine kleine Stärkung bei Sofia, bevor sie sich auf den Weg nach Hause machten, um sich dort fürs Mittagessen an den Herd zu stellen. Rosa nannte es liebevoll »Schichtwechsel«, wenn sie heimging und kurz darauf ihr Ehemann Raffaele bei Sofia an der Theke stand. Rebecca, Lauras Tante, sah aus wie eine ältere Version der Postbotin, mit glatten dunklen Haaren, die ihr bis zur Schulter reichten und im Alter nur ganz leicht dünner geworden waren. Laura hatte ihre Schönheit definitiv von ihren mütterlichen Genen geerbt. Auch wenn Rebecca mittlerweile fünfundsiebzig Jahre zählte, so konnte man ihr immer noch ansehen, welche Schönheit sie früher einmal gewesen war.

Eleonora war die einzige Alleinstehende unter ihnen, ihr Mann Tommaso, der frühere Carabiniere, war vor nicht allzu langer Zeit gestorben, weshalb sie nach alter Tradition auch heute Schwarz trug. Sein Tod hatte ihr sehr zugesetzt, aber zumindest konnte sie wieder über die Scherze ihrer Freundinnen lächeln und wirkte nicht mehr ganz so traurig, wie sie es noch zu Ostern getan hatte. Die Zeit mit ihren Freundinnen tat ihr gut, und Sofia, die Eleonora sehr mochte, freute sich darüber.

»Was riecht denn so gut?«, fragte die Witwe jetzt und schnupperte. »Hast du eine Torta di Nocciole gebacken?«

»Es ist schließlich Mittwoch«, antwortete Sofia lächelnd, die genau wusste, dass sie den drei Damen jeweils ein Stück Kuchen zum Nachtisch würde einpacken müssen.

»Ich sollte nicht!« Rosa verzog den Mund, woraufhin ihre Begleiterinnen und auch Sofia lautstark protestierten. Zufrieden mit den vehementen Bekundungen, dass sie sich bei ihrem Gewicht alles erlauben könne, biss Rosa in ihr Cornetto.

»Ich schneide die Torte gleich auf«, kündigte Sofia an. Mit der Torta di Nocciole in Händen kam sie kurz darauf durch ihren hölzernen Vorhang zurück und wäre beinahe mit einem neuen Gast zusammengeprallt. Der Mann war groß, mit dunklen Haaren, die ihm leicht in die Stirn fielen, dunklen Augen und einem Bartschatten von etwa zwei Tagen. Er hatte die obersten Knöpfe seines Hemds geöffnet und trotz des warmen Wetters trug er ein graues Jackett darüber. Er war nicht von hier, Sofia hatte ihn nie zuvor gesehen. Der Kleidung und dem Aussehen nach konnte er durchaus Polizist sein, da er jedoch keine Uniform trug, arbeitete er nicht als Carabiniere.

»*Buongiorno*, Commissario Ranieri«, begrüßte Sofia ihn daher.

Sein verblüffter Gesichtsausdruck zeigte ihr, dass sie richtig lag.

»Neuigkeiten verbreiten sich in einem Dorf wie Corazzo schnell«, sagte Sofia, stellte den Kuchen auf die Theke und wischte sich schnell die Hände an der Schürze ab, bevor sie ihm ihre rechte reichte. »Sofia Dalmasso, mir gehört das Café.«

»Zu Ihnen wollte ich.« Er blickte sie aufmerksam an, musterte sie, als suche er etwas in ihrem Gesicht, in ihren Augen. Vielleicht tat er das auch.

»Ich habe mit ihm gesprochen. Vor zwei Tagen.« Sie musste ihm nicht sagen, mit wem, sie wussten beide, weshalb er hier war.

»Gianluca Ferrari«, sagte er. Der leichten Färbung in seiner Sprache nach zu urteilen, stammte der Commissario nicht aus dem Piemont. Er kam aus dem Süden, vielleicht Neapel. »Kannten Sie ihn?«

»Darf ich Ihnen vielleicht zuerst einen Caffè anbieten?«, fragte sie.

Dieses Angebot nahm er dankend an, und Sofia war froh darüber, ihm für einige Augenblicke, während sie die Kaffeemaschine bediente, den Rücken zudrehen zu können. Was sollte sie ihm erzählen? Die Wahrheit. Aber wie? Wenn er tatsächlich aus Neapel kam, war ihm der *Malocchio*, der böse Blick, sicher nicht fremd, dann hängte er vielleicht selbst ein *Cornicello*, ein Glückshörnchen, an den Rückspiegel seines Autos. Und dennoch …

»*Prego.*« Lächelnd wandte sie sich ihm wieder zu, um

die kleine Tasse vor ihm abzustellen. Er gab keinen Zucker hinein und stürzte den Espresso hinunter.

»Noch einen?«, fragte Sofia amüsiert.

»An Tagen wie diesen darf es gerne ein Doppio sein«, sagte der Commissario seufzend. Einen Doppio, einen doppelten Espresso, trank ihr Vater am Vormittag auch immer.

»Ich werde es mir merken für nächstes Mal.« Schon machte sie sich daran, ihm einen zweiten Espresso zuzubereiten: zweimal eins gleich ein doppelter. Dann fuhr sie sich mit der Zungenspitze über die Unterlippe. »Nein, ich habe ihn nicht gekannt. Gianluca meine ich«, beantwortete sie die Frage, die der Commissario schon vor einiger Zeit gestellt hatte. Und dann beschloss sie, den Stier bei den Hörnern zu packen. »Er war am Montag bei mir, um sich seine Zukunft vorhersagen zu lassen.«

Zum zweiten Mal innerhalb ihres kurzen Gesprächs war der Commissario für einen kurzen Augenblick sprachlos. Er blinzelte, runzelte die Stirn, dann fragte er vorsichtig nach, als habe er nicht richtig gehört: »Er hat was?«

»Ich lese im Kaffeesatz«, begann Sofia und erzählte ihm, was ein Mokka war und was sie von Nonna Valerija gelernt hatte. Sie berichtete ihm davon, wie Gianluca auf seinem Wunsch bestanden hatte, dass es ihm offenbar wichtig gewesen war und auch dass sie ihn vor einer drohenden Gefahr gewarnt hatte. Nur ihre Träume und die seltsame Unruhe, die sie bei Gianlucas Besuch erfasst hatte, verschwieg sie.

»Aber das ist doch …« Ungläubig schüttelte der Commissario den Kopf. »Sie erlauben sich einen Scherz mit mir, richtig?«

»Sie haben auch ein Kreuz.« Sofia deutete auf die feine goldene Kette, die er trug. »Und ich wette, am Rückspiegel Ihres Autos …«

»Das ist doch etwas völlig anderes«, unterbrach er sie schroff.

Also stimmte es. Ein *Cornicello* oder passend zu seinem Schmuckstück ein Rosenkranz.

»Für die einen so, für die anderen so.« Lächelnd zuckte sie mit den Schultern.

»Sie glauben wirklich daran?«

»Nicht immer«, antwortete sie ausweichend. »Können Sie ... dürfen Sie mir sagen, was passiert ist?«

»Was meinen Sie mit ›nicht immer‹? Und hat Gianluca Ferrari daran geglaubt?«

Wie ein Hund mit einem Knochen, dachte Sofia. »Sie sollten sich mit unserem Padre unterhalten«, sagte sie dann und grinste. »Falls Sie an einem Vortrag über Ketzerei interessiert sind.«

Prüfend sah er sie an, ganz offensichtlich wusste er nicht, was er mit ihr anfangen sollte. Sie hatte nicht vor, es ihm einfacher zu machen.

Schließlich schien er sich einen Ruck zu geben, er nickte wie zu sich selbst und lächelte. Vielleicht lag es am zweiten Caffè, den er langsamer trank als den ersten und sichtlich genoss. »Kennen Sie den Sacro Monte di Ghiffa?«, beantwortete er dann ihre Frage.

»Natürlich.« Der Sacro Monte di Ghiffa war ein kleiner Wallfahrtsort in den Hängen des Monte Cargiago oberhalb seiner gleichnamigen Stadt Ghiffa am Lago Maggiore. Neben der Wallfahrtskirche gab es dort drei kleine Kapellen, allesamt leuchtend weiß im Grün der Natur ringsum, sowie einen Kreuzweg in einem Laubengang. Man hatte vom Sacro Monte di Ghiffa einen wunderbaren Blick über den See, und die Wege dorthin führten durch alte Wälder mit Kastanien und Kiefern, deren Duft sich im Hochsommer, von der Sonne erwärmt, in der Luft ausbreitete. Dort hatte man Gianluca gefunden?

»An einem heiligen Ort also«, murmelte sie. Ihr Blick blieb an der Kette des Commissario hängen.

Für einen Moment wirkte Ranieri, als wollte er etwas entgegnen, doch er nickte nur nachdenklich. »Er wurde erwürgt«, sagte er schließlich. »Man hat ihn …« Er unterbrach sich, schüttelte entschuldigend den Kopf. »Verzeihen Sie, ein Mord ist immer grausam, Sie müssen nicht wissen wie grausam.«

Eine Erinnerung aus ihren Träumen schlich sich in ihre Gedanken. Keine Luft, um Atem ringend, kämpfend … Sie schlang die Arme um ihren Oberkörper. Doch, vielleicht musste sie es wissen. »Ging es schnell?«, fragte sie.

Aus seinem Schweigen schloss sie alles, was sie wissen musste.

»Ich wünschte, ich hätte ihm helfen können«, sagte sie leise. Plötzlich fiel ihr etwas ein. »Woher wussten Sie eigentlich, dass Gianluca bei mir war?«, fragte sie.

»Er trug einen Zettel in seinem Portemonnaie, mit Ihrem Namen.«

Er hatte also gezielt zu ihr gewollt. Hatte Clara sie ihm empfohlen? Oder woher hatte er ihren Namen? Das Café war natürlich im Internet zu finden, sie hatte eine Instagram-Seite, nur der Mokka wurde dort nirgends erwähnt.

»Haben Sie eine Idee, weshalb er diesen Zettel bei sich trug?«, fragte Ranieri.

Sofia schüttelte den Kopf.

»Sie hatten vor dem Gespräch hier in Ihrer Bar keinen Kontakt zu ihm?«

»Nein, keinen. Möglicherweise hat Clara mich empfohlen? Clara Tacchini, die Pensionswirtin.«

Diesmal schüttelte der Commissario den Kopf. »Es ist nicht wichtig«, sagte er schließlich.

Doch da war Sofia sich nicht ganz sicher.

*

»O Sofia, hast du einen Verehrer?« Rebecca klopfte mit ihren Knöcheln sacht auf Sofias Hand und blickte sie neugierig an, als der Commissario sich verabschiedet hatte. Nicht nur äußerlich glich sie ihrer Nichte Laura, auch was das Interesse an Sofias Liebesleben betraf, waren sich die zwei Frauen ganz und gar ähnlich.

»Lass doch die Jugend, sie wird ja schon ganz rot«, warf Rosa ein.

»Ich werde ganz und gar nicht rot«, widersprach Sofia. Ob sie den Damen von dem Toten erzählen sollte? Offensichtlich hatten sie ihr Gespräch nicht belauscht und wussten noch nichts von dem Verbrechen. Sofia zögerte, sie hatte nicht das Gefühl, dass es ihr zustand, diese Neuigkeiten zu verbreiten. Die drei würden noch früh genug erfahren, was in Corazzo passiert war. Sie hatten auch sonst ihre Ohren überall. Stattdessen stemmte Sofia die Hände in die Hüften und sagte: »Aber wenn ihr ein Stück Kuchen wollt, solltet ihr euch hüten, eure Nase in mein Liebesleben zu stecken.« Das überhaupt nicht vorhanden war, und schon gar nichts mit Ranieri zu tun hatte, dessen Besuch im Café rein beruflicher Natur gewesen war. Abgesehen davon kannte sie den Mann überhaupt nicht. Unter anderen Umständen hätte sie ihn vielleicht ganz gern kennengelernt, musste sie sich eingestehen. Aber unter anderen Umständen hätte sie ihm auch nicht gleich von ihrem Mokka erzählt. Nun ja, so war es jetzt eben.

Und ohnehin hatte sie noch genug am Tod von Gianluca zu knabbern.

»Ach Sofia, unsere Nasen in das Leben anderer Leute zu stecken, ist eine der wenigen Freuden, die wir noch haben!«, jammerte Rosa, und die Frauen, einschließlich Sofia selbst, brachen in Gelächter aus.

»Wir werden jetzt vor allem dir eine Freude machen und nach Hause gehen«, sagte Eleonora anschließend und griff nach ihrer Handtasche. »Das Mittagessen wartet.«

Sofia nutzte das Stichwort, um Rebecca ihre Post zu übergeben.

»Wollte Laura wieder die fünfzig Meter Fahrtweg von Davide zu mir sparen?«, rügte Rebecca kopfschüttelnd. Dann schien sie Sofias Gesichtsausdruck zu bemerken und fügte seufzend hinzu: »Sie streiten sich wieder.«

Entschuldigend zuckte Sofia mit den Schultern. »Sie werden sich auch wieder vertragen.«

»Übermorgen«, stimmte Rebecca zu. »Und nächste Woche gibt es den nächsten Konflikt.«

Die drei Damen machten sich bereit zum Gehen. Sie glätteten gleichzeitig ihre Röcke, fuhren sich anschließend durch die Haare und bestellten Torta di Nocciole zum Mitnehmen, zweimal für Rosa und Rebecca und einmal für Eleonora. Sofia nahm sich vor, die Witwe demnächst zu besuchen. Sie war froh, dass Eleonora ihre beiden Freundinnen hatte, aber etwas mehr Gesellschaft konnte nicht schaden. Sofia wusste, wie einsam es in einem Haus werden konnte, wenn jemand fehlte, der zuvor jeden Tag da gewesen war. Außerdem würde es Eleonora vielleicht guttun zu reden, und Sofia war eine hervorragende Zuhörerin.

Als kurz darauf ihr Smartphone klingelte, musste sie an Gedankenübertragung denken: Gerade eben noch hatte sie an ihre Familie gedacht, an ihre Großmutter Valerija, die immer noch schmerzlich fehlte.

»*Ciao*, Sofia!« Die kratzige Stimme ihres Vaters klang durch den Hörer. »Deine Mutter möchte wissen, ob du heute Abend zum Essen kommst?«

Hatte Nonna Valerija es mit den besten Konditorinnen und Konditoren des Landes aufnehmen können, so hatte Sofia das Kochen von ihrer Mutter gelernt. Als Friseurin arbeitete sie ohne lange Mittagspause, wie es in anderen Geschäften üblich war, und verbrachte den ganzen Tag in ihrem parfümierten Salon in Corazzo. Da freute sie sich, abends auf dem Balkon zu sitzen, frische Luft atmen zu können und ein gutes Risotto zu genießen. Ihr »Parrucchieri Dalmasso« war der einzige Friseur in Corazzo, das Bild von Maria Antonietta Macciocchi, der bekannten Kommunistin und Feministin, das Giulia in ihrem Salon an die Wand gehängt hatte, gefiel jedoch nicht allen Kundinnen. Doch Giulia war in ihrem politischen Denken wie in ihrem ganzen Leben radikal und kompromisslos, und so hatte sich Corazzo an seine linke Friseurin gewöhnt.

Privat liebte Giulia es trotz ihrer feministischen Überzeugung zu kochen und ihre Familie mit allerlei Köstlichkeiten zu verwöhnen –wobei es am Wochenende aufwendiger sein durfte, da gab es oft Ossobuco oder auch Vitello tonnato als Vorspeise. Nach einem langen Arbeitstag bevorzugte sie die schnelle Küche, die ihren arbeitsintensiveren Gerichten an Geschmack jedoch nicht nachstand. Ohne zu zögern, versprach Sofia also, gleich nach dem Schließen ihres Cafés vorbeizukommen. »Die Neuigkeiten verbreiten sich wohl schnell«, fügte sie dann hinzu.

»Welche Neuigkeiten?«, fragte ihr Vater scharf, und sie runzelte die Stirn. Das war ungewohnt.

»Ich habe heute Vormittag eine Haselnusstorte gebacken.«

»Ach so!«

»Was dachtest du denn?«, fragte sie.

»Nichts weiter. Deine Mutter macht Risotto«, wechselte
er schnell das Thema, was sie durchaus registrierte.

Trotzdem tat sie ihm den Gefallen und ging darauf ein.
»Was für eines?«

»Welches wohl?«, gab ihr Vater zurück.

Natürlich *alla piemontese*, mit Tomaten und Gewür-
zen. Der Reis wurde in der Po-Ebene angebaut, wo es im
Sommer heiß war und in den Übergangsjahreszeiten warm.
Doch gab es fast immer ausreichend Niederschläge, sodass
sich die Region für den Anbau von mediterranem Gemüse
und Reis eignete. Auch wenn der Reisanbau mittlerweile
an Bedeutung verloren hatte, so kam der beste Risotto-
Reis immer noch aus der piemontesische Po-Ebene zwischen Novara, Vercelli und Pavia: Carnaroli. Cremig, aromatisch und bissfest war er, und Sofia verwendete diese
Reissorte am liebsten.

»Sag Mamma, ich freu mich.«

Ihr Vater versprach, das zu tun, und mit zusammengezogenen Augenbrauen beendete Sofia das Gespräch. Sofia kam
es so vor, als hätte er aus irgendeinem Grund Angst gehabt,
ein bestimmtes Thema anzusprechen. Hatte er bereits von
dem Toten am Sacro Monte erfahren? Wie sie schon zu
Commissario Ranieri gesagt hatte: Neuigkeiten verbreiteten sich in Corazzo schnell.

*

»Es ist nicht natürlich«, beharrte Valerija, während sie ihrer Schwiegertochter dabei zusah, wie sie Limonade eingoss.

»Freu dich lieber, dass der Winter noch ein bisschen auf sich warten lässt«, sagte Giulia. Es war, als würde sie Valerija gar nicht zuhören.

»Schlechte Dinge passieren«, sagte sie also noch einmal. »Ich fühle es, spüre es in den Knochen und Gelenken. Wenn die Natur verrücktspielt, tun es auch die Menschen.«

Es war zu warm, viel zu heiß für einen Oktobertag, und die Hitze trieb ihr den Schweiß auf die Stirn. Aber Giulia hatte sie noch nie verstanden.

»Trink erst einmal etwas.«

Valerija nahm das Glas Limonade, das Giulia ihr reichte, und trank in kleinen Schlucken, bis es leer war. Dann stellte sie es zurück auf die Arbeitsfläche. Die Küche war neu, so wie sie die gesamte Wohnung erst vor Kurzem neu eingerichtet hatten. Sie waren fleißig, Giulia und Marco, arbeiteten viel. Giulia träumte von ihrem eigenen Friseursalon in Corazzo und machte Überstunden in Verbania. Marco arbeitete nach Feierabend oft schwarz in den Häusern hier und den Dörfern ringsum als Fliesenleger, so hatten sie sich einiges angespart. Sofia hatte sogar ein eigenes Zimmer, mit einer bunten Tapete und mehr Kuscheltieren, als sie zählen konnte. Das Kind wurde verwöhnt, das wusste Valerija, nicht zuletzt von ihr selbst. Gerade schlief die Kleine, am Vormittag war Giulias Mutter mit ihr schwimmen gewesen, das hatte sie müde gemacht. Auch wenn sie steif und fest behauptet hatte, kein bisschen schläfrig zu sein, während ihr schon die Augen zufielen.

»Sofia hat es geerbt«, sagte Valerija. Mit einem Stück Papier fächelte sie sich Luft zu. Es war wirklich unnatürlich heiß.

Giulia seufzte. Mit dem Zeigefinger fuhr sie sich am Nasenrücken entlang. »Sie ist vier, Valerija.«

»Ich habe es gespürt, ich spüre es.«

Giulia, die gerade eine Packung Nudeln aus dem hellen Küchenschrank geholt hatte, knallte das Paket heftiger als nötig auf die Arbeitsfläche.

»Wie sind die Nächte im Augenblick? Schläft sie unruhig?« Sie selbst schlief unruhig. Etwas lag in der Luft, das Wetter, es machte die Menschen verrückt.

Giulia seufzte. »Möchtest du am Sonntag zum Essen kommen?« Es war deutlich, dass sie sich bemühte. Dass sie versuchte, nett zu sein, auch wenn Valerija anstrengend war – und selbst Valerija merkte, dass sie heute anstrengend war. Das Wetter und die bösen Vorahnungen brachten in ihrem Kopf alles durcheinander. »Ameisen«, murmelte sie. So als wären überall Ameisen, genau so fühlte es sich an. Ameisen in ihren Armen, in ihren Beinen und in der Luft. »Ja, ich komme am Sonntag«, sagte sie dann und schob die Kränkung zur Seite, dass Giulia offenbar nicht bereit war, am Sonntag zu ihr zum Essen zu kommen.

Durch das offene Fenster konnte sie das Knattern der Motoren auf der Straße hören, das laut zu ihnen in die Küche drang.

Valerija schürzte die Lippen. »Ich muss zurück ins Café.«

Giulia würde es nicht verstehen, hatte es nie verstanden. Und Marco hatte sich nie die Mühe gemacht, es ihr zu erklären. Aber Sofia, Sofia würde es verstehen. Valerija hatte es gespürt, von Anfang an. Mit schweren Schritten verließ sie die kleine Wohnung, schloss die Tür so leise wie möglich, um das Kind nicht aufzuwecken.

4. KAPITEL: FOCACCIA UND EIN GLAS WEIN

Sorgfältig arrangierte Sofia die Cornetti in der Vitrine. Der vorige Abend hatte sie verwirrt, das musste sie zugeben. Das Essen war vorzüglich gewesen, ihre Eltern herzlich wie immer. Sofias Mutter trug ebenfalls einen dicken, fast schwarzen Zopf, aus dem sich an den Schläfen hin und wieder einige Löckchen kringelten. Die Ähnlichkeit zwischen ihnen beiden war unübersehbar. Was Sofia jedoch von ihrem Vater – und damit von ihrer Großmutter Valerija – hatte, war ihre Größe: Sie überragte ihre Mutter, zum Missfallen dieser, schon seit ihrer Teenagerzeit um einige Zentimeter. Ihr Gespräch hatte sich um die üblichen Themen gedreht: Sofia arbeitete zu viel, Sofia war viel zu dünn und sollte mehr essen, das italienische Volk war verrückt, nicht die Partito Comunista zu wählen, ach, und Giulia hatte Laura am Morgen gesehen, als sie ein Päckchen im Salon abgegeben hatte. Wenn sie daran dachte, wie klein die beiden früher gewesen waren ... Zu diesem Zeitpunkt hatte Sofias Mutter beschlossen, die Nachbarn zum Dessert dazu zu bitten, eben Lauras Eltern, mit denen die Dalmassos schon seit Jahrzehnten befreundet waren und die Sofias Torta di Nocciole ebenfalls nicht widerstehen konnten.

Sofia kannte die Perlinos, seit sie denken konnte. So wie Laura zeit ihres Lebens bei den Dalmassos ein und aus gegangen war, fühlte Sofia sich bei den Perlinos ebenfalls wie zu Hause. Und so hatten sie einen heiteren Abend mit vielen Geschichten von früher und dem üblichen Klatsch und Tratsch, der derzeit im Dorf die Runde machte, verbracht. Nur über eine Sache wurde hartnäckig geschwiegen, und als Sofia vorsichtig von dem Toten erzählen wollte, der in Claras Pension übernachtet hatte, war ihr Vater aufgesprungen, um den Grappa zu holen. Die Perlinos hatten mit aufeinandergepressten Lippen auf dem Sofa gesessen und schließlich hatte Sofias Mutter das Thema entschlossen mit den Worten beendet: »Ich will wirklich nicht über solche schrecklichen Dinge sprechen. Wir wollten einen schönen Abend verbringen, und jetzt *basta!*«

Sofia wischte einmal über die Theke und stützte dann ihren Kopf auf die Hände. Sicher, es waren schreckliche Neuigkeiten gewesen, das wollte sie gar nicht bestreiten. Trotzdem war dieses Verhalten merkwürdig.

Immer noch in Gedanken versunken, wurde sie aufgeschreckt, als jemand polternd ihr Café betrat.

»*Madonna mia!*« Laura, die drei Pakete und vier Briefe gleichzeitig in Händen balancieren wollte, hatte zwei der Pakete und die Briefe fallen gelassen.

»Ich hoffe, das waren nicht meine neuen Weingläser«, sagte Sofia und musste beim Anblick von Lauras entsetztem Gesichtsausdruck lachen. »Keine Sorge«, beruhigte sie ihre Freundin kichernd. »Das ist alles nicht zerbrechlich.«

»Du hast mir einen ganz schönen Schrecken eingejagt«, grummelte Laura, während sie gemeinsam Pakete und Briefe aufsammelten.

»Ich soll dich von deinen Eltern grüßen«, wechselte Sofia das Thema.

»Und gleich der nächste Schreck!«, sagte Laura.

Erneut musste Sofia kichern. »Sie würden sich freuen, wenn du sie wieder einmal besuchen würdest.«

»Sie bekommen jeden Tag die Post von mir geliefert«, empörte Laura sich. »Abgesehen davon hat meine Mutter nie im Leben gesagt, sie würde sich freuen, wenn ich sie besuchen würde. Ihre genauen Worte waren wahrscheinlich so etwas wie: Warum kommt sie nie vorbei? Warum tut mein eigenes Kind mir das an? Will sie mich in ein frühes Grab bringen?«

Sofia biss sich auf die Zunge, aber sie musste zugeben, dass Lauras Imitation täuschend echt war: Beide Mütter hatten einen Hang zur Dramatik.

»Davide besucht sie jeden Sonntag, und dabei hat Davide auch noch seine Schwiegereltern.« Laura schnaubte. Als Kind hatte Sofia ihre beste Freundin immer dafür beneidet, einen Bruder zu haben, auch wenn diese seit fünfundzwanzig Jahren vehement behauptete, dass es so viel besser wäre, Einzelkind zu sein. »Davide ist schon lange verheiratet«, führte Laura weiter aus. »Wieso sie also andauernd *mich* um Enkelkinder anfleht, ist mir ein Rätsel!« Offensichtlich hatte der derzeitige Streit, den Laura mit ihrem Bruder führte, mehr mit ihrer Mutter zu tun als mit Davide selbst.

Sofia musste grinsen. »Frag mal meine Mutter. In meinem Alter war sie schon verheiratet und schwanger.«

Die beiden Freundinnen warfen sich einen verschwörerischen Blick zu. In diesen Punkten konnte Sofias Mutter so feministisch sein, wie sie wollte, der Beziehungsstatus ihrer Tochter war dann doch wichtiger als jede Theorie.

»Aber apropos …« Laura wickelte eine Haarsträhne um ihren Finger. »Er sieht gut aus, der Commissario, nicht wahr?«

Neuigkeiten verbreiteten sich eben schnell in Corazzo, dachte Sofia schmunzelnd. Lauras Arbeitsweg musste am Vortag den Weg einer der drei Damen – oder gleich den von allen drei zusammen – gekreuzt haben. Wie üblich waren weder die Frauen noch Laura einem kleinen Schwätzchen abgeneigt, und Laura hatte wie Sofia selbst vorher den richtigen Schluss gezogen, wer dem Café einen Besuch abgestattet hatte.

»Ich dachte, mit Matteo läuft es gut?«, entgegnete Sofia statt einer Antwort. Matteo war Lauras Freund, wobei der Begriff etwas lose gefasst werden musste, die beiden kannten sich erst seit zwei Monaten und hatten sich bisher erst ein paarmal getroffen.

»Matteo! Weißt du, mit wem er neuerdings joggen geht?« Laura spie das Wort mit ebenso viel Verachtung aus wie Sofias Stammgast Massimo. Joggen war, wie generell Sport, nichts für Laura. Dabei geriet sie nur ins Schwitzen und ihr Make-up verlief. Ihre Figur hielt sie durch viel Glück in der genetischen Lotterie, wenn man ihren Zuckerkonsum in Sofias Café bedachte. »Mit dieser Kellnerin aus Cannobio«, fügte sie dann hinzu, mit beinahe so viel Verachtung für die Nebenbuhlerin wie für das Laufen.

»Susanna? Waren die zwei nicht mal …?«

»Haargenau!« Lauras ausladende Geste zeigte, was sie von der körperlichen Ertüchtigung ihres Freundes mit seiner ehemaligen »Amore« hielt. Wenn Matteo noch einmal mit Laura ausgehen wollte, würde er ziemlich zu Kreuze kriechen müssen, so viel stand fest. »Genug von Matteo. Basta!« Damit hatte sich Matteo erledigt, und Laura würde diesen Sommer wohl kaum noch einen Gedanken an ihn verschwenden.

»Also streckst du deine Fühler jetzt in Richtung Polizei aus?«

»Nicht doch. Ich dachte da eher an dich, la mia bellezza.« Meine Schönheit, so nannte Laura sie gern, wobei

Sofia immer fand, dass Laura die Hübschere von ihnen beiden war. Aber wie so vieles war das Ansichtssache, und Sofia wusste, dass auch sie mit ihrer schlanken Figur, dem dichten dunklen Haar und ihrem ungekünstelten Lächeln dem ein oder anderen Mann auf der Straße den Kopf verdrehen konnte.

»Laura, ein Mann ist gestorben. Ich habe gerade keine Augen für einen Commissario oder sonst jemanden.« Auch wenn sie insgeheim zugeben musste, dass Ranieri tatsächlich sehr gut aussah. Klug schien er ebenfalls zu sein, wenn auch ein bisschen stur.

»Na gut«, trällerte Laura verdächtig beiläufig. Wie nebenbei legte sie einen Brief auf die Theke. »Ein Irrläufer, der soll an die Questura in Verbania, ich kann mir gar nicht vorstellen, wie er in meiner Post gelandet ist. Glaubst du, der Commissario kommt in nächster Zeit noch einmal bei dir vorbei?« Sie lächelte unschuldig, als sie den Umschlag über die Theke schob.

»Du bist unmöglich.« Sofia wollte gar nicht wissen, wie Laura an den Brief gekommen war – und vor allem, warum.

»Glaubst du, es war jemand hier aus dem Dorf?«, wechselte ihre Freundin plötzlich das Thema, und es fühlte sich nach einer eiskalten Dusche an. Jemand aus dem Dorf?

»Nein«, antwortete Sofia schnell. Das konnte nicht sein, nicht jemand aus Corazzo.

»Gianluca hat hier übernachtet.«

»Jemand kann ihm gefolgt sein. Aus seiner Heimat, aus …«

»Turin«, ergänzte Laura, die am Tag zuvor offenbar doch länger mit Clara in der Pension gesprochen hatte, als sie zugeben wollte. »Aber weshalb sollte er ihn dann hier umgebracht haben? Zwei Stunden mit dem Auto, wenn er doch vor der Haustür wohnte?«

Sofia fuhr sich mit der Zungenspitze über die Lippen. Lauras Argumentation klang schlüssig, aber dann auch wieder nicht – was gab es Besseres als einen Ort, an dem man unbekannt war, um unerkannt zu fliehen? Und der schwerwiegendste Grund, der dagegen sprach, war, dass Sofia es nicht glauben konnte, nicht glauben wollte. Corazzo war ihr Hafen, das Stückchen Frieden und Glück in einer unsicheren Welt. Sie wollte es einfach nicht glauben. Warum auch sollte diese furchtbare Gewalt hier ihren Ursprung haben?

*

»Glaubst du, es war jemand hier aus dem Dorf?« Diese Frage ging Sofia den Rest des Tages nicht mehr aus dem Kopf. Sie weigerte sich, das zu glauben, sie weigerte sich zu glauben, jemand, den sie kannte, wäre dieser abscheulichen Tat fähig. Und doch gab es diese hartnäckige Stimme irgendwo ganz hinten in ihrem Kopf, die nicht lockerließ, dieselbe Frage zu stellen: »Glaubst du, es war jemand hier aus dem Dorf?«

Während sie ihren Teig knetete, dachte sie nach. Sie kannte die Dorfbewohner. Kannte jeden hier mit Namen, wusste, ob er seinen Caffè mit Zucker trank und was sie für Hobbys hatte. Ob es Eheprobleme gab, Freundschaften zu Bruch gingen oder neue entstanden, wusste über die eine oder andere Affäre Bescheid und zwischen wem Streit herrschte. Was wusste schon die Polizei in Verbania davon?

Sie rollte den Teig auf dem Backpapier zu einem Fladen, legte beides zusammen aufs Blech und stellte es wieder in den lauwarmen Ofen. Während der Hefeteig ein weiteres Mal ging, räumte sie das benutzte Geschirr in die Spülmaschine, wusch die Schüssel aus und ihr Backbrett ab und versuchte, den Kopf freizukriegen. Schließlich war es so weit, und sie konnte mit den Fingern Mulden in den weichen Fladen stechen. Zu guter Letzt bestrich sie ihn mit Olivenöl, zerrieb etwas Rosmarin und gab Meersalz dazu, dann stellte sie den Ofen auf zweihundert Grad. Mit geschlossenen Augen sog sie den Duft der Kräuter ein. In weniger als einer halben Stunde würde es frische Focaccia geben, und die Zwischenzeit nutzte sie, um einen Caffè zu trinken und nachzudenken.

Als ihr Ofen ein leises Pling von sich gab, hatte sie einen Entschluss gefasst. Die noch heiße Focaccia ließ sie für wenige Augenblicke auskühlen, dann schnitt sie zwei großzügige Stücke ab, klemmte sich im Vorbeigehen die Flasche Weißwein unter den Arm und setzte ihr charmantestes Lächeln auf, als sie nach draußen trat.

Die alten Männer waren heute zu dritt. Raffaele murrte gerade über das Blatt, das er bekommen hatte, während Padre Fabrizio seine Karten mit ernstem Gesichtsausdruck sortierte. Wie üblich trug er seinen Kollar, den weißen Stehkragen, der ihn als Priester identifizierte, heute unter einem schwarzen Kurzarmhemd. Der Hochsommer nahte. »Sofia«, grüßte er sie freudestrahlend, als sie noch nicht einmal ganz aus dem Café getreten war. »Wann sehe ich dich wieder in der Heiligen Messe?«, fragte er. »Wenn du vorher beichtest, darfst du auch die Kommunion empfangen.«

Sofia lachte. Sie wusste, dass er es nicht böse meinte; und dass ein katholischer Geistlicher Schwierigkeiten hatte, seinen Glauben mit ihrem Mokka in Einklang zu bringen, konnte sie ihm verzeihen. Mit Nonna Valerija hatte er es nicht so einfach gehabt: Obwohl sie eine seiner treuesten Kirchgängerinnen war – denn Valerija war nicht nur abergläubisch, sie war auch gläubig gewesen –, hatten sie sich doch erbitterte Wortgefechte über ihre »Ketzerei« geliefert. Manchmal war es Sofia so vorgekommen, als spielten sie Katz und Maus miteinander. Es war eine besondere Beziehung zwischen ihnen beiden gewesen.

Sofia, die weder von ihrer Nonna noch von ihrer Mamma die Lust am Streiten geerbt hatte, hatte Padre Fabrizio nie Widerworte gegeben, stattdessen gelächelt, ihm einen Espresso mit einem Biscotto hingestellt, und so vertrugen sie sich seitdem blendend.

Massimo, die Sonnenbrille in die Haare geschoben, quatschte derweil mit der Fahrerin eines Autos, das mit laufendem Motor auf der Straße stand. Die Fensterscheibe heruntergelassen, gestikulierte und lachte die Signora und schien die immer länger werdende Schlange an Fahrzeugen hinter ihr nicht wahrzunehmen. Massimo und sein Freund Raffaele kannten jeden in der Region, kaum ein Spaziergänger, der nicht für ein, zwei Worte stehen blieb, kaum ein Autofahrer, der ihre Anwesenheit ignorierte. Als es hinter der Signora vehement hupte, rollte sie mit den Augen, verabschiedete sich von Massimo und zeigte dem wütenden Autofahrer hinter ihr mit einer eindeutigen Geste, was sie von seiner Ungeduld hielt.

Amüsiert trat Sofia an den Tisch der drei alten Männer und stellte ihre Fracht ab.

»Focaccia!« Massimos Augen leuchteten. »Du verwöhnst uns, *carissima*.«

Sie zog sich einen Stuhl heran, schenkte den dreien Wein nach und leerte den Aschenbecher aus. Sehr zum Missfallen der beiden anderen hatte Massimo das Rauchen immer noch nicht aufgegeben.

»Wie läuft das Spiel?«, fragte Sofia mit Blick auf die Karten, die die Männer angesichts der Focaccia zurück auf einen Stapel gelegt hatten. Heute befand sich eine Packung daneben, der Monsignore verurteilte das Glücksspiel, sodass die Männer symbolische Preise verteilten.

»Bah.« Raffaele verzog verärgert den Mund. Wie üblich schien Massimo zu gewinnen. Der lehnte sich, den Teller in der Hand, zurück und grinste.

»Sagt mal«, begann Sofia dann das Gespräch, das sie eigentlich führen wollte. »Habt ihr das gehört von dem Toten auf dem Sacro Monte di Ghiffa?«

»Herr, gib ihm die ewige Ruhe.« Der Padre bekreuzigte sich.

»Schlimme Sache.« Massimo nickte gewichtig, während er herzhaft in seine Focaccia biss. Dann schloss er die Augen. »Himmlisch«, nuschelte er.

»Ich frage mich, was er hier gewollt hat«, fuhr Sofia leichthin fort.

»Wer?« Auch Raffaele war vornehmlich mit der Focaccia beschäftigt.

»Der Tote«, sagte der Pfarrer, der als Einziger dem Gespräch zu folgen schien.

Sofia nickte. »Gianluca Ferrari. Er kam aus Turin, habe ich gehört.«

»Urlaub.« Massimo zuckte mit den Schultern. »So schöne Wälder wie bei uns findest du nirgends. Und dann der See ...«

»Der See!« Raffaele führte Zeige-, Mittelfinger und Daumen seiner rechten Hand zusammen und wedelte mit der Hand. »Unser Lago Maggiore, weil er der größte und der schönste ist.«

»Und weil er zu einem guten Teil zum Piemont gehört«, sagte Sofia.

»Aus dem Grund ist er ja der schönste«, bestätigte der Pfarrer.

»Wo ist es sonst so herrlich wie hier, kannst du mir das sagen?« Inzwischen mit beiden Händen gestikulierte Raffaele zu den Baumwipfeln ringsum, zu ihrem Café. »Wo gibt es den besten Wein? Hier. Barolo. Wo gibt es die beste Pasta? Hier. Agnolotti und Tajarin. Wo gibt es die beste Schokolade? Hier. Nougat aus Turin.« Zufrieden verschränkte er die Arme vor der Brust, als hätte er soeben einen Beweis für die Relativitätstheorie erbracht.

Amüsiert schlug Sofia die Beine übereinander. So ganz unrecht hatte Raffaele natürlich nicht, ein Urlaub war naheliegend. Corazzo lag am Rande eines Naturschutzgebiets, des Parco Nazionale della Val Grande, ein Paradies für Wanderer und Menschen, die nach Erholung in der Natur suchten: Das Klima der Alpen, der See und die üppige Vegetation waren weithin bekannt und beliebt. In diese Theorie passte auch der Besuch der Wallfahrtskirche, aber dennoch störte sie etwas daran, und sie glaubte den Grund zu kennen: Gianluca hatte nicht wie ein Tourist gewirkt. Beinahe täglich kamen Feriengäste zu ihr, die von Clara, Laura oder jemand anderem im Dorf von Sofia und ihrem Café gehört hatten. Manche hatten auch von ihrem Mokka erfahren, und dabei hatten sie eines gemeinsam: Das Kaffeesatzlesen war für sie ein riesiger Spaß. Ob sie daran glaubten oder nicht, sie sahen Sofia genau zu und fanden alles wahnsinnig interessant. Gianluca hingegen war angespannt gewesen. Außer seinem Kaffee hatte er nichts konsumiert und war weit davon entfernt gewesen, die Schönheit der Natur zu genießen. Vielleicht war er wirklich auf einer Wallfahrt gewesen?

»Monsignore, haben Sie mit ihm gesprochen?« Vielleicht war er gar zur Beichte in der Kirche gewesen?

Doch der Priester schüttelte seinen massigen Kopf.

Vielleicht hatte Gianluca sich am Sacro Monte ein Wunder erhofft, unglücklich genug schien er gewesen zu sein. Gab es dafür einen Grund? Sie wusste es nicht. Eigentlich wusste sie überhaupt nichts über ihn.

»Er hat doch bei Clara gewohnt«, sagte sie nachdenklich. Vielleicht sollte sie mit der Pensionsbesitzerin sprechen.

»Ach, Sofia, du solltest dich nicht mit so etwas beschäftigen. Die Polizei kümmert sich darum.«

Commissario Ranieri, ja, doch was wusste man in der Questura in Verbania von Corazzo?

Raffaele beäugte sein Weinglas, das anscheinend für ihn überraschend schon wieder leer war. »Wenn ich noch eins trinke, bekomme ich Ärger mit Rosa«, sagte er traurig, als Sofia ihm nachschenken wollte. »Ich habe ihr heute versprochen, sie am Abend auszuführen. Nach Cannobio.« Jetzt wirkte er gleich noch unglücklicher.

Und auch Massimo begann sofort zu schimpfen. »Touristen überall!«

Sofia lachte. »Cannobio ist doch wunderschön«, verteidigte sie das Städtchen am Seeufer, an dessen Seepromenade sie im Sommer ebenfalls gern entlang schlenderte. Und jetzt im Juni waren die Uferstädte noch nicht so überfüllt, sodass man die Abendstimmung mit einem Eis oder auch einem Aperol genießen konnte.

»Cannobio ist gut«, stimmte auch der Pfarrer zu. »In Sant'Agata ist ein netter Kollege.«

»Warte mal. Wie hattest du gleich gesagt, war sein Nachname gewesen?«, wechselte Massimo plötzlich das Thema. »Ferrari?« Er zog die buschigen Augenbrauen zusammen.

Sein faltiges Gesicht wurde noch faltiger, als er Raffaele anblickte, der unwirsch sagte: »Misch dich nicht in so etwas ein.«

Doch Massimo schüttelte den Kopf, wie um seine Gedanken zu sortieren. »Gab es nicht einmal eine Familie hier im Dorf mit dem Namen?«

*

Commissario Alessandro Ranieri war alles andere als begeistert. Bisher hatte er nicht herausgefunden, was der Tote – Gianluca Ferrari – in Corazzo gewollt hatte. Denn seiner Verlobten in Turin, einer Angestellten bei einem Zahnarzt, hatte er von einer Geschäftsreise erzählt, einer Messe in Mailand, auf der er das neueste Produkt seiner Firma – Kontaktlinsen – vorstellen sollte. In den Augen von Alessandros Kollegen belegte diese Lüge, dass Gianluca Ferrari eine Affäre hatte vertuschen wollen. Denn angelogen hatte er sie, das stand fest. Seinem Chef war nicht nur eine Dienstreise gänzlich unbekannt, Gianluca hatte sogar Urlaub eingereicht für diese Woche.

Alessandro rieb sich das Kinn, an dem er schon die ersten Stoppeln spüren konnte, obwohl er sich am Morgen noch rasiert hatte.

»Warum sollte er seiner Verlobten diese Lüge auftischen?«, fragte auch der Questore. Domenico Paolini, ein gemütlicher Mann um die sechzig, hatte seine Karriere hauptsächlich der Tatsache zu verdanken, dass er gebürtig aus Verbania stammte und mit zwei bis fünf Personen, die in der Stadt etwas zu sagen hatten, zur Schule gegangen war. »Nein, nein, Ranieri, glauben Sie meiner Erfahrung: Hier ist eine Frau im Spiel.«

Das Problem an dieser Theorie war nur: Niemand wusste etwas von einer Frau. Die Pensionsbesitzerin Clara Tacchini hatte ausgesagt, dass Gianluca allein gewesen war, und auch sonst schien niemand etwas von einer Begleitung bemerkt zu haben.

»Die einzige Frau, die er in Corazzo getroffen hat, ist die Café-Besitzerin Sofia Dalmasso.« Die noch dazu jung und ausgesprochen hübsch war, aber diesen Gedanken behielt Alessandro lieber für sich. Sofia Dalmasso war Zeugin in einem Mordfall, ob sie attraktiv war oder nicht, hatte hier nichts zu suchen.

»Na, da haben Sie seine Geliebte.« Zufrieden wandte sein Vorgesetzter sich wieder seinen Unterlagen zu. Dienstpläne, wenn Alessandro richtig sah.

»Sie behauptet, Gianluca Ferrari zum ersten und einzigen Mal in ihrem Leben vor drei Tagen gesehen zu haben, als sie ihm … die Zukunft vorhergesagt hat.«

Der Questore brauchte nichts zu entgegnen, Alessandro konnte ihm seine Ungläubigkeit auch so ansehen. »Sie liest aus dem Kaffeesatz«, sagte er und fügte hinzu: »Es ist nicht so seltsam, wie es klingt.« Aus irgendeinem Grund hatte er das Bedürfnis, Signora Dalmasso verteidigen zu müssen. Auch wenn er selbst die Sache mit dem Kaffeesatz alles andere als normal fand.

Der Questore gab ein unbestimmtes Brummen von sich. »Und Sie glauben ihr?«, fragte er dann.

Alessandro zögerte, überlegte und gab schließlich seinem ersten Impuls nach: Er nickte nachdrücklich. »Das Dorf ist klein«, führte er dann als weiteres Argument an. »Wenn Gianluca Ferrari die Café-Besitzerin getroffen hätte, würde jemand das wissen.« Doch weder Clara Tacchini noch deren Nachbarn hatten Sofia Dalmasso erwähnt.

»Was uns jetzt natürlich die Schwierigkeit bereitet, dass unser Mordopfer seine Verlobte aus einem anderen Grund angelogen hat«, stellte der Questore fest.

Alessandro gab es nur ungern zu, aber ihm fehlte ganz und gar der Ansatz, um diesen Fall zu lösen. Ob Gianluca Feinde gehabt hatte? Die weinende Verlobte am Telefon hatte sich nicht vorstellen können, dass irgendjemand ihn derart gehasst hatte. Weitere Verwandte hatte er noch nicht ausfindig machen können, und die Kollegen in Turin, mit denen er gesprochen hatte, waren nicht allzu hilfreich gewesen.

»Vielleicht kommen Sie ja mit seinem Handy weiter«, versuchte der Questore ihn aufzumuntern. »Und dann können Sie sich ja noch einmal in Corazzo umhören. Wer weiß, vielleicht kann Ihnen diese junge Frau ja auch die Lösung Ihres Falls aus dem Kaffeesatz lesen.«

5. KAPITEL: MIT GARIBALDI IM GARTEN

Clara Tacchini war eine emsige Pensionswirtin um die fünfzig, der das Wohl ihrer Gäste über alles ging. Kein Wunder also, dass sie immer noch verstört wirkte, als Sofia ihr am nächsten Morgen einen Besuch abstattete.

In Sofias Café half heute Vanessa aus, die Tochter der Uccellis, Nachbarn von Sofias Eltern. Dottor Uccelli war Arzt, hatte seine Praxis zwar in Esio, empfing jedoch Patienten von ganz Corazzo. Vanessa war gerade eben achtzehn geworden, würde im Herbst anfangen zu studieren und wollte sich hier und da etwas dazuverdienen. Die Laune, mit der sie die Gäste begrüßte, war mitunter fragwürdig, doch den Caffè bereitete sie genauso gut wie Sofia zu, also verzieh sie ihr den fehlenden Enthusiasmus – vor allem am Morgen wollten die meisten ohnehin nur einen schnellen Espresso, ohne sich mit langen Gesprächen aufzuhalten. Sofia hatte ihr Café also in mehr oder weniger kompetente Hände gegeben und war ohne allzu schlechtes Gewissen quer durchs Dorf zu Clara gelaufen. Ein grünes Schild mit der Aufschrift »Agriturismo« wies ihr den Weg, Clara hatte an jeder zweiten Wegkreuzung eines aufstellen lassen.

Die Pensionswirtin selbst war durch die Scheiben des Wintergartens zu sehen, den Clara an ihr Wohnhaus angeschlossen hatte, um ihren Gästen dort Frühstück zu servieren. Die Unterkünfte für die Urlauber befanden sich im Garten: Fünf moderne Bungalows reihten sich aneinander, jeder mit einer eigenen Terrasse versehen, daneben und dahinter erstreckten sich die Wiesen und Felder, die dem »Agriturismo« seinen Namen gaben. Garibaldi, der Esel, graste friedlich im Schatten eines Feigenbaums, an den Clara ihn mit einer langen Leine gebunden hatte. Ein Trog mit Wasser stand neben ihm, und während Sofia in die Sonne blinzelte und den Duft der Feige einatmete, dachte sie, dass so ein Leben als Esel nicht das Schlechteste war – von der eingeschränkten Bewegungsfreiheit einmal abgesehen.

Bevor sie das Haus betrat, um mit Clara zu sprechen, ging sie hinüber zu Garibaldi, tätschelte ihm den Hals und holte den Apfel hervor, den sie extra für ihn vorher noch eingesteckt hatte. Mit seinen weichen Lippen nahm der Esel den Leckerbissen an und kaute genüsslich. Sofia fuhr ihm noch einmal mit der Hand durch die Mähne, dann verabschiedete sie sich von dem Tier und nahm die zwei Stufen zum Haupthaus.

»*Ciao*, Clara!«, grüßte sie und schnappte sich den Orangensaft, der auf einer Anrichte stand. Clara wirkte gehetzt, wie sie ihren Gästen mit zitternden Händen Marmelade und Käse hinstellte, einen Brotkorb richtete und dem Wunsch nach Wurst versuchte nachzukommen. Ihr kleiner Chihuahua sprang aufgeregt im Flur herum.

Sie konnte Hilfe gebrauchen, und so goss Sofia Saft ein, nahm Kaffeebestellungen auf und folgte Clara in die Küche, um sich an ihrer Maschine zu schaffen zu machen.

»Dich schickt der Himmel«, flüsterte Clara, nachdem sie ihr Küsschen auf die Wangen gehaucht hatte. »Zwei-Sterne-Preise bezahlen, aber ein Fünf-Sterne-Frühstück erwarten.« Wie so typisch in Italien frühstückte auch Sofia nicht, tunkte nur einen Keks in einen Cappuccino, und naschte dann am Vormittag ein Cornetto, bevor sie in ihrem Café den Mittagstisch richtete. Doch Claras Gäste waren häufig Deutsche oder Österreicher, deshalb bot sie ein abwechslungsreiches Frühstück an mit Wurst- und Käsetellern, Spiegeleiern oder Omeletts. Üblicherweise hatte Clara alles im Griff, aber üblicherweise wurden ihre Gäste auch nicht erwürgt im Wald vorgefunden. Sofia hatte großes Verständnis dafür, dass Clara unter diesen Umständen eine Pause guttun würde. Und so scheuchte sie die Ältere, nachdem die Gäste versorgt waren, zurück in die Küche, schob ihr einen Stuhl zurecht, stellte ihr einen Kaffee hin und reichte ihr einen Keks zum Hineintunken. Endlich konnte Clara wieder durchatmen.

»Das muss ein großer Schock für dich gewesen sein«, sagte Sofia und setzte sich ihr gegenüber. Claras Küche war kleiner als ihre eigene, und vollgestopft mit Haushaltsgeräten. Während Sofia bevorzugte, ihre Tomatensoße auf dem Herd köcheln zu lassen, besaß Clara einen Thermomix, während Sofia den Hefeteig ihrer Focaccia mit den Händen knetete, ließ Clara eine Maschine für sich arbeiten. Es hatte alles Vor- und Nachteile, dachte Sofia, die es genoss, ganz in Ruhe ihre Mittagsmenüs und Kuchen zuzubereiten. Aber mit maschineller Unterstützung hätte sie natürlich mehr Zeit für andere Dinge des Lebens, die Buchhaltung zum Beispiel, die sie sträflich vernachlässigte. Glücklicherweise liebte ihr Steuerberater ihre Haselnusstorte mindestens ebenso wie ihre drei Mittwochsdamen Rosa, Eleonora und Rebecca.

»Du kannst es dir nicht vorstellen«, stöhnte Clara nun. »Was für eine schreckliche Geschichte, *Madonna!* Und seine Sachen sind auch noch drüben im Zimmer, ich muss die Angehörigen kontaktieren, damit ich sie ihnen schicken kann, ich weiß schon gar nicht mehr, wo mir der Kopf steht.«

»Seine Sachen sind noch bei dir?« Seltsam. Die Polizei hatte sie nicht mitgenommen? Wahrscheinlich hatten sie sich auf die wichtigen Gegenstände wie Handy oder Laptop konzentriert, was wollte die Polizei mit Socken und T-Shirts? Sofia hielt inne. Hatte sie nicht mehr über Gianluca erfahren wollen? Vielleicht ergab sich hier eine Gelegenheit. »Soll ich dir beim Packen helfen?«, fragte sie.

»Das würdest du tun?« Clara merkte auf. »Ich habe es noch nicht über mich gebracht, den Bungalow zu betreten. Den Bungalow eines Toten. *Mamma mia.* Und dabei kommen morgen neue Gäste!« Sie tastete in ihrer Rocktasche nach Schlüsseln. Eisen anfassen, das war die übliche Reaktion darauf, wenn jemand ein Unglück ansprach, und auch Sofia berührte unauffällig einen eingeschlagenen Nagel im Tischbein. Das bedeutet nicht, dass sie abergläubisch war. Kurz musste sie an den skeptischen Commissario denken, der selbst ein *Cornicello* im Auto hängen hatte.

Clara stand auf. »Aber wenn du dabei bist, wage ich es.«

*

Der Bungalow, in dem Gianluca Ferrari übernachtet hatte, befand sich am Ende der fünf kleinen Ferienhäuschen fast am Waldrand. Hier musste man nur die Fenster öffnen, um den harzigen Duft der Kiefern und den würzigen der Pinien einatmen zu können. Und Garibaldis Leine war gerade lang genug, dass er bis zur Terrasse kommen konnte, um sich eine Streicheleinheit abzuholen. Es war also mit Abstand der beste Bungalow, den Clara anzubieten hatte, wie Sofia fand.

Das Erste, was ihr auffiel, als Clara die Tür öffnete, war die Unordnung. Für einige Augenblicke stutzte sie, das passte so gar nicht zu dem Bild, das sie von Gianluca gehabt hatte, bis Clara seufzte. »Was haben die hier gewütet«, murmelte sie und zupfte ein Hemd vom Boden.

Die Polizei! Natürlich, auf der Suche nach Spuren gingen sie wohl kaum zimperlich vor, obwohl Sofia gedacht hätte, dass sie wenigstens hinterher hätten aufräumen können. Nun ja, Zeit war Geld, und der italienische Staat zahlte seinen Beamten auch nicht mehr das Meiste.

Sie zog den Koffer unter dem Bett hervor und legte ihn auf die dafür vorgesehene Ablage. Clara richtete ihre Ferienhäuschen nach den modernsten Standards ein. Neben einer kleinen Küche und einem Bad mit Dusche verfügten die Bungalows für zwei Personen über ein Schlafzimmer, die für Familien jeweils über ein Schlaf- und ein Wohnzimmer. Alle Möbel waren aus dem gleichen dunklen Holz geschnitzt. Gianluca hatte einen der kleinsten Bungalows bewohnt, und dennoch war alles da, was man brauchte: ein großes Bett, ein Schreibtisch mit Stuhl, ein Sessel sowie ein Couchtischchen, und natürlich ein Schrank, in dem Clara die Decken für den Winter und vorsorglich weitere Handtücher aufbewahrte. Sogar ein Safe befand sich dort drin, der von Gianluca war jedoch leer. Seine Tür stand offen, Gianluca hatte wohl keine Notwendigkeit darin gesehen, seine Wertsachen zu sichern. Wenn man Sofia fragte, so war das in Corazzo auch nicht notwendig. Nur Touristen aus Großstädten vermuteten überall Diebstahl und Verbrechen, hier in Corazzo wurde nie etwas gestohlen. Vor allem nicht in ihrem Café. Sie selbst vergaß oft genug ihr Portemonnaie auf der Theke, und nicht ein einziges Mal hatte etwas gefehlt.

»Er war nett«, murmelte Clara nun, während sie weitere Kleidungsstücke vom Boden und dem Stuhl aufklaubte. Mit zwei Hemden und einer Hose setzte sie sich aufs Bett, um sie zu falten und in den Koffer zu legen. »Höflich, anspruchslos, hat mein Frühstück gelobt. Aber weißt du, ich kann mir nicht helfen, ich hatte das Gefühl, dass ihn irgendetwas bedrückte.«

Sofia nickte. Sie nahm die Armbanduhr vom Nachttisch und drehte sie in der Hand. »Er war bei mir am Montag«, sagte sie. »Ich habe genau das Gleiche gedacht.« Die Uhr schien alt zu sein, vielleicht ein Erinnerungsstück. An seinen Vater, Großvater oder einen anderen Verwandten? Sofia legte sie zur gefalteten Kleidung in den Koffer.

Was hatte Gianluca hier in Corazzo gewollt? Sie öffnete die Schreibtischschublade und fand einen Briefumschlag, ohne Absender, nur Gianlucas Name und eine Adresse in Turin standen darauf. War das wichtig? Es war kein Brief im Umschlag. Unschlüssig drehte sie das Papier in den Händen. »Er hat Urlaub gemacht?«, stellte sie Clara die gleiche Frage, die sie auch schon Massimo und Raffaele gestellt hatte.

»Das hat er gesagt.« Clara klang genauso wenig überzeugt wie Sofia selbst.

»Er war nicht zufrieden genug, nicht entspannt genug.«

»Das Gefühl hatte ich auch.« Clara verstaute das letzte Hemd im Koffer. »Und er hat sich nicht für die Sehenswürdigkeiten der Region interessiert. Außer für den Sacro Monte.« Sie überlegte, dann schüttelte sie den Kopf. »Aber auch nicht wie ein Tourist. Es ist schwer zu beschreiben, aber er hat sich nicht für die Kapelle interessiert oder den Laubengang, geschweige denn für eine Einkehrmöglichkeit. Aber er wollte alles wissen über die Straße, die dorthin führt, wie viele Wanderwege es gibt ... Ich dachte schon, er will das Val Grande kartografieren.«

Das klang in der Tat ungewöhnlich.

»Ach, das Badezimmer«, rief Clara plötzlich und stand auf.

Sofia, die immer noch den leeren Briefumschlag in der Hand hielt, blickte ihr nach. Dann steckte sie den Umschlag kurz entschlossen in ihre Handtasche. Was sollte seine Familie damit? Und Clara hatte Gianlucas Adresse ohnehin. Was sie selbst damit anstellen wollte, war ihr noch nicht klar, aber vielleicht konnte es nützlich sein zu erfahren, wer Gianluca Ferrari wirklich gewesen war.

»Es gab mal eine Familie Ferrari hier im Dorf«, begann Sofia, als Clara mit einer Kulturtasche und einer Shampooflasche zurückkam.

»Aha?« Clara zuckte unbeteiligt mit den Schultern. Gianlucas Badartikel mussten noch in den vollen Koffer gequetscht werden. Sie schnaufte, als sie versuchte, den Reißverschluss zuzuziehen, und Sofia eilte hinzu, um den Deckel hinunterzudrücken. So ging es einfacher.

»Massimo hat davon gesprochen«, sagte Sofia dann.

Claras Lippen wurden schmal. »Als ehemaliger Bürgermeister wird er es ja wissen«, antwortete sie kurz angebunden.

»Kanntest du sie?«

»Ich weiß nicht, von wem Massimo gesprochen hat.« Jetzt wirkte die Ältere beinahe ungehalten. »Ich kann mich jedenfalls nicht an sie erinnern. Gott, wenn ich gewusst hätte, dass Gianluca ...«

Sofia legte den Kopf schräg. »Wenn du was gewusst hättest?«, hakte sie nach. »Ich dachte, du kanntest keine Ferraris?«

»Ach, Sofia, stell doch nicht so viele Fragen. Die Polizei wird sich kümmern. Und alte Geschichten sollten alte Geschichten bleiben.«

*

Mehr war Clara nicht bereit gewesen zu sagen. Schweigend hatten sie Gianlucas Sachen zusammengepackt, sich zugenickt, und Sofia hatte Garibaldi noch einmal die Flanken gekrault, bevor sie sich verabschiedet hatte. Den Briefumschlag in der Handtasche machte sie sich gedankenverloren zurück auf den Weg in ihr Café. Sie war sich sicher, dass Massimo sein Gedächtnis nicht trog: Es hatte eine Familie Ferrari hier im Dorf gegeben, und aus einem bestimmten Grund wollte niemand über sie sprechen. Erst ihre Eltern, dann Raffaele, dessen Bemerkung sie in dem Moment nicht viel Bedeutung beigemessen hatte, und nun Clara. Sofia musste dringend mit Laura reden. Als Postbotin wusste sie so viel über aktuelle und verzogene Bewohner von Corazzo, mit etwas Glück würde sie auch wissen, wer die Ferraris gewesen waren. Ob Gianluca mit den Ferraris von damals verwandt war, würde sich zeigen, aber Claras Reaktion nach zu urteilen, glaubte Sofia fest daran. Das erklärte auch sein Auftreten: Er war nicht als Tourist gekommen, sondern als ehemaliger Dorfbewohner.

Als ein Auto auf der Straße hupte, schrak sie zusammen und wäre beinahe mit der entgegenkommenden Person zusammengestoßen, hätte derjenige sie nicht an den Schultern festgehalten.

»Signora Dalmasso.« Der Bartschatten des Commissarios war heute noch eine Spur dunkler als gestern, doch genau wie am Vortag trug er auch heute ein helles Hemd zu einer dunklen Hose. Hier in den Bergen waren die meisten Männer etwas legerer gekleidet, aber Sofia musste zugeben, dass er stets ausnehmend gut aussah.

»Commissario Ranieri. Ich hatte gedacht, Sie wären längst in Turin«, sagte sie.

»In Turin?«, fragte er stirnrunzelnd. »Was soll ich denn … Oh, Sie meinen, weil das Opfer daher stammt? Neuigkeiten verbreiten sich hier in der Tat schnell.« Verwundert schüttelte er den Kopf.

»Ach, natürlich, das werden sicher die Kollegen aus der Questura vor Ort übernehmen.« Sofia fasste sich an die Stirn. »Verzeihen Sie, das hätte ich mir wirklich denken können. Gibt es denn hier noch viel zu tun für Sie?«

Es war offensichtlich, dass er ihr nicht sagen wollte – oder sagen konnte –, was genau er in Corazzo tat. Ausweichend antwortete er ihr, dass er noch einige abschließende Dinge zu klären hatte.

»Sind Sie auf dem Weg in Ihr Café?«, fragte er anschließend. »Dann begleite ich Sie ein Stück.«

Sofia wies ihn nicht darauf hin, dass er eigentlich in die Gegenrichtung gewollt hatte. Ob er sie verdächtigte? Darüber hatte sie sich bisher keine Gedanken gemacht. Aber Gianluca war bei ihr gewesen, ohne dass sie wirklich erklären konnte, weshalb. »Ich habe noch Haselnusstorte«, sagte sie dann und freute sich über sein Lächeln. »Und einen Brief«, gab sie zu.

Neugierig blickte er sie an.

»Ein Irrläufer, der versehentlich bei mir in der Post gelandet ist.« Sie zuckte mit den Schultern, um ihm deutlich zu machen, dass sie die Sache genauso wenig verstand wie er.

»Ich glaube, ich muss mich erst an Corazzo gewöhnen«,

sagte er, aber er klang glücklicherweise nur verwirrt, nicht verärgert.

Um das Thema zu wechseln, fragte Sofia ihn nach seiner Herkunft und erfuhr, dass er tatsächlich aus dem Süden, und zwar aus Neapel stammte, wie sie vermutet hatte.

»Und da sind Sie so weit in den Norden gezogen? Macht Ihnen die Kälte nichts aus?«

Er breitete die Arme aus. »Kälte? Sagten Sie Kälte?«

»Na gut«, gab sie zu. »Jetzt haben wir gerade auch Sommer. Aber im letzten Winter hat es hier geschneit.«

»Tatsächlich.« Er nickte ernst. »Aber wissen Sie, was ich gemacht habe? Ich habe mir Stiefel und eine Jacke gekauft.«

Sofia musste lachen. »Und die Berge entschädigen für einiges«, fügte sie hinzu. »Ich liebe es, in den Wald zu gehen, nur Natur rings um mich herum. Es ist herrlich.«

Er schien sie etwas fragen zu wollen, doch in diesem Moment schnitt ihnen ein Lieferwagen den Weg über die Straße ab. Das rote Ampellicht auf seiner Seite schien den Fahrer nicht gestört zu haben, und der weiße Kastenwagen brauste an ihnen vorbei.

Der Commissario schnalzte mit der Zunge und schüttelte den Kopf.

»Da wäre jetzt eine Kelle hilfreich, nicht wahr?«, sagte Sofia. »Tommaso, unser Carabiniere, hatte immer eine.«

»Augen auf bei der Berufswahl«, sagte Ranieri »Da habe ich an das Wichtigste nicht einmal gedacht.« Sie lachten beide.

»Wir Italiener kommen ohne Probleme überall zu spät, aber wenn es ums Autofahren geht, ist uns selbst eine Verzögerung von wenigen Sekunden zu viel«, sagte Ranieri kopfschüttelnd, als sich der Verkehr endlich beruhigt hatte.

»Ohne Widersprüche im Charakter wäre das Leben ziemlich langweilig«, entgegnete Sofia und trat durch die Tür ihres Cafés, die er ihr offen hielt. »*Ciao,* Vanessa!«

Das Mädchen stand hinter der Theke, scrollte gelangweilt in ihrem Smartphone und blickte bei Sofias Begrüßung kaum auf. »Vier Gäste, alle Espresso, zwei Cornetti. Aprikose«, zählte sie auf. »Sofia, du könntest mehr Geld verdienen, wenn du deine Preise erhöhen würdest.«

Sofia hob die Augenbrauen.

»Schau mal, ich mach gerade so einen Online-Marketing-Kurs. Wenn ich meine Bilder verkaufen will …« Sie biss sich auf die Lippe. Offenbar war es ihr doch nicht ganz recht, dieses Gespräch vor dem Commissario zu führen. Die junge Frau hatte vor, Kunst zu studieren, es ging jedoch das Gerücht um, dass ihr Vater, der gute Dottor Uccelli, alles andere als begeistert war von dieser Aussicht. Er hätte ihr zu gerne seine gut laufende Praxis in Esio vermacht.

»Wir sprechen später«, flüsterte Sofia ihr zu. »Danke, Vanessa.« Mit Schwung nahm sie den Doppelsiebträger aus der Maschine. »Würdest du mir noch ein Stück Haselnusstorte aus der Küche holen?«, fragte sie, bevor sie sich an den Commissario wandte. »Caffè?«

»Gern.« Dieses Mal bestand er darauf zu bezahlen, sowohl das Stück Kuchen als auch den Espresso. Den Brief, den sie ihm reichte, steckte er ungeöffnet ein.

Er aß im Stehen an der Theke, und Sofia sah ihm dabei zu, wie er die Torta di Nocciole genüsslich verschlang. Es freute sie jedes einzelne Mal, wenn ein Gast ihren Kuchen lobte, doch bei Commissario Ranieri musste sie sich eingestehen, dass da noch ein klitzekleines Flattern in ihrem Bauch war, das sie bei einem Lob von Rosa nicht verspürte. Dabei kannte sie den Mann nicht einmal. Und unter Umständen betrachtete er sie als Tatverdächtige, nein, mit Schmetterlingen in ihrem Bauch wollte sie gar nicht erst anfangen.

»Gianluca Ferrari. Ist er mit den Ferraris verwandt, die hier im Ort gelebt haben?«, fragte sie den Commissario interessiert. Vielleicht wusste er schon mehr. Doch er blickte nur erstaunt auf.

»Unser Mordopfer stammt von hier?« Das war ihm offenbar herausgerutscht, wenn sie seinen leicht gequälten Gesichtsausdruck richtig interpretierte.

Mit Sicherheit konnte Sofia das nicht sagen. »Es ist zumindest möglich«, schränkte sie ein. Sie wollte ihm lieber nicht sagen, dass sie davon ausging, da niemand in Corazzo bisher mit ihr darüber sprechen wollte. Das wirkte sicher eher seltsam auf ihn, und seltsam genug hatte sie bisher wohl ohnehin schon auf ihn gewirkt.

»Ich möchte es mir ansehen«, sagte sie plötzlich. »Den Ort, an dem Gianluca gestorben ist.«

»Sie und Gianluca Ferrari …« Der Commissario brach ab, wusste wohl nicht, wie er seine Frage formulieren sollte.

Doch Sofia verstand auch so, worauf er anspielte. »Gianluca hat etwas in mir berührt«, sagte sie und fügte schnell hinzu: »Nicht, wie Sie denken. Wahrscheinlich können Sie es auch nicht nachvollziehen …«

»Den Kaffeesatz? Nein, kann ich nicht. Immer noch nicht.« Er wirkte aber lange nicht mehr so unfreundlich wie bei ihrer ersten Begegnung. Inzwischen schien er es mehr mit Humor zu nehmen.

»Ich fühle mich verantwortlich. Schuldig. Hätte ich ihn nicht besser warnen können, warnen müssen?«

»Sie konnten doch nicht ahnen, dass so etwas passiert.

Und das meine ich unabhängig davon, ob ich daran glaube oder nicht.«

Hätte Sie es nicht dennoch wissen müssen? Sie dachte wieder an den dunklen Kaffeesatz zurück, an das Gefühl, das er in ihr ausgelöst hatte. Sie fuhr sich über die Stirn. »Bitte halten Sie mich nicht für verrückt, ich glaube nicht, dass ich übersinnliche Fähigkeiten habe.«

Überrascht legte er den Kopf schräg. »Schade«, sagte er dann. »Ich hätte Sie gern nach den Zahlen im nächsten SuperEnalotto gefragt.« Er neckte sie, und sie musste gestehen, dass sie das mochte. Sie hoffte nur, sie wurde nicht rot. »Wenn Sie den Tatort sehen möchten, begleite ich Sie.« Darauf wusste sie keine Antwort, und er fuhr fort: »Sie glauben nicht, dass Sie übersinnliche Fähigkeiten haben. Gut, ich auch nicht. Aber Sie haben eine Beobachtungsgabe, Sie sind klug, und Sie kannten Gianluca. Vielleicht … vielleicht fällt Ihnen etwas auf, was ich übersehen habe.«

»Heute Nachmittag um drei«, sagte sie, bevor er es sich noch anders überlegen konnte. Wenn das Mittagsgeschäft vorbei war und Massimo und Raffaele bei ihren Karten saßen, konnte sie das Café auch ohne Vanessa allein lassen. Die beiden Männer würden sich ihren Wein selbst nachschenken, und falls ein weiterer Gast dazustieß: Raffaele wusste durchaus, wie man ihre Kaffeemaschine bediente.

*

Der Sacro Monte di Ghiffa gehörte zu den neun Sacro Monti im Piemont und in der Lombardei, die als Weltkulturerbe anerkannt waren. Im sechzehnten Jahrhundert als

Pilgerstätte erbaut, war der kleinste der piemontesischen Sacro Monti in Sofias Augen auch der schönste. Um ihn herum wuchsen Kastanienwälder, die zu dieser Jahreszeit in vollem Grün standen und schon kleine runde Früchte ausbildeten. Und dann, wenn man aus dem Wald heraus auf die hellgrünen Wiesen zu den Kapellen trat, wurde man mit einem herrlichen Blick über den See belohnt. Von einer kleinen Mauer aus, die von Byzantinischen Haseln gesäumt war, konnte man aufs Wasser sehen, das heute im tiefsten Blau schimmerte, während eine Fähre gemächlich von Ghiffa nach Pallanza fuhr.

Nur heute konnte Sofia weder die Wälder noch den See genießen, obwohl es beinahe menschenleer war. Der Gedanke an Gianluca ließ sie frösteln.

Commissario Ranieri deutete auf einen Baum zwischen dem malerischen Laubengang mit dem Kreuzweg und der Wallfahrtskirche. »Hier haben wir ihn gefunden.« Er blickte nach oben statt auf den Boden, und Sofia schluckte. Auch wenn es schlimm war, was er ihr erzählte, so war sie doch froh, dass er bei ihr war. Seine Anwesenheit war beruhigend. Seltsam, dachte sie, dass ein Mann, den sie im Grunde kaum kannte, dieses Gefühl in ihr auslöste.

»Er wurde erhängt?«, wollte sie stattdessen wissen. Plötzlich war das Gefühl aus ihren Träumen wieder da, das Gefühl, keine Luft zu bekommen, nicht atmen zu können, und ihr Herz stolperte.

»Erwürgt, mit einer ...« Der Commissario unterbrach sich kopfschüttelnd und Sofia wusste, es war wieder eine dieser Informationen, die sie gern hätte, die er aber nicht zu geben gewillt war. »Anschließend hat man ihn aufgehängt.«

»Weshalb?«

»Das versuchen wir herauszufinden.« Er lächelte.

»Ja. Ich meine, nein«, korrigierte sie sich. »Weshalb glauben Sie, hat der Täter sich die Mühe gemacht? Gianluca war nicht dick, aber er war auch kein kleiner Mann. Weshalb hat man ihn nicht dort liegen lassen? Dort, wo er erwürgt wurde. Es wirkt …« Sie schlang die Arme um den Oberkörper. »Wie ein Opferritual. Eine Inszenierung.«

Ranieri nickte. »Deshalb gehen wir davon aus, dass das Verbrechen einen persönlichen Hintergrund hat, dass Opfer und Täter sich kannten.«

Sofia legte den Kopf in den Nacken. Weiße Wattewölkchen zogen am azurblauen Himmel vorüber. Vögel zwitscherten und es duftete nach frisch gemähtem Gras. Aus der Kapelle hörte sie den Klang einer Frauenstimme, wie sie ein Ave-Maria sang.

»Es ist so friedlich«, sagte sie leise. Schwer vorstellbar, dass hier erst vor Kurzem ein grausames Verbrechen geschehen war. »Er hat sich für den Sacro Monte interessiert. Hat Clara Ihnen das erzählt?«

Ranieri zog irritiert die Augenbrauen zusammen. »Die Besitzerin vom Agriturismo?«

»Genau. Nehmen Sie Karotten oder einen Apfel mit, wenn Sie noch einmal hingehen, Garibaldi liebt vor allem Äpfel. Garibaldi ist der Esel«, fügte sie kichernd hinzu, als sein Gesichtsausdruck noch ungläubiger wurde. »Gianluca hat nach Wegen gefragt, die hierhin führen. Es ist also anzunehmen, dass er hier etwas gesucht hat, richtig? Vielleicht jemanden treffen wollte?«

Der Commissario nickte langsam. »Wir haben die Koordinaten in seinem Handy gefunden«, sagte er. »Dass er hier jemanden treffen wollte, davon gehe ich aus.«

»Dann überprüfen Sie die Telefonverbindungen.« Verlegen biss sie sich auf die Zunge. »Als ob Sie das noch nicht getan hätten, tut mir leid.«

»Nein, nein, Sie stellen die richtigen Fragen.« Er wirkte entspannt, aber interessiert, wie er die Hände ineinanderlegte und sie neugierig anblickte. Ein Sonnenstrahl fiel durch die Blätter einer Kastanie, und er tippte seine Sonnenbrille an, dass sie ihm vom Kopf auf die Nase rutschte. Laura hätte die Geste albern gefunden, aber es wirkte so natürlich bei ihm, dass Sofia lächeln musste.

Dann legte sie den Zeigefinger an die Lippen und überlegte laut. »Er war nervös. Hatte Angst vor dem Treffen, deshalb der Besuch bei mir, deshalb sein Nachfragen bei Clara. Er wollte sich vorbereiten, wollte … auf der Hut sein.« Die letzten Worte vibrierten in ihr nach, als sie sie ausgesprochen hatte. Es war ihre Warnung gewesen an ihn, als er sie im Café aufgesucht hatte. Doch sie hatte ihn nicht retten können. »Ist er deshalb hergekommen? Nach Corazzo? Weil er im Ort jemanden treffen wollte? Oder kam es erst dazu, als er schon hier war?«

Ranieri nickte. »Das versuchen die Kollegen in Turin gerade herauszufinden.«

Wie gut die Polizei in den unterschiedlichen Dienststellen zusammenarbeitete, wusste sie nicht, er schien aber Vertrauen in seine Kollegen zu haben. Nur, was konnten sie hier tun?

Sofia sah ihn an. Aus irgendeinem Grund wurde sie das Gefühl nicht los, dass der Mord eng mit Corazzo verknüpft war. »Wir müssen herausfinden, mit wem Gianluca sich treffen wollte. Wir müssen herausfinden, mit wem er gesprochen hat, seitdem er hier war. Mit jeder einzelnen Person müssen wir reden.«

Der Commissario hob eine Augenbraue. »Wir?«, fragte er amüsiert.

6. KAPITEL: BILDER DER VERGANGENHEIT

Am nächsten Morgen räumte Sofia die Tassen der ersten Gäste des Tages in die Spülmaschine und summte Angelina Mangos aktuellen Hit »La Noia« – die Langeweile – mit, mit dem die Sängerin vor Kurzem das alljährliche Festival von San Remo gewonnen hatte. Sofia war zwar kein besonderer Fan, das Lied fand sie jedoch eingängig – was möglicherweise auch den vielen Wiederholungen geschuldet war, die Radio RTO täglich sendete.

Als sie von draußen den knatternden Motor von Lauras Roller hörte, blickte sie auf. Gerade noch rechtzeitig bremste ihre Freundin vor der Kastanie, konnte aber nicht verhindern, dass sie einen von Sofias Stühlen streifte und umstieß. Stirnrunzelnd blickte Sofia hinaus. Laura war zwar schon immer etwas leichtfertig gewesen, was den Roller oder auch ihr Auto anging, und üblicherweise fanden sich diverse Macken oder Dellen in ihren fahrbaren Untersätzen, doch einen Unfall hatte sie bisher noch nicht gehabt. Offensichtlich war sie über irgendetwas derart aufgebracht, dass sie beinahe nicht nur die Kastanie gerammt hätte, sondern auch noch regelrecht in die Bar gestampft kam.

»Guten Morgen!«, rief sie in einem Tonfall, der eher von einem katastrophalen Vormittag sprach.

Sofia blickte ihre Freundin abwartend an. Je weniger sie selbst sagte, desto eher rückte Laura mit dem heraus, was sie bedrückte.

»Du hast dich gestern mit dem Commissario getroffen?«
Vorwurfsvoll blickten Lauras dunkle Augen sie an.

Mit allem, aber nicht damit hätte Sofia gerechnet. Lachend
schüttelte sie den Kopf, als sie ihrer Freundin – zum Zeichen des Friedensangebots – einen Caffè hinstellte. »Wie
kommt es, dass ich in diesem Dorf nicht einmal fünf Minuten unbeobachtet bleiben kann und gleichzeitig niemand
weiß, was Gianluca Ferrari ganze drei Tage hier getrieben
hat?«, fragte sie.

Herzhaft biss Laura in das Panino, das sie sich von der
Theke geangelt hatte. Sofias Friedensangebot beinhaltete heute Morgen offenbar auch einen Snack. »Ich habe
gewinkt!«, empörte sich Laura. »Beinahe hätte ich auch
gehupt. Aber du warst so vertieft in euer Gespräch, du hast
mich nicht einmal bemerkt!«

Das hatte Sofia wirklich nicht. Verlegen strich sie sich
eine Haarsträhne hinter die Ohren. »Wir haben nur über
den Fall gesprochen. Über Gianluca.«

»Nur über den Fall.« Laura pickte ein Stück Ziegen-
käse aus ihrem belegten Brötchen. »Ich glaube, der Signor
Commissario hat es dir gewaltig angetan, und du willst es
nicht zugeben.«

Hitze stieg in Sofias Wangen und sie drehte sich zur Kaffeemaschine, um einen imaginären Wasserfleck zu putzen.
»Er arbeitet nur hier.« Erst als sie sicher war, dass jegliche
Röte aus ihrem Gesicht verschwunden war, drehte sie sich
wieder zu ihrer Freundin um.

»Er arbeitet hier, du arbeitest hier, siehst du, schon die
erste Gemeinsamkeit.«

Eine weitere war wohl, dass sie sich beide um die Ermordung Gianluca Ferraris kümmerten, aber das sagte Sofia
besser nicht laut.

»Rosa und Rebecca sind jedenfalls ganz auf deiner Seite«, sagte sie stattdessen. »Die haben sich auch schon über mich lustig gemacht.«

»Zia Rebecca! Selbst meine Tante weiß mehr als ich? *Incredibile!* Das ist ja wirklich unglaublich.« Mit komisch aufgerissenen Augen blickte Laura sie an. »Abgesehen davon macht sich hier niemand über dich lustig. Du und dein Glück liegen uns alle sehr am Herzen.« Sie nickte ernsthaft, und jetzt musste Sofia lachen.

»Aber wo wir gerade von Klatsch und Tratsch sprechen.« Laura legte einen Finger an die Lippen. »Ist dir in letzter Zeit an Gina etwas aufgefallen?«

Gina war die Mitarbeiterin im Lebensmittelgeschäft von Lauras Eltern. Mit Anfang vierzig war sie ein ganzes Stück älter als Sofia und Laura, doch Sofia kaufte oft genug bei *Alimentari Perlino*, sodass sie die Verkäuferin recht gut kannte. Ohne ein besonders offenes Wesen bediente Gina schnell und effizient, und Sofia mochte ihre zurückhaltende Art. Manchmal kam sie in der Mittagspause in Sofias Café zum Essen oder auch nur, um einen Espresso zu trinken. Hin und wieder bestellte sie einen Mokka, und Sofia versuchte sich daran zu erinnern, worüber sie beim letzten Mal gesprochen hatten.

»Ich glaube, sie will sich scheiden lassen«, flüsterte Laura verschwörerisch.

»Wie kommst du denn darauf?« Hatte Gina nach Glück in der Liebe gefragt? Danach, wie sie Beziehungsprobleme beseitigen konnte?

»Sie schreibt Briefe mit einem Rechtsanwalt.«

Laura und ihre Deutung von Postsendungen wieder! Sofia musste lachen. »Da gibt mir mein Kaffeesatz eindeutigere Aussagen als dir deine Briefe.«

»Hm.« Laura überlegte. »Du hast recht, sie könnte auch geerbt haben. Ooh, vielleicht wird Gina reich!«

Kopfschüttelnd ließ Sofia ihre Freundin weitere Theorien spinnen, weshalb Gina Briefe von einem Rechtsanwalt bekam. Schließlich kam sie jedoch auf das Thema zu sprechen, das sie selbst im Augenblick beschäftigte.

»Weißt du, was ebenfalls äußerst seltsam ist?«, fragte sie. »Jeder, den ich im Dorf nach dem Toten frage, gibt mir ausweichende Antworten, möchte nicht darüber reden oder schweigt einfach. Aus unerklärlichen Gründen. Und ich wüsste einfach gerne, was hier los ist.«

»Wie meinst du das?«

»Allein deine und meine Eltern zum Beispiel!« Sofia holte Luft und berichtete ihrer Freundin nicht nur von dem Abendessen, bei dem das Thema von ihrer Mutter kurzerhand abgebügelt worden war, sie erzählte auch von Clara, die nichts hatte preisgeben wollen, und von Raffaele.

»Raffaele.« Laura winkte ab. »Der wollte bloß nicht, dass du das Kartenspiel länger als nötig störst.« Dann jedoch zog sie die Nase kraus, die anderen Beispiele konnte sie nicht wegwischen. »Merkwürdig ist es doch«, gab sie schließlich zu. »Da hast du recht. Ferrari. Ferrari, ja ich glaube, da hatte ich schon einmal einen Irrläufer in der Post.« Sie runzelte die Stirn, während sie angestrengt nachdachte. »Via Alpini«, rief sie schließlich triumphierend aus. »*Oddio.*« Sie hielt sich am Barhocker fest. »Ich erinnere mich. Die Ferraris sind vor über zwanzig Jahren nach Turin gezogen, weißt du nicht mehr? Nach dem schrecklichen Unfall?«

*

Commissario Alessandro Ranieri saß an seinem Schreibtisch, eine Tasse mit schlechtem Kaffee wurde kalt, während er in einer alten Akte blätterte. Der Unfallbericht war so kurz wie schrecklich: Am Samstag, den 6. Oktober 2001 hatte der Bauer Giovanni Salvatore aus Esio auf dem Weg zum Markt in Intra morgens früh um fünf kurz vor Corazzo einen umgestürzten Roller gesehen. Als Salvatore daraufhin anhielt, um nach dem Rechten zu sehen, fand er in einigen Metern Entfernung den leblosen Körper des siebzehnjährigen Antonio Ferrari. Da der Bauer kein Handy besaß und keine Notrufsäule in der Nähe war, fuhr Salvatore nach Corazzo, wo er im erstbesten Haus klingelte. Eleonora Mazzoli, deren Ehemann als Carabiniere in Premeno tätig war, rief die Polizei, während besagter Ehemann, Tommaso Mazzoli, sofort zum Unfallort fuhr. Doch weder der Carabiniere noch der herbeigerufene Krankenwagen konnten etwas für Antonio Ferrari tun, der Junge war in der Nacht verstorben. Die Gerichtsmedizin ging davon aus, dass der Tod einige Stunden zuvor eingetreten war.

Aufgrund des Zustands des Rollers sowie Lackspuren am Lenker gingen die untersuchenden Beamten von einem Fremdverschulden aus. Der Unfallfahrer meldete sich jedoch nicht freiwillig, und mangels fehlender Hinweise mussten die Ermittlungen schließlich erfolglos eingestellt werden: Der Unfallfahrer ließ sich nicht ausfindig machen. Die einzigen Beweise, die man gesammelt hatte, waren dunkelgrüne Lackspuren sowie Splitter einer Autolampe, die allerdings keinem Auto zugewiesen werden konnten, das in nächster Zeit in einer Werkstatt im Einzugsbezug der Questura von Verbania repariert worden war.

Der Fall blieb ungelöst. Antonio Ferrari war in der Nacht vom 5. auf den 6. Oktober von einer unbekannten Person bei einem Unfall mit Fahrerflucht getötet worden.

Alessandro schloss die Akte und blickte nachdenklich aus dem Fenster. Antonio Ferrari hatte in Corazzo gewohnt, den Abend mit Freunden in Cannobio verbracht, von denen er sich früh verabschiedet hatte. Weshalb schien er dann zum Zeitpunkt seines Todes in umgekehrter Richtung, von Corazzo nach Cannobio, unterwegs gewesen zu sein?

Er würde mit Tommaso Mazzoli sprechen müssen.

*

Sofia hatte es nicht mehr gewusst. Zu klein war sie damals noch gewesen, und auch Laura selbst erinnerte sich nicht.

»Aber meine Mutter hat hin und wieder davon gesprochen. Ich durfte doch ohnehin nachts nicht alleine unterwegs sein. Sieh dich vor, die Straßen sind gefährlich, hat sie gesagt und mich abgeholt, wenn ich spät nach Hause kommen wollte vom See, von einer Bar oder Party.«

Sofia erinnerte sich an laue Sommernächte, knatternde Vespas, und sie beide mit den Füßen im Wasser. Ebenso erinnerte sie sich an die Sorge ihrer Mutter, wenn sie erst mitten in der Nacht zurückkam. In diesen Sommernächten schlief ihre Mutter wenig. Sie hatte immer geglaubt, dass es eher mit Über- als mit Unfällen zusammenhing.

»Aber alles das war nichts gegen den Moment, als Davide einen Roller haben wollte«, erzählte Laura weiter. »Da ist sie quasi ausgeflippt, hat auch Papà nicht zu Wort kommen lassen. Und als Davide türenschlagend davonlaufen wollte, vor unseren Eltern, die ihm alles verbieten, da hat sie von Antonio erzählt. Der Ferrari-Junge, hat sie gesagt.« Es war schon etwas später im Jahr gewesen, im Frühherbst, als man schon beinahe nach Trüffeln suchen konnte. Antonio Ferrari war zu diesem Zeitpunkt siebzehn Jahre alt gewesen, ein Teenager, der mit seinem Roller die Uferstraße unsicher machte, um die Mädchen in seinem Alter zu beeindrucken. Eines Nachts, es war schon lange dunkel, hatte ein Autofahrer den Roller hinter einer Kurve übersehen. Antonio hatte keine Chance gehabt. Der Roller zertrümmert, sein lebloser Körper daneben, so hatte man ihm am nächsten Morgen gefunden. Vom Unfallfahrer fehlte jede Spur, er – oder sie – war noch in der Nacht geflohen.

Sofias Knie wurden weich. Plötzlich ergab das, was sie in Gianlucas Kaffeesatz gelesen hatte, Sinn. Ein Kind zu verlieren, einen großen Bruder, musste grausam sein. Plötzlich kam die Trauer, die er mit sich herumgetragen hatte, ganz nah. »War es jemand aus dem Dorf?« Sie flüsterte beinahe. Schreckliche Gewalt, heute und vor zwanzig Jahren.

»Es kann jeder gewesen sein«, sagte Laura. »Wie viele Autos fahren hier täglich auf der Landstraße? Ein Tourist, ein Lkw, ein Geschäftsreisender ...« Sie blickte Sofia an, bat stumm um Zustimmung.

Doch irgendetwas hielt Sofia zurück. »Glaubst du, es war jemand hier aus dem Dorf?«, diese Frage war ihr nicht mehr aus dem Kopf gegangen, seitdem Laura sie in Bezug auf den Mord an Gianluca gestellt hatte. Jetzt bekam sie noch einmal eine ganz andere Bedeutung. Auch Sofia wurde mulmig zumute, wenn sie die Möglichkeit in Gedanken zuließ. Sie wusste, wie Laura sich fühlte, verstand, weshalb ihre Freundin die Frage plötzlich nicht mehr zulassen wollte.

»Ein Fremder, ein Tourist, ein zufälliger Autofahrer hat Antonio getötet?«, fragte sie jedoch skeptisch. »Fast fünfundzwanzig Jahre später wird sein Bruder ebenfalls von jemandem ermordet, der zufällig vorbeikommt. Und alles am selben Ort?« Das waren viele Zufälle. Dazu kam die Tatsache, dass offenbar niemand darüber sprechen wollte. Warum? Ein kollektives Trauma? Weil ein tödlicher Unfall die Dorfidylle zerstört hatte? Nein, Sofia war sich sicher, dass es andere tödliche Unfälle gegeben hatte, gegeben haben musste, auf die nicht solch eine seltsame Reaktion erfolgt war.

Doch Laura schüttelte energisch den Kopf. »Du bist paranoid. Wer sollte denn hier einen Grund haben, Gianluca umzubringen?«

Genau das war ja die Frage, nicht wahr? Wer hier im Dorf hatte einen Grund, Gianluca umzubringen?

»Ich weiß es nicht«, antwortete Sofia und dachte weiter: »Aber ich werde es herausfinden.«

*

Tommaso Mazzoli war seit vier Monaten tot. Unzufrieden blickte Alessandro auf seinen Computerbildschirm. Er wusste nicht, was er sich von dem ehemaligen Carabiniere erhofft hatte, aber er hätte gern mit ihm gesprochen. Als er den Unfallbericht gelesen hatte, war da so ein Gefühl gewesen, ein Knistern in seinem Gehirn, so nannte er es, wenn seine Synapsen Verbindungen schufen und er Theorien entwickelte. Noch war dieser Fall sehr nebulös, lag wie ein verknotetes Wollknäuel vor ihm, doch für einen kurzen Moment hatte er das Gefühl gehabt, mit Tommaso Mazzoli das eine Ende des Fadens fassen zu können. Nun stand er wieder am Anfang.

Ein Klopfen an seiner Tür unterbrach seinen Gedankengang und er blickte auf. Guzzo, der Forensiker, heute im Anzug inklusive Krawatte, nickte ihm zu.

»Wollen Sie noch auf eine Beerdigung? *Buongiorno*, Signor Guzzo«, schob Alessandro nach.

»Wenn man sich den ganzen Tag mit den Toten beschäftigt ...« Ungerührt zuckte der Forensiker mit den Schultern, seine herabhängenden Mundwinkel bewegten sich ein winziges bisschen nach oben.

Auch wieder wahr, dachte Alessandro. Guzzo arbeitete zudem meist in abgeschiedenen Räumen, während Alessandro bei seiner Arbeit einen Espresso im Schatten einer Kastanie trinken konnte. Schnell schob er die Gedanken an Sofia Dalmasso zur Seite, die hübsche junge Frau spukte ohnehin schon oft genug in seinem Kopf herum. »Ich hoffe, Sie haben gute Nachrichten für mich?«, fragte er stattdessen. Die konnte er nach der Sackgasse namens Tommaso Mazzoli gut gebrauchen.

»Wie man's nimmt.« Guzzo trat an seinen Schreibtisch heran und ließ sich auf dem Besucherstuhl nieder. »Wir haben Fingerabdrücke an der Gürtelschnalle des Toten gefunden. Der Täter muss sie angefasst haben, als er ihn am Baum aufhing.«

»Also kein Profi.« Der hätte Handschuhe getragen. »Wissen wir von wem?«

»Das wäre dann der Wie-man's-nimmt-Teil: leider nicht. Ich habe sie mit der Datenbank abgeglichen, aber es gab keinen Treffer.«

Ihr Täter war also bisher noch nicht kriminaltechnisch in Erscheinung getreten. »Das heißt, ich muss meinen Mörder doch selbst suchen«, sagte Alessandro und seufzte theatralisch.

»Sieht so aus. Wir haben uns übrigens auch sein Auto angesehen.«

»Ebenfalls Fingerabdrücke?«

Guzzo nickte. »Und ein Peilsender.«

»Ein was? Warum?« Alessandro konnte nicht ganz folgen.

»Ein magnetischer GPS-Tracker, haben Sie sicher selbst schon einmal in der einen oder anderen Observierung genutzt. Über dem Vorderreifen ans Auto geklebt, konnte Gianluca Ferraris Standort aus der Ferne abgelesen werden.«

Alessandro pfiff durch die Zähne. Wenn das keine interessanten Neuigkeiten waren. »Unser Mordopfer hatte also einen Stalker.«

»Oder eine Stalkerin«, sagte Guzzo. »Eine Geliebte?«

»Muss eine kräftige Frau gewesen.« Alessandro wiegte den Kopf hin und her.

»Vielleicht hatte sie Hilfe.« Guzzo schien die Überlegung keine Schwierigkeiten zu bereiten. »Möglicherweise hat sie einen einfachen Flaschenzug genutzt, wie Bergsteiger ihn benutzen.«

Alessandro überlegte. »Die Theorie würde dem Questore jedenfalls gut gefallen. Wir suchen noch nach Hinweisen. Vielleicht war es die Verlobte selbst«, überlegte er stattdessen. »Das würde auch die Geheimniskrämerei über seinen Aufenthalt in Corazzo erklären.« Bei einer krankhaft eifersüchtigen Freundin wäre es kein Wunder, dass Gianluca Ferrari eine Dienstreise vorgetäuscht hatte. »Unter den Umständen hätte sie allerdings gewusst, dass er hier in der Gegend ist«, musste er dann jedoch zugeben. Mit gerunzelter Stirn sah er Guzzo an. »Er hatte ihr von einer Dienstreise nach Mailand erzählt.«

Der Forensiker blieb unbeeindruckt. »Kann das nicht gelogen sein?«

Alessandro tippte sich mit seinem Kugelschreiber ans Kinn. Eine Frau, die ihren Verlobten stalkte, würde das nach seiner Ermordung vermutlich nicht freiwillig zugeben. Langsam nickte er und griff zum Telefon. Er musste die Kollegen in Turin noch einmal anrufen. Während es klingelte, wandte er sich an Guzzo: »Können Sie ihre Fingerabdrücke mit denen auf Gianluca Ferraris Gürtelschnalle vergleichen?«

*

Bereits am Abend ergriff Sofia die erste Gelegenheit, mehr über Antonio Ferraris Unfall herauszufinden. Nachdem sie ihr Café abgeschlossen hatte, sog sie tief die Luft durch die Nase ein. Die Hortensien dufteten süß, und es war noch warm genug, nur in ihrem Kleid und ohne Jacke zu Fuß zu ihren Eltern zu gehen. Obwohl es hier oben in den Wäldern etwas kälter war als unten am Lago Maggiore – was in den Monaten des Hochsommers ein wahrer Segen war –, wurde es im Juni selbst hier so warm, dass man abends lange draußen sitzen konnte. Ein weiterer Vorteil bestand darin, dass im Frühsommer noch nicht allzu viele Mücken unterwegs waren, die im Juli und August zu einer wahren Plage wurden, vor allem, seit die Tigermücken sich immer heimischer auch in nördlicheren Gefilden ausbreiteten.

Unwillkürlich hatte Sofia das Gefühl, gestochen zu werden. Sie rieb sich einmal die Arme, dann schritt sie entschlossen durch den lauen Abend. Ihre Eltern wohnten im Ortskern von Corazzo, an der Via ai Monti, der langen Hauptstraße, über die man zu den umliegenden Dörfern kam. Dort befand sich nicht nur das kleine Lebensmittelgeschäft, das Lauras Eltern führten und für das der Begriff Supermarkt, der vorn dranstand, etwas hochgegriffen war, sondern auch ein Metzger, eine Bankfiliale und ein Optiker. Mehr Geschäfte gab es nicht in Corazzo, doch Sofia fand, dass sich diese Anzahl für die Größe ihres Dorfes durchaus sehen lassen konnte.

Der Bürgersteig war schmal und bei entgegenkommenden Personen musste man für einen Augenblick auf die Straße ausweichen. Hinter Sofia hupte es, sie erkannte nicht, wer am Steuer saß, winkte aber fröhlich – es gab weder rote Ampeln noch weitere Autos, jemand musste also sie gemeint haben.

Die Dalmassos wohnten im Erdgeschoss im Hinterhaus, das zu einem Hof hinausging, in dem Gartenmöbel, ein kleiner Schuppen und diverse Terrakotta-Töpfe mit Pflanzen standen. Sofias Vater hatte einen grünen Daumen, wobei man den hier in der Region ohnehin kaum benötigte, Bäume, Büsche und Blumen gediehen üppig und in allen Farben. Schon von Weitem konnte Sofia das ansteckende Lachen ihrer Mutter hören, doch als sie an der Haustür klingelte, öffnete niemand. Ein leicht zu lösendes Rätsel, dachte Sofia amüsiert und klingelte ein Stockwerk höher bei den Perlinos.

»Sofia! Was für eine schöne Überraschung, deine Eltern sind auch hier. Komm herein, komm herein.« Lauras Mutter Aurora begrüßte sie so überschwänglich, als hätten sie sich monatelang nicht gesehen. Kurz darauf im Esszimmer fiel die Begrüßung durch Lauras Vater Francesco und ihre eigenen Eltern nicht weniger begeistert aus, während Aurora schon unterwegs war, um einen weiteren Teller zu holen. Gekocht war genug für eine kleine Armee, und Sofia lehnte den dritten Teller, den Aurora ihr aufnötigen wollte, schließlich mit letzter Vehemenz ab. Auch wenn die Polenta vorzüglich schmeckte.

»Sie isst wie ein Spatz, dein Kind!«

Beinahe hätte Sofia laut herausgeprustet. Sie fühlte sich wohl bei den Perlinos, in deren Wohnzimmer noch immer alles genau dort stand, wo es vor fünfzehn Jahren schon gestanden hatte. Sofia konnte gar nicht zählen, wie viele Nachmittage sie hier verbracht hatte. Mit Laura hatte sie lernend auf dem Teppichboden vor dem Couchtisch gelegen, während Aurora ihnen heiße Schokolade gemacht, Obst aufgeschnitten und Kekse gebacken hatte.

»Hier hat sich nicht viel verändert«, sagte sie gerührt, als sie eine halbe Stunde später alle miteinander beim Caffè im Wohnzimmer saßen. Liebevoll strich sie über das Blumenmuster auf dem leicht abgewetzten Stoff der alten Couch. In der Schrankwand aus dunklem Holz, die neben der Sofagruppe stand, waren auf einem Regalbrett Familienfotos aufgestellt. Sofia griff nach einem Bild, das die Perlinos im Winter zeigte, eingepackt in riesige Daunenjacken, Skier lässig am Auto lehnend, einem dunkelgrünen Fiat Tipo, an den Sofia sich noch erinnern konnte. Laura grinste in die Kamera.

»Herrje, Lauras Zahnspange, wie sie die gehasst hat«, sagte sie lachend.

»Ich weiß noch, wie du dich mit deiner Brille angestellt hast«, antwortete ihre Mutter kopfschüttelnd. Damit hatte Giulia recht, Sofia hatte mit dem Gestell von Anfang an auf Kriegsfuß gestanden. Es hatte viele Jahre und drei vergebliche Versuche, sich an Kontaktlinsen zu gewöhnen, gebraucht, bis Sofia sich mit ihrer Brille hatte anfreunden können. Mittlerweile gehörte sie zu ihr wie ihr dicker Zopf, der ihr über die Schulter fiel. Sofia stellte das Bild zurück, trank ihren Caffè zu Ende und schwelgte dabei weiter in Erinnerungen an ihre Schulzeit. Doch das war nicht der Grund ihres Besuchs. Sofia riss sich schließlich zusammen, sie wollte sich nicht von der Gastfreundschaft ablenken lassen oder nur an die schöne Vergangenheit denken, sie wollte etwas über die Vergangenheit wissen, also fragte sie unvermittelt: »Was wisst ihr über Antonio Ferraris Unfall?«

Aurora verschüttete etwas Espresso auf ihrer Untertasse, Sofias Vater blickte sie empört an.

»Wie kommst du jetzt auf diese Geschichte?«, fragte ihre Mutter unwirsch.

»Der Tote, den sie im Wald gefunden haben.« Herausfordernd sah Sofia in die Runde, aber niemand schien einen Zusammenhang herzustellen. »Gianluca Ferrari«, half sie auf die Sprünge. »Er war Antonios kleiner Bruder.«

Jetzt schlug Aurora entsetzt die Hand vor den Mund, ihr Mann legte fürsorglich einen Arm um sie, während Sofias Eltern Blicke tauschten.

»Was wisst ihr?«

»Was sollten wir wissen, natürlich nichts!«, begehrte Giulia auf.

»Ihr habt euch angesehen! Alle vier!« Wütend blickte sie ihre Eltern an.

»Sofia …«, versuchte ihr Vater sie zu beruhigen. Aurora rutschte unruhig auf ihrem Sessel hin und her, doch ihre Mutter explodierte. »Schluss jetzt, *basta*, ich will nichts mehr davon hören! Schuld, Schuld, immer nur Schuldgefühle!« Anklagend richtete sie den Blick auf ihren Mann. »Deine Mutter hat mich wahnsinnig gemacht! Antonio hier, Antonio da! Ihre Schuld, ihr Gewissen, ihr Drama! Nein!«, unterbrach sie Marco, der etwas hatte entgegnen wollen und hob den Zeigefinger. »Die Ferrari war bei ihr, damit sie in ihrem Kaffeesatz liest. Als ob sie einen Autounfall hätte vorhersehen können! Es war nicht ihre Schuld. Aber gab es ein anderes Thema in diesem Jahr? Nein! Ich will nichts mehr davon hören. Ich habe genug von Schuld. Dieses ganze verdammte Dorf hat Schuldgefühle, damit muss doch auch mal Schluss sein.« Heftig atmend reckte sie das Kinn. »Aurora, dein Essen war köstlich. Vielen Dank für den Caffè. Aber ich muss ins Bett.« Ohne die Anwesenden eines weiteren Blickes zu würdigen, verließ sie das Zimmer und die Wohnung.

»Nun …« Marco sah sich verlegen um, Francesco betrachtete eingehend seine Hände und Aurora schniefte leise in ihr Taschentuch. In Sofia selbst machte sich ein wahrer Tumult breit, so viele widerstreitende Gefühle und Erkenntnisse. Nonna Valerija hatte die Zukunft der Ferraris gelesen. Hatte sie damals etwas Ähnliches gesehen wie Sofia heute, als sie den Kaffeesatz von Gianluca betrachtet hatte? War Gianluca deshalb bei ihr gewesen?

Sie blickte zur Tür, wo ihre Mutter verschwunden war. Ein bisschen konnte sie sogar verstehen, weshalb sie so wütend geworden war. Doch mit einem hatte sie unrecht: Schuldgefühle totschweigen, das hatte noch nie geholfen. Über Schuldgefühle musste man sprechen, damit sie heilten, Geheimnisse mussten ans Licht, damit sie nicht alles vergifteten.

*

Die Hitze stieg vom Asphalt auf, strahlte von den Häuserwänden. Es war nicht natürlich, nicht im Oktober. Valerija musste an ihren Backofen im Sommer denken. Corazzo war ein Backofen, ein Backofen, der den Menschen nicht guttat. Langsam ging sie die Straße hinunter, in ihrem rechten Bein zog es seit Tagen, lange würde sie die Bar nicht mehr ohne Hilfe betreiben können. Am alten Brunnen in der Via XXV Aprile stand ein junger Mann und trank durstig aus den Händen. Er kam Valerija vage bekannt vor, aber sie konnte sich an seinen Namen nicht erinnern. Vielleicht jemand aus Premeno oder Esio.

Als sie die Bar öffnete, schlug ihr sofort der Geruch der Haselnüsse entgegen. An viele Dinge hatte sie sich noch nicht gewöhnt, würde sie sich nie gewöhnen, aber die Nougatcreme und die Torten des Piemont hatten ihr Herz im Sturm erobert. Mit Giuseppe war sie durch die Weinberge gefahren, durch die Wälder, und sie hatte verstanden, weshalb er immer zurückwollte in seine Heimat. Es war nicht so, dass Valerija die Adria nicht ebenfalls vermisste, aber früher, da hätte sie Giuseppe einfach mehr vermisst. Und heute? Vielleicht war es das Alter. Aber sie fühlte sich zufrieden damit, hin und wieder am Lago Maggiore zu sitzen, die Augen zu schließen und sich vorzustellen, es sei das Meer. Den Rest der Zeit über war sie glücklich hier in den Bergen. Ihr Italienisch war immer noch fehlerhaft hier und dort, aber sie hatte gelesen, dass man eine Sprache richtig beherrschte, wenn man in dieser Sprache träumte. Und das tat sie schon seit einigen Jahren. Seit Giuseppes Tod, um genau zu sein. Das mochte jemand anderem sonderbar vorkommen, für Valerija war es jedoch nur ein Zei-

chen, dass Giuseppe ihre Heimat war. So fühlte sie sich ihm näher. Am Sonntag, bevor sie bei Giulia und Marco zum Essen eingeladen war, würde sie am Grab vorbeigehen und frische Blumen hinstellen. In ungefähr drei Wochen war auch Ognissanti, Allerheiligen, da würde sie es sich nicht nehmen lassen, Marco und Giulia mit Sofia in ihrer kleinen Wohnung zu bewirten. Einen zusätzlichen Platz für Giuseppe würde sie decken.

Valerija warf einen Blick hinter die Bar, schaltete die Kaffeemaschine ein und betrat dann ihre Küche. Sie selbst trank immer noch lieber einen Mokka als einen Espresso. Alte Gewohnheiten, dachte sie. Während die silberne Kaffeekanne auf dem Herd vor sich hin blubberte, bereitete Valerija den Teig für die Baci di Dama vor, Sofias Lieblingskekse, von denen sie immer einen Vorrat zur Hand hatte. Sie hatten schon gemeinsam gebacken, und Valerija fand, die Kleine stellte sich trotz ihres Alters überraschend geschickt an. Leise eine Melodie aus ihrer Kindheit summend, bereitete sie den Teig zu. Wenn sie auf Italienisch träumte, so sang sie doch immer noch kroatische Lieder, Volksweisen, die schon ihre Mutter für sie gesungen hatte. Ganz in ihre Tätigkeit versunken, zuckte sie zusammen, als sich plötzlich jemand hinter ihr räusperte.

»Entschuldigung, ich wollte nicht stören.« Eine junge Frau stand in der Tür, wobei jung relativ war, sie hatte die Vierzig sicher schon überschritten, aber alles unter fünfzig hielt Valerija inzwischen für jung. Es war lediglich eine Frage des Blickwinkels.

Die junge Frau knetete ihre Hände. »Ich habe gehört, dass man bei Ihnen einen Mokka bekommen kann. Einen Mokka, bei dem Sie ... bei dem ich ...« Verlegen brach sie ab. Zu dünn, viel zu dünn, noch dünner als Giulia war sie.

Valerija griff zu den Paste di Mandorle, den Mandelkeksen, die sie gestern gebacken hatte.

»Die passen besonders gut zu einem Mokka. Sie sind Signora Ferrari, richtig?«, fragte Valerija dann.

Die junge Frau nickte und ließ sich auf den Stuhl fallen, den Valerija ihr herrückte. Dabei starrte sie auf den Keks in ihrer Hand, als wäre er etwas Außerirdisches.

»Sie schlafen auch nicht gut in letzter Zeit«, murmelte Valerija verständnisvoll. Sie hatte bei dieser Hitze ebenfalls das Gefühl, dass ihr Gehirn langsam gegart wurde.

Sorgfältig gab sie zwei Teelöffel des gemahlenen Kaffeepulvers in die Mokka-Kanne. Es musste wie Mehl sein, so fein, und Valerija fügte den Zucker gleich schon dazu. Dann goss sie mit warmem Wasser auf und stellte die Kanne auf den Herd.

»Möchten Sie etwas Bestimmtes erfahren?«, fragte sie Signora Ferrari.

Die junge Frau zuckte zusammen, als hätte sie vergessen, dass jemand bei ihr war.

»Die Lottozahlen kann ich Ihnen nicht nennen, falls Sie das wissen möchten«, versuchte Valerija sich an einem Scherz.

»Nein, nein.« Die Signora holte tief Luft. »Ich möchte nur hören, ob es gut gehen wird.«

»Sie machen sich Sorgen um Ihre Familie?«

»Mein Sohn, Gianluca, er ist krank. Wir wissen noch nicht, wie schlimm es wird.«

»Gianluca«, murmelte Valerija. Nein, der Name löste nichts in ihr aus. »Ich denke, er wird wieder gesund werden«, tröstete sie die Frau. Ein leises Blubbern deutete an, dass das Wasser kochte. Valerija nahm die Kanne schnell vom Herd, schöpfte sorgfältig den Schaum ab, bevor sie den Gasherd erneut anzündete.

Es war deutlich, dass Signora Ferrari den Mokka nicht mochte. »Entschuldigung, ich trinke nicht so häufig Kaffee«, sagte sie, als Valerija sie angesichts der Grimasse, die sie zog, verwundert anblickte.

Schließlich hatte sie ausgetrunken. Etwas verloren hielt sie die Tasse in der Hand, bis Valerija sie ihr sanft abnahm.

Sie stürzte sie auf eine Untertasse und erschrak. Leid, so viel Leid. »Nicht gut«, murmelte sie, und die Frau wurde eine Spur blasser. »Ist es Krebs?«, hauchte sie.

»Keine Krankheit, nein.« Was war das? Valerija kniff die Augen zusammen. Nein, da war keine Krankheit zu sehen. »Gianluca?«, fragte sie noch einmal nach. Dann stand sie auf, um nach einem Zahnstocher zu suchen. Mit dem kleinen Holzstück zog sie feine Linien durch den Kaffeesatz. Trauer und Wut, aber keine Krankheit. Wo lag die Ursache?

»Wie alt ist Gianluca?«, wollte Valerija wissen.

»Gerade elf geworden. Er hätte eigentlich jetzt im September auf die Scuola Media gehen sollen, aber ...« Die junge Frau seufzte unglücklich. Ihr Schmerz tat Valerija in der Seele weh.

»Ich kann Sie beruhigen«, sagte sie und fasste nach Signora Ferraris Hand, um sie fest zu drücken. »Mit Gianluca kommt alles in Ordnung. Sie müssen sich keine Sorgen machen.«

7. KAPITEL: TOMMASOS NOTIZBUCH

Heute musste es ein Hefeteig sein. Sofia brauchte etwas zum Kneten, zum Schlagen und zum Werfen. Während das Gespräch des Vorabends noch in ihr nachwirkte, musste sie etwas tun. Ihre Mutter war immer schon aufbrausend gewesen – leidenschaftlich, hatte Sofias Vater gesagt –, aber ihre Reaktion auf die Frage nach Gianluca war doch heftig gewesen, und Sofia musste sich eingestehen, dass sie wütend war. Wütend über das Schweigen, wütend über den Ausbruch ihrer Mutter, der das Thema komplett erstickt hatte.

Schon bevor sie am Morgen ihr Café geöffnet hatte, war Sofia in aller Herrgottsfrühe eine Runde im Wald gelaufen, um den Kopf freizubekommen. Die körperliche Bewegung hatte gutgetan, und als Sofia schließlich den durchgekneteten Ciabattateig noch einmal zum Gehen in den vorgeheizten, aber abgeschalteten Backofen stellte, fühlte sie sich schon besser. Erschöpft und zufrieden. Sie wusch sich das Mehl von den Händen, schob ihre Brille in die Haare und spritzte etwas Wasser ins Gesicht, um die erhitzten Wangen abzukühlen.

Dann hörte sie, wie jemand ihr Café betrat, band schnell die Schürze mit den roten Kirschen ab, richtete die Brille, warf einen schnellen Blick zum Backofen und ging durch den hölzernen Vorhang hinaus.

»Signor Commissario«, begrüßte sie Ranieri, der sich

heute sorgfältig rasiert hatte. Seine Haare fielen ihm leicht in die Stirn, und Sofia ärgerte sich, dass ihr das überhaupt auffiel. Unwillig machte sie sich an der Siebträgermaschine zu schaffen.

»Vormittags einen Doppio«, sagte sie, als sie ihm keine zwei Minuten später seinen doppelten Espresso hinstellte.

»Sie haben ein gutes Gedächtnis.«

»Davon lebt das Geschäft.« Sie hob die Schultern. »Wenn ich mir die Bestellungen meiner Stammkunden nicht merken kann, fühlen sie sich vernachlässigt.«

»Stammkunde, soso.«

»Nun ja, der dritte Besuch innerhalb genauso vieler Tage. Wie würden Sie's nennen?«

»Ermittlungen.« Er grinste breit, als er die Espressotasse hochhob.

Das war ein gutes Stichwort. Nervös nestelte sie an der kleinen Kette, die sie um ihr Handgelenk trug.

»Antonio Ferrari«, begann sie schließlich das Gespräch.

An der Art, wie sein Blick zu ihr schnellte und wieder zurück zu seinem Caffè, erkannte sie, dass er bereits wusste, was sie ihm mitteilen wollte.

»Glauben Sie, es gibt einen Zusammenhang?«, fragte sie. »Zu Gianluca?«

Er ließ sich Zeit mit einer Antwort. Rührte stattdessen zunächst sorgfältig Zucker in seinen Espresso, obwohl sie sich ganz sicher war, dass er seinen Kaffee eigentlich ohne trank, legte dann den Löffel neben die Tasse und nahm einen Schluck, den er auf der Zunge zergehen ließ.

»Möglicherweise gibt es eine Spur«, sagte er endlich und fügte hinzu: »Eine andere Spur, die nichts mit seinem Aufenthalt in Corazzo zu tun hat.« Es war offensichtlich, dass er sehr vorsichtig formulierte, um ihr keine Anhaltspunkte zu geben. »Aber es gab einen Grund für diesen Aufenthalt«, fuhr er dann fort, bevor er sie erwartungsvoll ansah. »Was glauben Sie?«

»Ich glaube nicht an Zufälle.« Gianlucas Besuch bei ihr war kein Zufall gewesen, sonst hätte er nicht so hartnäckig auf dem Mokka bestanden. Sofia hielt Ranieris Blick stand, bis er plötzlich nickte, langsam, wie zu sich selbst, und sich wieder seinem Caffè zuwandte. Sie hatte das Gefühl, eine Art Prüfung bestanden zu haben.

»Ich habe mir die Akte angesehen«, sagte er nach kurzer Zeit, in der sie beide geschwiegen hatten. »Kein Hinweis auf den Fahrer. Kaum Spuren am Unfallort, und aus den Fotos kann ich nichts schließen.«

»Kann ich sie sehen?«

Er schüttelte den Kopf. »Tut mir leid.«

Damit hatte sie gerechnet, auch wenn sie es schade fand. Aber seit dem gestrigen Abend hatte sich ohnehin eine andere Idee in ihrem Kopf geformt.

»Sie sind eine Zeugin in meinem Fall«, sagte er plötzlich.

»Ich habe Ihnen alles gesagt, was ich weiß.« Sie runzelte die Stirn. »Wenn Sie glauben, ich …«

»Nein, nein, keine Sorge, ich weiß, dass Sie mich nicht angelogen haben.« Er holte sein Portemonnaie hervor und legte Kleingeld auf den Tresen. »Aber weil Sie eine Zeugin sind, habe ich Sie nicht gefragt, ob Sie mit mir ausgehen. Nur deshalb.«

Sofias Wangen, die sich gerade wieder abgekühlt hatten, schienen zu glühen, als Ranieri ihr Café verließ.

*

Es dauerte eine ganze Weile, bis sie wieder halbwegs klar denken konnte.

»So eine Frechheit«, murmelte sie empört, als ihr auffiel, dass Ranieri nicht einen Moment lang bezweifelt hatte, sie würde »Ja« sagen. Ganz schön siegessicher, der gute Commissario, dachte sie. Gut, ihr Herzklopfen hatte eine deutliche Sprache gesprochen, aber das konnte – und sollte! – Ranieri ja nicht wissen.

Geistesabwesend bereitete sie einen Caffè für Signor Hamdi zu, einen zurückhaltenden Mann um die fünfzig, der vor zehn Jahren mit seiner Familie nach Corazzo gekommen war. Ursprünglich stammten die Hamdis aus Algerien, hatten aber lange Zeit in Frankreich gelebt, bevor sie nach Italien gezogen waren. Sofia mochte den ruhigen Mann, der ihr schon ein paar Wörter Französisch und Arabisch beigebracht hatte.

Dann versuchte sie sich wieder darauf zu konzentrieren, was sie heute vorgehabt hatte. Und richtig, bevor der Commissario gekommen war, um sie durcheinanderzubringen, hatte sie beim Backen einen Plan entwickelt.

Nach einem schnellen Espresso im Stehen rief sie Vanessa an. Die junge Frau versprach, gleich vorbeizukommen und sich um die Bar zu kümmern. Und tatsächlich, schon fünfzehn Minuten später betrat sie das Café. Ihr Parfüm roch frisch und blumig, als Sofia ihr zur Begrüßung einen Kuss auf die Wange gab.

»Laura kommt sicher noch vorbei. Sag ihr liebe Grüße und das mit ihren Eltern tut mir leid«, instruierte Sofia sie, als sie ihr das Portemonnaie überreichte. »Sie bekommt ihr Cornetto crema wieder gratis. Ach, und falls ihr Bruder Davide vorbeischaut, in der Schublade liegt noch Post für ihn.«

Vanessa hob die Augenbrauen. »Sofia, du musst anfangen, deine Freunde für ihr Essen bezahlen zu lassen«, schimpfte sie. »Und was war mit ihren Eltern?«

»Lange Geschichte.« Sofia seufzte. »Aber ich glaube, das nächste Mal, wenn ich vorbeikomme, wird die Begrüßung um einiges weniger überschwänglich ausfallen.«

Vanessa steckte sich ein Kaugummi in den Mund. »Mich mögen die Eltern meiner Freunde auch nicht«, kommentierte sie schulterzuckend. »Zu forsch«, sagte sie zur Erklärung und gab gleich eine Darbietung, als keine Minute später der Pfarrer das Café betrat.

»Die Cornetti sind leider zwanzig Cent teurer geworden, Monsignore«, überfiel Vanessa ihn, der noch nicht ein einziges Mal ein Cornetto bestellt hatte. »Aber dafür sind sie so gut wie nie, da können Sie nicht Nein sagen.« Überrumpelt nahm der Padre den Teller mit dem Croissant entgegen, den sie ihm aufdrängte. Kurz blickte er auf, schien etwas sagen zu wollen, dann zuckte er jedoch mit den Schultern, bedankte sich und schlurfte zu dem Tisch, den er sich gewöhnlich mit Massimo und Raffaele teilte.

»So macht man Geschäfte«, flüsterte Vanessa.

»Wow, du bist Klassenbeste in deinem Marketing-Kurs, hm?«, fragte Sofia amüsiert. Dann hob sie den Zeigefinger. »Das mit den zwanzig Cent erlaube ich dir aber nicht.« Zeit, um mit Vanessa über das Thema Kundenbindung zu diskutieren, war jedoch nicht. Sie hatte schließlich einen Plan für den Vormittag.

»*Ciao ragazza*«, rief sie der jungen Frau zu, dann machte sie sich, ein Stück Torta al Limone unter dem Arm, auf den Weg in die Via XXV Aprile.

Vor dem Balkon des sandsteinfarbenen Hauses war ein Wäscheständer gespannt, auf dem Handtücher zum

Trocknen hingen. Sofia klingelte, wartete, dann klopfte sie.

Schließlich hörte sie aus dem Inneren: »Einen Moment!« Kurz darauf öffnete Eleonora Mazzoli in einer geblümten Küchenschürze über dem schwarzen Rock und mit einem hölzernen Kochlöffel in der rechten Hand.

»Ich komme ungünstig.« Wie einen Schutzschild hielt Sofia ihr den Kuchen hin.

»Nein, gar nicht, komm rein!« Bevor sie protestieren konnte, zog Eleonora sie in die Wohnung. Der dunkle Flur, der wie in vielen Häusern hier mit rotbraunen Terrakottafliesen ausgelegt war, führte in eine helle Küche, in der auf einem Gasherd ein Ragù alla bolognese, eine Tomaten-Hackfleischsoße, vor sich hin köchelte.

»Es riecht fantastisch«, kommentierte Sofia, was Eleonora mit einem erfreuten Lächeln quittierte.

»Es macht ja nur halb so viel Spaß zu kochen, wenn keiner mitisst«, seufzte sie dann. »Aber nimm doch Platz. Willst du einen Caffè? Ich habe auch noch Kekse.« Ohne eine Antwort abzuwarten, schraubte Eleonora schon an einer Bialetti herum, um Kaffee aufzusetzen.

Sofia stellte den Kuchen ab und setzte sich an den Küchentisch. Zwei Minuten später saß Eleonora ihr gegenüber, während das Wasser in dem kleinen Espressokocher blubberte. Ihre grauen kurzen Haare drehte Eleonora immer am Wochenende auf, vor der Messe am Sonntag, und vor besonderen Feiertagen wie zum Beispiel kürzlich im Mai vor *Pentecoste*, Pfingsten, ließ sie sich von Sofias Mutter im Salon die Haare richten. Eleonora war immer schon eine mitfühlende Frau gewesen, die gute Seele im Kreis ihrer Freundinnen, und auch Tommaso hatte diese Eigenschaft an ihr geliebt.

»Ich denke immer noch, er kommt gleich in die Küche«, sagte sie und fuhr mit dem Fingernagel am Rand der geblümten Tischdecke entlang.

»Er war ein guter Mann«, bestätigte Sofia leise.

»Der beste.« Eleonora lächelte traurig. »Vierzig Jahre und nie ein böses Wort.«

Sofia, deren Eltern sich zwar heiß und innig liebten, die aber jede Woche mindestens drei größere Streitigkeiten ausfochten, in denen ihre Mutter mit dem Auszug drohte, nickte andächtig.

»Er hat immer Zeit gehabt für Valentina, trotz seines Berufs.« Tommaso, der Karriere bei den Carabinieri gemacht hatte, schien auch für Außenstehende ein engagierter Vater gewesen zu sein. Sofia konnte sich gut daran erinnern, wie er seine Tochter zum Altar geführt hatte – stolz und mit Tränen der Rührung in den Augen, dass sein kleines Mädchen so erwachsen geworden war.

Der Kaffee kochte über, und erschrocken sprang Eleonora auf. Während sie die Kanne vom Herd nahm und in zwei Tassen füllte, nahm Sofia einen Lappen und beseitigte die übergelaufene Flüssigkeit.

Zurück am Tisch lächelte Eleonora sie an. »Aber das Leben muss weitergehen«, sagte sie tapfer. »Das weiß ich.«

Sofia griff nach ihrer Hand. »Tommaso wäre stolz auf dich.«

Verstohlen wischte Eleonora sich eine Träne aus dem Augenwinkel, bevor sie großzügig Zucker in ihren Kaffee schaufelte.

»Dieser Unfall, Ende der Neunziger, mit dem Sohn der Ferraris«, brachte Sofia ihr Gespräch schließlich auf das Thema, dessentwegen sie hergekommen war.

Eleonora seufzte. »Was für eine schreckliche Geschichte.« Kopfschüttelnd hob sie ihre Tasse.

»Ich habe mich gefragt ...« Sofia zog die Zuckerdose zu sich und versuchte so beiläufig wie möglich zu klingen. »Tommaso war ein guter Polizist ...«

»Der beste«, wiederholte Eleonora ihre Worte von vorher.

»Tommaso war der beste Polizist, hier in Corazzo sowieso. Hat er damals Untersuchungen angestellt?« Sofia konnte sich nicht vorstellen, dass er das den Kollegen aus Verbania überlassen hatte, schon gar nicht, wenn diese Kollegen den Fall achselzuckend zu den Akten gelegt hatten.

Eleonora nickte langsam, die Augen skeptisch zusammengekniffen. »Was hast du vor?«

»Sieh mal.« Sofia breitete ihre Hände aus. Eleonora gehörte zu ihren Kundinnen, sie würde wissen, was Sofia umtrieb, und so erzählte sie ihr von Gianluca, von ihren Träumen und den schrecklichen Bildern in seinem Kaffeesatz. Als sie geendet hatte, bekreuzigte Eleonora sich.

»*Madonna!*«

»Und deshalb kann ich das Schweigen nicht akzeptieren, verstehst du?«, sagte Sofia und schob sich eine widerspenstige Haarsträhne, die sich aus ihrem Zopf gelöst hatte, zurück hinter die Ohren.

Eleonora schürzte die Lippen, stellte ihre Tasse ab und stand – die Hand in den Rücken gepresst – auf. Dann zog sie einen Tritthocker hinter der Tür hervor, stieg darauf und suchte etwas im obersten Küchenschrank, einem Fach über dem Kühlschrank. Mit einem kleinen Büchlein setzte sie sich wieder an den Tisch. Neugierig betrachtete Sofia das Notizbuch, dessen Ecken zerfleddert und dessen lederner Einband abgerieben war. Eleonora legte es auf den Tisch, strich langsam und vorsichtig mit beiden Händen darüber. Sie fuhr sich mit der Zungenspitze über die Lippen und seufzte schwer.

»Es wird zu viel geschwiegen«, sagte sie und sah Sofia in die Augen. Plötzlich wirkte sie älter als ihre neunundsechzig Jahre, und Sofia gab dem Impuls nach, ihre Hand zu fassen. Eleonora lächelte, sie schien sich jetzt sicherer zu sein.

»Er hat mir nie etwas von seinen Ermittlungen erzählt«, sagte sie dann. »Und er hätte nie etwas mit nach Hause genommen, was er nicht gedurft hätte. Aber er hat sich Notizen gemacht, immer und zu jedem seiner Fälle. Manchmal waren es Gedanken, die ihm kurz vor dem Einschlafen gekommen sind. Alles, was nicht in die offiziellen Ermittlungsakten gehörte, steht hier drin.« Sie schob das Notizbuch zu Sofia und betrachtete es nachdenklich. »Ich habe nie hineingesehen«, sagte sie leise wie zu sich selbst. Nachdenklich betrachtete sie das Büchlein, in Gedanken schon ganz woanders. »In den letzten Wochen vor seinem Tod, da hat er viel von diesem Unfall gesprochen. Er hat mir davon erzählt, immer und immer wieder, von Antonio und davon, dass er versagt hat.«

»Weil er den Schuldigen nicht finden konnte.«

Eleonora nickte. »Die Sache hat ihn beschäftigt, etwas daran hat ihn beschäftigt. Nach so vielen Jahren immer noch.«

*

Seufzend setzte Alessandro sich an seinen Schreibtisch und warf dem Computer einen irritierten Blick zu. Seit einer Weile blinkte auf dem Bildschirm ein Kästchen, das ein Update von ihm verlangte. Alessandro war kein Fan von Updates, im Anschluss waren alle Funktionen, die er brauchte, anders angeordnet, und die nächsten Tage war er allein damit beschäftigt, sich im Programm wieder zurechtzufinden. Nein, Computer waren generell nicht sein liebstes Arbeitsgerät, er sprach lieber mit Menschen, sah sich an Tatorten um und versuchte, ein Gefühl für Opfer und Täter zu entwickeln. Was für ein Mensch Gianluca Ferrari gewesen war, das konnte ihm kein Computer sagen. Fairerweise musste er zugeben, dass er das von menschlichen Zeugen bisher auch nicht erfahren hatte. Die Verlobte war zu durcheinander gewesen, um ihm wirklich etwas zu erzählen, und in Corazzo schien außer Sofia Dalmasso niemand mit dem Mann gesprochen zu haben, auch die Pensionsbesitzerin Clara Tacchini hatte nur wenige Worte mit ihm gewechselt. Immerhin hatten die daraufhin gedeutet, dass der Tatort nicht zufällig gewählt gewesen war, Gianluca Ferrari hatte sich sehr für den Sacro Monte di Ghiffa interessiert.

Wieder wanderten seine Gedanken zu Sofia Dalmasso, der hübschen Cafébesitzerin, deren Namen und Adresse sie auf einem Zettel in der Hosentasche des Toten gefunden hatten. Sie hatte ihm noch am ehesten weiterhelfen können, Gianluca war offenbar aufgewühlt gewesen – auch wenn Alessandro nicht an hellseherische Fähigkeiten der jungen Frau glaubte, so war Gianluca Ferrari immerhin mit dem Wunsch bei ihr aufgeschlagen, sich die Zukunft vorhersagen zu lassen. Alessandros Erfahrung nach taten das Männer über dreißig mit einem Job und einer Verlobten eher selten.

Dass Sofia Dalmasso selbst etwas mit dem Mord zu tun hatte, das konnte Alessandro sich beim besten Willen nicht vorstellen. Oder wollte er es nur nicht? Er musste zugeben, dass er sie attraktiv fand, sehr sogar, und hatte daraus keinen Hehl gemacht bei ihrer letzten Begegnung. War er zu offensiv gewesen? Hatte er sie mit seinen deutlichen Worten verschreckt? Er hatte das Gefühl gehabt, dass sie seine Anwesenheit in ihrem kleinen Café genoss, dann wiederum … Ach, die Norditalienerinnen waren ihm auch nach drei Jahren noch ein Rätsel!

Als das Telefon auf seinem Schreibtisch klingelte, riss er seine Gedanken von Sofia Dalmasso und seinen Blick vom Computerbildschirm los, von dem ihn ohnehin nur das Update-Kästchen höhnisch anlächelte.

»Pronto«, meldete er sich.

Es war Guzzo, der aus Turin schon die Fingerabdrücke von Anita Palmieri, Gianlucas Verlobter, erhalten hatte. »Der Abdruck am Gürtel passt nicht«, berichtete er Alessandro, der bei dieser Information Guzzos herabhängende Mundwinkel vor Augen hatte. Seine eigenen verzogenen sich ebenfalls. »Das hatten wir ja schon geahnt«, sagte er.

»Am Auto können wir sie zuordnen«, fuhr Guzzo fort. »Möglicherweise ist sie also diejenige gewesen, die den GPS-Sender platziert hat.«

»Oder sie ist mit ihrem Verlobten zusammen Auto gefahren.« Denn das bewies leider gar nichts. Am Peilsender selbst hatten sie keine Abdrücke gefunden, es konnte also die Verlobte gewesen sein, es konnte aber auch durchaus ein unbekannter Mörder getan haben. Alessandro bedankte sich bei dem Forensiker und beendete das Gespräch. Erneut hatte er den Faden im Wollknäuel verloren.

*

Es war immer noch warm, die Sonne schien durch die Baumkronen und erwärmte den Waldboden, auf dem die Kiefernnadeln ihren Duft verströmten. Doch wehte heute ein leichter Wind, wodurch Sofia es im Schatten ihrer Kastanie sehr angenehm empfand. Morgen Mittag würde es in ihrem Café Tajarin geben, die Piemonteser Eiernudeln, die wie dünne Tagliatelle aussahen. Den Pastateig hatte sie in der Küche vorbereitet, dafür hatte sie Mehl, Eier und Eigelb mit etwas Olivenöl und einer Prise Salz gut vermischt und in ein feuchtes Tuch eingeschlagen. Üblicherweise musste der Teig nur einige Stunden ruhen, Sofia ließ ihn meist über Nacht im Kühlschrank. Am frühen Morgen hatte sie genug zu tun damit, Caffè auszuschenken, um das Mittagessen konnte sie sich erst im Anschluss kümmern. Aber wenn man für gutes Essen etwas brauchte, dann waren das Zeit und Ruhe. Diesmal würde es keine Trüffel zu den Tajarin geben, die Saison begann erst später im Jahr, aber mit Butter und Parmesan genossen, waren die Eiernudeln fast genauso gut und eines von Sofias Leibgerichten. Sie klopfte den letzten Rest Mehl von ihren Händen, zog die Schürze aus und hängte sie an den Haken neben die Handtücher hinter der Tür.

Draußen sog sie tief den Duft der Hortensien neben dem Eingang ein, bevor sie bei ihren Gästen nach dem Rechten sah. Eine junge Familie, die bei Clara wohnte, hatte Caffè und Cornetti bestellt und wollte nun zahlen. Die Deutschen liebten ihre »Kaffee und Kuchen«-Nachmittage, oft zu einer Uhrzeit, zu der die Italiener schon beim Aperol saßen. Kuchen aß man ohnehin als Dessert. Einen Nachmittagssnack, wie die Deutschen ihn mochten, gab es gar nicht, vielleicht mal einen Keks zum Espresso, lieber aber Chips zum Aperitif.

Massimo und Raffaele saßen heute allein an ihrem Tisch.

»Ich habe heute Nacht so schlecht geschlafen, bringst du mir noch einen Caffè, *amore*?«, fragte Raffaele und reichte ihr seine Tasse. Er fuhr sich über die Glatze, während Massimo sich hustend eine Zigarette ansteckte.

»Es gibt mittlerweile E-Zigaretten.« Eine Hand in die Hüfte gestemmt, schüttelte Sofia missbilligend den Kopf. »Am besten Wasserdampf.« Aber alles war besser als das, was Massimo aktuell rauchte.

»Eine ganze Schachtel raucht er an manchen Tagen«, beschwerte sich Raffaele dann auch wie aufs Stichwort. Düster fügte er hinzu: »Das geht nicht mehr lange gut.«

»Glaubst du?« Herausfordernd hob Massimo sein Kinn. »Sofia«, wandte er sich dann an sie. »Kannst du mir nicht vorhersagen, wie lange ich noch zu leben habe?«

»Ich hoffe, noch sehr lange.« Sie lachte.

»Wenn du mit Lungenkrebs im Krankenhaus liegst, werde ich sagen, ich habe es dir ja gesagt.« Trotzig verschränkte Raffaele die Arme vor der Brust.

Massimo hielt inne, und Sofia wusste sofort, was er dachte: Tommaso, ihr Freund, war an Krebs gestorben, erst vor ein paar Monaten.

»Er hat es mir nicht gesagt«, murmelte Massimo nachdenklich. »Ich habe es erst von Eleonora erfahren.«

Raffaele nickte. »Er wollte uns schonen. Wollte seinen Freunden alles ersparen, wollte kein Mitleid.«

Zur Kur hatte er gesagt, würde er gehen, daran erinnerte Sofia sich noch. Eine Kur. Und kurz darauf war er tot gewesen. Bauchspeicheldrüsenkrebs.

»Sofia, bring uns statt des Caffès doch lieber einen Wein«, wandte Massimo sich jetzt an sie. »Auf Tommaso.«

Während Sofia nach drinnen verschwand, um einen Nebbiolo zu holen, konnte sie hören, wie die beiden Anekdoten über ihren alten Freund austauschten. Ein ganzes gemeinsames Leben, dachte sie. Alle drei stammten aus Corazzo, waren hier aufgewachsen, hatten hier ihr Leben geführt.

Als sie die beiden schließlich mit Wein versorgt hatte, waren sie schon wieder vertieft in ihr Kartenspiel. Selbst die Zigarette war vergessen und qualmte im Aschenbecher vor sich hin. Sofia setzte sich mit einer Tasse Espresso an den Tisch unter den Kastanienbaum. Für einen Moment schloss sie die Augen, sog den Duft des Kaffees ein und blickte dann in den Himmel, an dem träge ein paar weiße Wolken vorüberzogen. Nein, so schnell würde es nicht wieder regnen. Sofia musste daran denken, am Abend die Hortensien zu gießen und der Kastanie einen Eimer Wasser zu spenden. Dann zog sie endlich ihren Schatz hervor. Auch sie hatte ihr ganz eigenes Andenken an Tommaso: Den gesamten Mittag über hatte sie darauf gebrannt, in sein Notizbuch hineinzusehen, aber ihre Gäste hatten ihr keine Pause gegönnt, und so kam sie erst jetzt dazu, es aufzuschlagen. Aufgeregt blätterte sie die Seiten um, war sich nicht sicher, ob eine Enthüllung sie erwarten würde, ob sich das Rätsel um Antonios Tod – und damit auch um Gianlucas – mit Tommasos Hilfe würde lösen lassen. Doch schnell verpuffte ihre Euphorie wieder:

LRA FRG WL

Über und über waren die Seiten mit Buchstaben beschrieben, die Sofia rein gar nichts sagten. Tommaso hatte offenbar Kürzel benutzt, Codes und Chiffren, die Sofia nicht verstand. Sorgfältig blätterte sie Seite um Seite um, fuhr mit dem Zeigefinger die Zeilen entlang, darauf bedacht, nichts zu übersehen, keinen Hinweis zu überlesen.

MMO GRN FT

Die Buchstaben hätten genauso gut ägyptische Hieroglyphen sein können, sie konnte kein einziges zusammenhängendes Wort entziffern.

»*Porca miseria*«, fluchte sie leise. So nah dran an der

Lösung hatte sie sich gefühlt. Dabei war der Gedanke allein wahrscheinlich schon naiv gewesen. Wenn es so einfach gewesen wäre, hätte die Polizei – oder auch Tommaso selbst – den Täter schließlich längst ermitteln können.

Frustriert schürzte Sofia ihre Lippen und griff nach dem kleinen Keks, den sie sich auf die Untertasse zu ihrem Espresso gelegt hatte. Baci di Dama, Damenküsse, waren im Piemont erfunden worden und bestanden – natürlich! – aus den berühmten Haselnüssen der Region, Mehl, Butter und einer Schokoladenfüllung, je dunkler, desto besser. In den nächsten Tagen würde Sofia neue Baci di Dama backen, und sie freute sich jetzt schon auf den Geruch der gerösteten Haselnüsse in ihrem Backofen. An ihrem *Biscotto* knabbernd schloss sie genüsslich die Augen. Als sie sie wieder öffnete und gedankenverloren auf Tommasos Notizbuch starrte, durchfuhr es sie plötzlich wie ein Blitz: Sie schluckte den letzten Bissen des Bacio hinunter, setzte sich kerzengerade hin und schlug die erste Seite auf. Ja, ganz sicher, fast ganz sicher. Sie stürzte ins Café, in die Küche und wühlte in ihrer Handtasche. Dann verglich sie das Notizbuch mit dem Brief, den sie in Claras Pension hatte mitgehen lassen. Das »G« in Gianlucas Namen, das »T« in der Adresse von *Torino*, Turin, nein, es bestand kein Zweifel: Das musste dieselbe Handschrift sein.

✻

05. Oktober 2001: Aurora

Valeria Rossis »Tre Parole« dröhnte aus den Lautsprechern und Aurora stellte den Song lauter. »Dammi tre parole: sole, cuore e amore«, sang sie falsch, aber mit Inbrunst mit. Gib mir drei Worte: Sonne, Herz und Liebe. *Das Lied war der Sommerhit dieses Jahres gewesen, und jetzt, Anfang Oktober, bäumte sich der Sommer noch einmal auf. Sie hatte das Fenster des weißen Pandas heruntergekurbelt, um den lauen Luftzug zu spüren und die Düfte des Spätsommers einzusaugen. Aurora war auf dem Weg nach Cannobio. Die Kinder hatte sie bei der Großmutter untergebracht, und sie freute sich irrsinnig auf den freien Abend. Seit der Geburt ihres zweiten Kindes, ihrer Tochter Laura vor vier Jahren, kam sie kaum noch abends raus, aber heute hatte sie sich endlich mit einer Freundin aus Kindertagen verabredet. Am Seeufer würden sie etwas essen, vielleicht einen Bellini trinken und viel, viel reden. Ach, was vermisste sie das Reden mit einer Freundin! Seit Ewigkeiten hatte sie nur Kindergebrabbel im Ohr, und mit Francesco drehten sich alle Gespräche um den Laden: Was musste bestellt werden, was als Sonderangebot deklariert, gab es neue Produkte, die sie ins Sortiment aufnehmen sollten, und die Preise stiegen schon wieder. Die Einführung des Euro zu Beginn des nächsten Jahres machte ihnen allen Sorge. Niemand wusste, wie sich die Umstellung entwickeln würde. Natürlich, die Lira war alles andere als eine stabile Währung, aber sie war das, was man kannte.*

Dammi tre parole. *Aurora stellte das Radio noch etwas lauter. Sie wollte diese Gedanken für den Moment vertreiben, einfach vergessen, all die Probleme mit dem Laden, mit den Kindern und vor allem mit Francesco, dem sie sich so fern fühlte, auch wenn sie sich täglich sahen. Vielleicht gerade deshalb? Es gab keine Sehnsucht mehr, zwischen Windeln und Geldsorgen war auch der letzte Funke Romantik gestorben. Er wollte sich heute Abend mit einem Lieferanten treffen, hoffte, bessere Preise für das Gemüse zu bekommen. Dafür war er nach Verbania gefahren und*

Aurora hatte sich den Panda ihrer Mutter geliehen, um nach Cannobio zu gelangen. Ihre Mutter war nicht begeistert gewesen, aber als Laura die kleinen Ärmchen um den Hals ihrer Nonna geschlungen hatte, hatte sie nichts mehr gesagt, sondern nur in Richtung der Autoschlüssel genickt.

Der harzige Duft der Kiefernwälder vermischte sich mit dem Geruch des Lagos, als Aurora bei Ghiffa auf den Corso Belvedere einbog, die Seestraße, die auch nach Cannobio führte. Das Radio hatte mittlerweile zu einem Klassiker gewechselt, »Come mai« von 883.

»Le notti non finiscono.« Die Nächte enden nicht. *Lächelnd trat Aurora aufs Gaspedal. Es würde ein wundervoller Abend werden.*

8. KAPITEL: UNTEN AM SEE

Verbania summte und brummte. Während es in Corazzo gemütlich zuging, barst es hier unten am Lago Maggiore vor Leben. Touristen und Einheimische auch aus den umliegenden Orten strömten heute, am Samstag, nach Verbania. Denn samstags war Markttag in Intra, dem besonders malerisch am Seeufer gelegenen Ortsteil. Schon von Weitem konnte Sofia den schlanken Glockenturm der Basilica di San Vittore sehen, als sie ihren Fiat auf einem der Parkplätze an der Seepromenade abstellte. Mit etwas Glück ergatterte sie einen Schattenplatz und nahm ihren Einkaufskorb vom Rücksitz. Sie brauchte Käse, und heute, am Samstag, das wusste Sofia genau, war Anna mit ihrem Stand auf dem Markt vertreten. Mit ihrem Korb schlenderte sie zunächst an der Promenade entlang und genoss den leichten Wind, der vom See zu ihr herüberwehte. Hier unten am Seeufer standen die Gärten voller Palmen, und viele bunte Blüten erinnerten an das Mittelmeer – ganz anders als in den Bergen, in denen das Bild hauptsächlich von Kastanien, Kiefern oder auch Eichen und Buchen bestimmt wurde.

Im Schatten der Immergrünen Magnolien und der Byzantinischen Hasel, die am *Lungolago*, der Seepromenade, gepflanzt worden waren, erreichte sie die Piazza Matteotti, wo sie schon die ersten Stände erwarteten. Hier begann das bunte Treiben, das sich durch die Straßen Intras bis zur Piazza Mercato zog. Sofia genoss den fröhlichen Lärm, das Handeln, den Geruch von frischer Focaccia oder Erdbeeren, die ein Händler ihr leuchtend rot und rund unter die

Nase hielt. So gut sahen die Früchte aus, dass sie zugreifen musste, und drüben bot jemand *Coregone* an, fangfrischen Felchen aus dem Lago Maggiore. Spontan beschloss sie, am Mittag den Fisch in einer Butter-Salbei-Soße anzubieten.

»Aber packen Sie ihn bitte gut in Eis ein, ich bin noch ein Weilchen unterwegs.«

Wenn sie Rosa noch rechtzeitig Bescheid sagte, würde sie Raffaele zum Essen in ihre Bar schicken. Er liebte Fisch über alles, nur seine Rosa weigerte sich, ihm Felchen, Zander, Schwarzbarsch oder einen der anderen Seefische zuzubereiten. Seitdem ihre Tochter wegen einer Wespenallergie im Krankenhaus hatte behandelt werden müssen, behauptete sie steif und fest, ebenfalls allergisch zu sein – nämlich ganz klar gegen jede Art von Fisch.

Sofia schmunzelte und schickte eine Nachricht. Es war nicht einmal ganz neun, selbst Rosa würde jetzt noch nicht am Herd stehen. Mit etwas Glück las sie die Nachricht noch rechtzeitig. Den Fisch gut gekühlt und vor der Sonne verborgen schlenderte Sofia an den zahlreichen Marktständen, die Blusen, Röcke, Hüte und Handtaschen anboten, vorbei und versuchte, möglichst nicht hinzusehen – zu viele hübsche Stoffe, Formen und Farben lockten, und die Verkäuferinnen und Verkäufer waren bestens aufgelegt und immer bereit zu Schmeicheleien. »Signorina, mit Ihren dunklen Haaren und den wunderschönen Augen – diese Bluse ist nur für Sie geschneidert worden!« Und da war es auch schon. Lächelnd schüttelte Sofia den Kopf, ein wenig bedauernd, denn die hübsche Bluse hätte ihr wirklich gut gefallen. Beim nächsten Mal tröstete sie sich, als sie schließlich an Annas Käsestand herantrat.

»*Ciao*, Sofia!« Die kleine alte Frau begrüßte sie strahlend. Ein seitlicher Schneidezahn fehlte ihr, die grauen Haare wirkten zerzaust, aber ihr rundes Gesicht wirkte so freundlich, dass beides ihrer Herzlichkeit keinen Abbruch tat. »Heute habe ich etwas ganz Besonderes für dich.« Als Sofia ihren Blick über die Auslage wandern ließ, wackelte Anna mit dem Zeigefinger und schnalzte mit der Zunge. Dann schlich sich ein schelmisches Grinsen auf ihr Gesicht und sie griff unter den Tisch, wo sie ihren Schatz vor den anderen Kunden bewahrt hatte.

»Ein Parmigiano Nuovo, achtzehn Monate gereift und der Geschmack …« Sie führte Daumen, Zeige- und Mittelfinger vor dem Mund zusammen und ließ sie mit einem Kussgeräusch auseinanderfahren.

Junger Parmesan war tatsächlich eine von Sofias großen Schwächen: Sicher, für eine gute Minestrone musste der Käse länger reifen und richtig hart sein. Aber zusammen mit Oliven, etwas Öl, Tomaten und frischem Brot war der junge, noch weichere Parmesan, den man in Stücken wie einen üblichen Hartkäse essen konnte, ein Hochgenuss, zu dem sie nur schwer Nein sagen konnte.

»Möchtest du probieren?«

Sofia schüttelte den Kopf. »Deine Empfehlung reicht«, antwortete sie und ließ sich den Käse einpacken. Außerdem nahm sie noch ein Stückchen vom vierundzwanzig Monate gereiften Parmesan für die Tajarin, die es eben erst am nächsten Mittag geben würde, sowie einen Provolone dolce, den birnenförmigen milden Käse, der sich besonders gut für Soufflés oder Gratin eignete. Schließlich entschied sie sich noch für einige Oliven und in Öl eingelegte getrocknete Tomaten, bevor sie sich mit den Worten »Bis nächste Woche!« von Anna verabschiedete.

Mit ihrem Schatz machte sie sich auf den Weg zurück zur Strandpromenade, als sie plötzlich jemanden rufen hörte.

»Sofia!«

Sie drehte sich um. Vor einem Stand mit Kräutern hatte sich eine Touristengruppe aus Deutschland versammelt, durch die sich Commissario Ranieri schob. Als er sie kopfschüttelnd erreichte, strömte die Touristengruppe auseinander und Sofia musste lachen.

»Was machen Sie denn hier?«, fragte Sofia den Commissario, der seine Hemdsärmel lässig bis zu den Ellenbogen hochgekrempelt hatte.

»Ich arbeite hier.« Er nickte in Richtung des Flusses San Bernardino. Dahinter befand sich Pallanza, wo die Questura liegen musste. Sofia hatte sich noch nie damit befasst, wo genau in Verbania die Polizeistationen lagen. Doch jetzt, wo sie darüber nachdachte, erinnerte sie sich an ein seltsames Gebäude am Corso Nazioni Unite, in dem die Polizia di Stato untergebracht war.

»Ich nehme an, die Polizei hat auch samstags nicht frei«, sagte sie mitfühlend. Aber immerhin schien er sich einen späten Arbeitsanfang gegönnt zu haben.

»Nicht in einem Mordfall.« Er zuckte bedauernd mit den Schultern. »Und Sie … ah, ich sehe schon.«

»Anna hat einfach den besten Käse«, erklärte sie.

»Wollen Sie wissen, wo es den besten Caffè gibt?«, fragte er.

Sofia hob vorwurfsvoll die Augenbrauen.

»Selbstverständlich nach Ihrem Café«, beeilte sich Ranieri daraufhin zu sagen.

Sie musste lachen. Kurz blitzte ihr letztes Gespräch in ihrem Gedächtnis auf, aber ein Espresso war natürlich kein Date. »Dann brenne ich natürlich vor Neugierde«, sagte sie also. »Viel Zeit habe ich zwar nicht«, fügte sie dann bedauernd hinzu, »ich muss gleich zurück, um die Felchen für heute Mittag zu kochen. Aber für einen Espresso im Stehen reicht es.«

Bei dem Wort Felchen merkte Ranieri auf und versprach ihr, sie rechtzeitig zurück zu ihrem Auto zu begleiten. »In Marinade?«, fragte er. »Oder etwa …«

»Alla Zia Lisa«, erklärte sie. »Mit Butter und Salbei.«

»Himmlisch«, sagte er. »Da würde ich ja zu gern mit Ihnen mitkommen.«

Mittlerweile waren sie bei einer kleinen Bar angekommen, die draußen zwei wacklige silberne Tische in der Sonne aufgestellt hatte. Das Innere war schummrig und eine Klimaanlage surrte leise. Ein älterer Mann stand hinter der Theke, den Blick hatte er fest auf einen Fernseher gerichtet, in dem gerade ein Fußballspiel lief.

Doch was den Caffè anging, hatte Ranieri nicht zu viel versprochen, der Espresso war hervorragend. Heiß, stark und aromatisch.

»Ich glaube, Tommaso hat Gianluca einen Brief geschrieben«, sagte sie unvermittelt.

Ranieri zog die Augenbrauen zusammen. »Wer ist Tommaso?«, fragte er. »Und woher wissen Sie das?«

»Es lag ein Briefumschlag bei den Sachen, die er bei Clara gelassen hat.« Sofia erzählte dem Commissario, dass sie der Pensionsbesitzerin beim Zusammenpacken geholfen hatte. »Dabei ist mir der Umschlag untergekommen. Den Brief habe ich nicht gefunden. Aber auf dem Umschlag standen der Name, Gianluca Ferrari, und die Adresse in Turin, ohne Absender. Zunächst wusste ich nicht, wessen Handschrift ich da vor mir sehe, aber jetzt bin ich mir sicher. Tommaso Mazzoli, unser ehemaliger Carabiniere.«

»Tommaso Mazzoli.« Er wiederholte den Namen, als käme er ihm bekannt vor.

Sie überlegte, ob sie ihm von dem Notizbuch erzählen sollte. Aber sie wusste, dass sie nur eine Chance hatte, Tommasos Niederschrift zu entziffern, wenn das Büchlein nicht in irgendeinem Polizeiarchiv verrottete. Oder könnte Ranieri es entschlüsseln? Gab es am Ende sogar einen Polizeicode, mit dem er das Rätsel sofort knacken konnte? Vielleicht war es hilfreich, wenn sie ihm davon berichtete? Sie zögerte. Aber was, wenn die Kollegen in Turin den Fall mittlerweile gänzlich übernommen hatten, dort würde man mit dem Notizbuch nichts anfangen können. Es sprach einiges dafür, aber auch einiges dagegen. Sofia wollte und konnte nicht von dem Fall lassen. Sie wusste, dass die Bewohner von Corazzo nicht mit der Polizei kooperieren würden. Wenn sie sich ihr gegenüber bereits so zugeknöpft erwiesen, würde ein Beamter – egal wie gut gekleidet und sympathisch er war – ihre Zungen erst recht nicht lockern. Sollte die Wahrheit ans Licht kommen, musste sie das Notizbuch behalten. Sie beschloss, das Thema zunächst zu umschiffen.

»Tommaso hat damals den tödlichen Unfall Antonio Ferraris untersucht«, begann sie mit der für Ranieri wichtigsten Information. Doch an seinem Nicken erkannte sie, dass er das schon wusste. Ihr nächster Satz jedoch hatte die erhoffte Wirkung. »Und dann hat er einen Brief geschrieben, nach Turin, den Gianluca bei sich führte, als er hierhergekommen ist. Das hat doch eine Bedeutung.«

Ranieri schwieg. Es war deutlich, dass es in seinem Kopf ratterte – so wie auch Sofia in der Nacht kaum hatte einschlafen können, weil sie immer und immer wieder über die Bedeutung dieses Briefs nachdenken musste.

»Ich glaube, er hat etwas gewusst«, sagte sie schließlich, als Ranieri immer noch nichts erwiderte. »Weshalb sonst hätte er Gianluca schreiben sollen?«

»Das ist die Frage, nicht wahr?«, antwortete der Commissario langsam. »Wenn der Brief wirklich von Tommaso Mazzoli stammt, wenn der Inhalt sich *wirklich* um den Unfall dreht, weshalb schreibt er ihm jetzt? Dreiundzwanzig Jahre später?« Skeptisch blickte er sie an. »Das ergibt doch keinen Sinn.«

Das hatte Sofia sich auch schon gedacht. Wenn in Tommasos Notizbuch ein Hinweis zu finden wäre, dann hätte Tommaso den Unfallfahrer damals festgenommen. Was hatte sich geändert? »Vielleicht hat er ein Puzzleteil gefunden, das sich erst jetzt zusammensetzen ließ?«

Ranieri schüttelte den Kopf. »Damit hätte er zur Polizei gehen müssen, zu seinen ehemaligen Kollegen. Weshalb den Bruder eines Toten informieren?«

Sofia stützte ihr Kinn mit ihren Händen. Das war in der Tat eine Ungereimtheit. Dennoch, das Gefühl, dass Gianlucas Tod etwas mit dem von Antonio zu tun hatte, blieb. Und das Gefühl, dass Tommaso etwas gewusst hatte, ebenfalls.

*

Der Commissario konnte sein Versprechen, Sofia zum Auto zu begleiten, nicht einlösen. Ein dringender Anruf aus der Questura. Und so hatte sie ihm zum Abschied nur schnell zugewinkt, und er war – widerwillig – gegangen, was ihrem albernen Herzen einen kleinen Hüpfer beschert hatte.

»Sofia!«

Schon wieder rief jemand ihren Namen, beinahe hätte sie laut aufgelacht. Am Markttag in Intra traf man einfach die gesamte Region. Sie drehte sich um und hob überrascht die Augenbrauen, als sie Aurora entdeckte. Ebenfalls mit einem

Korb bewaffnet, jedoch leicht gehetzt wirkend, kam Lauras Mutter auf sie zu. Sie begrüßte Sofia mit auf die Wange gehauchten Küsschen.

»Wie geht es dir?«

»In der Sonne? Immer gut!« Sofia lächelte. Zunächst war sie einfach froh, dass Aurora ihr das Ende des gemeinsamen Abends nicht übel nahm. Doch als Lauras Mutter zunehmend unsinnigere Fragen stellte wie beispielsweise, ob es Sofias Eltern gut ging, obwohl Aurora diese ganz sicher heute Morgen schon vom Balkon oder im Hinterhof gegrüßt hatte, fragte sie sich, was die Mutter ihrer Freundin eigentlich von ihr wollte.

Aurora hatte sich bei ihr eingehakt und plapperte wild drauflos, als sie gemeinsam den Weg zurück zur Seepromenade und zu den Parkplätzen schlenderten. Plötzlich blieb sie abrupt stehen und blickte hinaus auf den See. »Wie wär's mit einem Gelato?«, fragte sie.

Mittlerweile war Sofia davon überzeugt, dass etwas nicht stimmte. Und so nickte sie einfach und ließ sich ein Schokoladeneis kaufen.

»Ich bestehe darauf, dich einzuladen, keine Widerrede, Sofia.«

Schließlich setzten sie sich nebeneinander auf eine soeben freigewordene Bank am *Lungolago*. Die Wellen schwappten ans Ufer, und zwischen den Booten im Hafenbecken schwamm eine kleine Blesshuhn-Familie mit vier Küken. Schweigend schleckte Sofia ihr Eis, sah den auf dem Wasser hin und her wippenden Vögeln zu und wartete darauf, dass Aurora den Mut finden würde, mit ihr zu sprechen.

»Du hast uns nach Antonio gefragt«, sagte sie schließlich leise.

Sofia fiel ein Stein vom Herzen. Nicht, dass das Thema nicht ernst war, aber sie hatte schon Sorge gehabt, dass etwas Schlimmeres sie bedrückt hatte.

»Ich erinnere mich«, sagte Lauras Mutter schließlich. Ihr Eis begann zu schmelzen, ohne dass Aurora es richtig wahrnahm. »Es war viel zu heiß in dieser Nacht, das war nicht normal für Oktober. Francesco hat sich mit einem Kunden getroffen, die Kinder waren bei meiner Mutter.« Sie blickte hinaus auf den See. »Und ich war mit einer Freundin unten in Cannobio. Da habe ich ihn gesehen.« Ein ersticktes Geräusch entfuhr ihr, doch nach einem winzigen Augenblick hatte sie sich wieder gefasst. »Wie sehr habe ich mir gewünscht, angehalten zu haben. Angehalten und ihn mitgenommen zu haben. Ihn wohlbehalten zurückgebracht zu haben ...« Sie brach ab und presste sich ein Taschentuch vor die Augen.

Für einen Moment schwiegen sie beide, nur Aurora schniefte. Dann legte Sofia ihr die Hand auf den Arm. »Du konntest es doch nicht wissen«, sagte sie sanft. »Abgesehen davon wäre er wahrscheinlich nicht einmal auf dein Angebot eingegangen. Du weißt doch, wie es ist, wenn man jung ist. Mit den Freunden zusammen am See an einem lauen Abend ... Da lässt man sich doch nicht viel zu früh nach Hause fahren.«

»Schon gar nicht von einer alten Tante aus dem Dorf.« Aurora versuchte zu lachen, aber es schien selbst in ihren eigenen Ohren so gekünstelt zu klingen, dass sie es aufgab.

*

05. Oktober 2001: Aurora

Sie hatten gelacht, geredet, getrunken und sogar getanzt. Es war ein unbeschwerter Abend gewesen, und Aurora hatte sich wieder jung gefühlt. Zwei Bellini hatte sie sich gegönnt, Prosecco mit Pfirsich, einen zu Beginn des Abends und einen weiteren vor zwei Stunden. Sie fühlte sich nicht betrunken, vielleicht war sie ein winziges bisschen beschwipst, aber auf jeden Fall noch fahrtüchtig. Es war gerade erst kurz nach zehn, bis es elf war, hatte sie die Kinder bei ihrer Mutter geholt. Francesco musste längst zu Hause sein, hoffentlich mit guten Nachrichten von ihrem Lieferanten.

Ein letztes Mal drehte Aurora sich zum See, bevor sie ihr Auto aufschloss. Eine Gruppe Jugendlicher saß am Ufer, nicht weit vom Parkplatz entfernt. Ausgestattet mit einem tragbaren CD-Player hörten sie laut Musik, eine Band, die Aurora nicht kannte. Eine Flasche kreiste, Zigarettenschachteln lagen auf dem Boden, Chipstüten und leere Lemon-Soda-Dosen. Gerade wollte Aurora in den Panda steigen, als ihr der blonde Lockenkopf auffiel. Antonio Ferrari saß dort zwischen zwei Mädchen, und in dem Moment, in dem Aurora ihn erkannte, drehte er den Kopf, als hätte er ihre Blicke gespürt. Sein Lächeln, wie immer leicht spöttisch, entblößte eine Reihe perfekter Zähne. Automatisch lächelte sie zurück. Antonio hatte etwas an sich, das sie nicht beschreiben konnte, das die beiden jungen Frauen, die ihn bewundernd ansahen, aber wohl ebenso spürten. Er ist siebzehn, oddio, ein halbes Kind!, *schalt sie sich. So etwas sollte sie nicht einmal denken. Und trotzdem konnte sie das Ziehen in der Magengegend nicht gänzlich ignorieren, das sich einstellte, als er jetzt, eine Zigarette lässig im Mundwinkel, auf sie zukam. Sie schob es auf den Alkohol.*

»Kann ich dich mitnehmen?«, fragte sie und schob die Hände in die hinteren Taschen ihrer Jeans.

Er deutete mit dem Daumen auf die Gruppe Jugendlicher. »Ich bleibe noch eine Weile.« Dann legte er den Kopf schräg. Das spöttische Lächeln war wieder da, als er sagte: »Aber für dich wäre noch Platz bei uns.«

»Oh nein.« Sie winkte ab und hasste die Art, wie sie dabei kicherte.

»Ich könnte dich auf meinem Roller mitnehmen«, schlug er grinsend vor.

Ein Auto fuhr vorbei, aus dem Radio tönte erneut »Come mai«. Die Nächte enden nicht. Aurora blickte zu ihrem Panda, dann zur Promenade, an der zwischen anderen auch Antonios Vespa stand. Für einen Moment ließ sie den Gedanken zu, mitten in der Nacht mit Antonio auf seiner Vespa nach Hause zu fahren. Ihre Hände umklammerten dabei seine Taille, die frische Luft der Berge verursachte ihr eine Gänsehaut und sie würde näher an ihn heranrücken. Das Adrenalin, der Alkohol ... Aurora schüttelte den Kopf, um die Bilder loszuwerden.

»Antonio!«, rief in diesem Moment eines der beiden Mädchen, neben denen er gesessen hatte, bevor Aurora gekommen war. Die junge Frau hatte seidige Haare, die ihr weit über den Rücken fielen, und beim Lächeln war kein einziges Fältchen zu sehen. Wie alt mochte sie sein? Halb so alt wie Aurora, nicht älter.

Doch Antonio wandte sich nicht einmal um, als er »Gleich!« nuschelte, er hielt den Blick auf sie gerichtet und legte den Kopf schräg. Er sah sie an, als suche er etwas, fragend, forschend.

»Ich muss los«, sagte er schließlich und warf die Zigarette, die mittlerweile bis auf den Filter heruntergebrannt war, *auf den Boden. »Wir sehen uns wieder, Aurora. Schön wie die Morgenröte.« Er zwinkerte ihr zu und sagte leise: »Um Mitternacht am Brunnen in Corazzo?« Dann drehte er sich um und schlenderte zu seinen Freunden zurück.*

Als Aurora schließlich den Motor des Pandas startete, klopfte ihr Herz immer noch eine Spur schneller als üblich.

9. KAPITEL: FELCHEN NACH ART VON TANTE ZIA

Das Öl in der Pfanne zischte, als Sofia den mit Mehl bestäubten Fisch hineingab. In der Küche duftete es nach den Rosmarinkartoffeln, die im Ofen schmorten. Die Tatsache, dass Sofia auf dem Markt in Intra Fisch gekauft hatte, schien sich schnell herumgesprochen zu haben. Erneut war die junge deutsche Familie aus Claras Pension zu Gast, Gina, die Mitarbeiterin im kleinen Lebensmittelgeschäft von Lauras Eltern, wartete mit einer Freundin, und ein älteres Ehepaar, das in der Nachbarschaft wohnte, saß an einem Tisch. Leise summte Sofia vor sich hin, als sie den Fisch wendete, an den Kartoffeln schnupperte und schließlich aus Butter, Salbei, etwas Zitronensaft und Salz und Pfeffer die Soße anrührte. *Alla Zia Lisa*, nach Art von Tante Lisa, so bereitete man die Felchen traditionell auf der Isola dei Pescatori zu. Sofia arrangierte die ersten Teller und trat hinaus in den Gastraum. Die junge Familie, die bei Clara übernachtete, saß draußen in der Sonne, die übrigen Gäste hatten es sich im dunkleren Gastraum gemütlich gemacht. Als Erstes waren Gina und ihre Freundin dran, zumindest von Gina wusste Sofia, dass sie nur eine kurze Mittagspause hatte, bis das kleine Lebensmittelgeschäft wieder öffnete.

»*Ciao*, Gina, wie geht es dir?« Für einen Wortwechsel, und sei er noch so kurz, hatte Sofia mit ihren Gästen immer Zeit.

Nachdem sie Getränke nachgeschenkt und neue Gäste begrüßt hatte, brachte Sofia die nächsten Teller hinaus. Je mehr sich ihr Café füllte, desto mehr genoss sie das Servieren. Diese Stunden waren geschäftig, anstrengend, aber auch so erfüllend. Hier ein Lächeln, dort ein Lob, so machten sich Gäste und Wirtin gegenseitig glücklich. Sofia war mit Leib und Seele Köchin, und wenn sie sah, mit welcher Begeisterung ihre Gäste aßen, machte es gleich doppelt so viel Spaß.

Für Raffele hatte sie einen *Coregone,* einen Felchen, reserviert, nicht mehr lang und die restlichen Fische waren ausverkauft – obwohl sie etwas mehr mitgenommen hatte als berechnet. Aber heute war Corazzo hungrig.

»*Ciao amore*!« Raffaele küsste sie auf die Wange. Im Schlepptau hatte er seinen Neffen Tino, der in einem Hotel in Premeno arbeitete, nicht allzu weit von Corazzo entfernt. Offenbar hatte er heute – obwohl Samstag war – seinen freien Tag. Tino war knapp zehn Jahre älter als Sofia und kürzlich geschieden. Seine Jugendliebe hatte ihn wegen eines Mailänders sitzen gelassen. Nicht dass Sofia allzu viel Mitleid hatte, nach allem, was ihr von Laura erzählt worden war, ließ Tino selten etwas anbrennen – bei Kolleginnen wie Touristinnen gleichermaßen.

»*Ciao bella!*« Weshalb sein Lächeln jedoch sämtliche Frauenherzen der Umgebung zum Schmelzen brachte, war kein Rätsel. Sonnengebräunt mit perlweißen Zähnen, Grübchen und einem Dreitagebart sah Tino unverschämt gut aus. Er war jedoch nicht ganz Sofias Typ. Gegen modisch gekleidete Männer hatte sie nichts, aber sie mochte es insgesamt etwas klassischer – sowohl vom Anzug als auch vom Charakter her. So wie der Commissario, fuhr es ihr durch den Kopf, doch diesen Gedanken verbannte sie ganz schnell wieder.

»Was kann ich für euch tun?«

»Natürlich die Felchen.« Raffaele grinste breit. Was auch sonst.

»Ihr habt Glück. Die letzten beiden sind genau für euch reserviert.« Erneut verschwand Sofia in ihrer Küche, öffnete das Fenster für eine leichte Abkühlung und fächelte sich dann mit einer Serviette Luft zu. Ihr Gesicht war mittlerweile sicher gerötet vom vielen Herumlaufen. Ein weiteres Mal musste sie an den Backofen, um die Rosmarinkartoffeln hinauszunehmen, dann briet sie die letzten beiden Fische für Raffaele und Tino. Das Ganze rundete sie mit einem Dessert ab: ihrem Zitronenkuchen, den sie, als hätte sie es gewusst, am Vortag schon gebacken hatte.

Als auch der letzte Gast satt und zufrieden war und gezahlt hatte und nur wenige Personen außer Raffaele und Tino bei einem Espresso saßen, konnte auch Sofia sich für einen Moment auf einen der Barhocker an der Theke setzen und verschnaufen. Bevor sie sich um das Mittagessen gekümmert hatte, hatte sie noch schnell ein Cornetto gegessen, das ihr von Vanessa zurückgelegt worden war. Jetzt überfiel sie jedoch ebenfalls der Hunger, und so aß sie den letzten Rest der Rosmarinkartoffeln und einen Fisch, der so auseinandergefallen war, dass sie ihn keinem Gast hatte anbieten können. Was für ein Glück, dachte sie, dass sie sich mit dem Pfannenheber so ungeschickt angestellt hatte.

»Setz dich doch zu uns, *bellezza*!«, rief Tino, nachdem Sofia aufgegessen und sich mit einer Tasse Caffè an die Theke gestellt hatte.

»Kann ich euch noch etwas bringen?«

»Nur deine Gesellschaft, *carissima*. Ich soll dich von Rosa grüßen. Und sie kommt gern mit, wenn du wieder Lamm im Angebot hast«, überbrachte Raffaele die Nachricht seiner Frau.

»Sie bekommt selbstverständlich als Erste Bescheid.« Lächelnd ließ sie sich auf dem freien Stuhl an ihrem Tisch nieder. Nachdem sie Tinos Avancen geschickt aus dem Weg gegangen war – sie musste ihm wirklich Lauras Nummer geben, die konnte mit so etwas besser umgehen als sie und hätte noch ihren Spaß dabei –, brachte Sofia das Gespräch auf das Thema, das sie in der letzten Zeit so beschäftigte. Vielleicht waren ihre Gäste satt etwas redseliger. »Dieser Unfall damals hat im Dorf große Wellen geschlagen, könnt ihr euch noch daran erinnern?«

»Natürlich«, rief Tino. »Wir waren alle erschüttert.«

»Und weißt du noch etwas darüber?«, fragte Sofia.

»Ich war nicht ganz zwei Jahre jünger als Antonio. Es war entsetzlich, von seinem Tod zu erfahren.«

Missbilligend presste Raffaele die Lippen aufeinander, dann entschuldigte er sich auf die Toilette. Tino zog fragend eine Augenbraue nach oben.

»Er redet nicht gern über das Thema. Wie niemand hier im Ort.« Diese Bemerkung konnte Sofia sich nicht verkneifen.

Tino kratzte sich am Kinn. »Die Leute werden ihre Gründe haben«, sagte er. Dann blickte er nach rechts, wo Gina gerade ihre Sachen zusammenpackte. »Hast du schon mit ihr gesprochen?«

*

05. Oktober 2001: Gina

*Gina legte das Besteck neben die Teller und schob den Ker-
zenständer zuerst einen Millimeter nach rechts, dann wieder nach links. Nein, es war alles perfekt, die Servietten, das
gute Geschirr, sie hatte sogar einen Strauß Blumen auf der
Anrichte stehen – obwohl sie hoffte, dass er einen mitbringen würde. Natürlich würde er das. Er wollte sie umwer-
ben, richtig? Er sah sie nicht als billige Affäre, richtig? Das
war von Anfang an Ginas Sorge gewesen, dass sie es ihm zu
einfach gemacht hatte. Schließlich konnte ihm kaum verborgen geblieben sein, wie sehr sie für ihn schwärmte, wenn
sie nachmittags Seite an Seite arbeiteten und selbst die Kaf-
feepause gemeinsam verbrachten. Sie war noch nie besonders gut darin gewesen, ihre Gefühle zu verschleiern. Das
war ein Nachteil, es bedeutete aber auch, dass sie aus ihrem
Herzen keine Mördergrube machte und nachts gut schlafen konnte. Nicht so wie Aurora, die dem gesamten Dorf
das Bild ihrer perfekten kleinen Familie vorspielte. Dabei
könnte es in Wirklichkeit nicht weiter von Perfektion entfernt sein. Aurora ... Gina schnaubte verächtlich. Wenn sie
ehrlich war, dann musste sie sich eingestehen, dass sie neidisch war. Aurora war älter als sie, knappe zehn Jahre, und
trotzdem hatte sie eine fantastische Figur, während Gina
mit ihren Pfunden kämpfte. Rubens, dachte sie, von dem
sprach er immer, Rubens hätte seine wahre Freude an ihr
gehabt. Welche Frauen verehrte man zurzeit? Gisele Bünd-
chen, Miranda Kerr und wie sie nicht alle hießen – Beine bis
zum Himmel und dünn wie Spargel, Hungerhaken alle miteinander. Wunderschön, aber viel zu dünn. Und sie selbst?
Sie fuhr sich mit den Händen durch die Haare, um sie auf-
zulockern. Ihre Haare waren ihr ganzer Stolz, dick und fast*

schwarz, fielen sie ihr in seidigen Locken bis über die Schul-
terblätter. In ihnen konnte er sein Gesicht vergraben, und
Hitze durchfuhr sie, als sie daran dachte, dass sie in zwei
Stunden mit ihm auf ihrem Bett liegen würde, die Körper
schweißnass, und er mit ihren Locken spielte. Rubens, zu
seiner Zeit wäre sie die begehrteste Frau in ganz Corazzo
gewesen.

Die Türklingel riss Gina aus ihren Gedanken. Mit flat-
terndem Herzen öffnete sie. Er hatte tatsächlich Blumen
dabei.

*

Alessandro schlängelte sich durch die Menschenmenge in
Intra, ignorierte die Marktschreier und steckte sein Smartphone zurück in die Hosentasche. Schade, dass der Anruf
ausgerechnet jetzt gekommen war, er hätte sich gefreut,
Sofia Dalmasso noch zu ihrem Auto zu begleiten. Sie war
die erste Wahrsagerin, die er kennenlernte, aber sie war ganz
und gar nicht so, wie er sich eine Wahrsagerin vorgestellt
hatte. Hübsch, klug und humorvoll spukte sie öfter in seinen Gedanken herum, als ihm lieb war, vor allem, wenn er
sich auf seine Mordermittlung konzentrieren sollte – die,
das wusste er, auch Sofia beschäftigte.

Der Anruf war vom Questore persönlich gekommen.
Die Kollegen in Turin hatten sich gemeldet, um von einer
Spur zu berichten, die sie verfolgten. Daher hatte der Questore, der unter diesen Umständen am Samstag im Büro
war, es auf sich genommen, Alessandro umgehend darüber zu informieren, dass seine Anfrage bearbeitet worden war. Alessandro wusste auch, weshalb: Die Sache mit
dem Unfall von Antonio Ferrari hatte seinen Vorgesetzten

nervös gemacht. Er fürchtete, dass die Zeitungen sich darauf stürzen würden, und zwei tote Brüder in zwei ungeklärten Todesfällen schadeten dem Tourismus, auch wenn der Unfall schon dreiundzwanzig Jahre her sein mochte. Und was dem Tourismus schadete, rief umgehend den Bürgermeister auf den Plan, der wiederum dem Questore das Leben schwermachen würde.

Alessandro nahm also den direkten Weg ins Büro und rief die Turiner Beamten zurück. Nachdem er mit der Commissaria Antonia Amoretti verbunden worden war, die sich nicht viel mit Höflichkeiten aufhielt, sondern gleich zur Sache kam, erzählte sie ihm von einem Streit Gianlucas. Offenbar war gut zehn Tage vor seinem Tod von Arbeitskollegen beobachtet worden, wie ein aufgebrachter Fremder in Gianlucas Büro gestürmt war, der ihn wüst beschimpft hatte. Niemand konnte sagen, um wen es sich bei dem Mann handelte, dessen Beleidigungen beinahe in Handgreiflichkeiten geendet hätten.

»Wir sind aber zuversichtlich, anhand der Überwachungskamera im Foyer der Firma herauszubekommen, um wen es sich handelt.«

»Anhaltspunkte?«

»Noch nicht. Ein Mann um die vierzig, breit gebaut, er war wütend. Dass es nicht zu Handgreiflichkeiten kam, ist allein den Kollegen zu verdanken, die eingegriffen haben. Wir werden die Bilder seiner Verlobten zeigen. Die Kollegen von Gianluca kannten den Mann leider nicht.«

»Viel Erfolg. Die junge Frau schien mir nicht allzu viel über Gianluca Ferraris Leben zu wissen.«

»Ach?«

Er berichtete ihr von seinem wenig ergiebigen Gespräch mit der Verlobten.

»Interessant. Nun, ich melde mich wieder bei Ihnen, sobald ich mehr weiß.«

Alessandro bedankte sich, versprach im Gegenzug, Commissaria Amoretti ebenfalls auf dem Laufenden zu halten, und beendete das Gespräch.

»Turin«, sagte der Questore, der die letzten Wortfetzen mitgehört hatte, erleichtert. »Sehen Sie, Ranieri, dieser Mord hat überhaupt nichts mit uns zu tun.« Deutlich fröhlicher als noch am Morgen verließ sein Vorgesetzter Alessandros Büro.

Ein Streit, beinahe eine körperliche Auseinandersetzung mit einem Unbekannten, das war natürlich eine vielversprechende Spur. Auf so etwas war Alessandro in Corazzo noch nicht gestoßen. Worauf er dort allerdings gestoßen war, war dieser Unfall. Der Unfall von Gianlucas Bruder Antonio vor dreiundzwanzig Jahren musste eine Bedeutung haben, da war sich Alessandro beinahe sicher. Es war jedenfalls eine Spur, die er weiterverfolgen wollte. Und es war eine Spur, die Sofia Dalmasso ebenso vielversprechend fand. Er wusste zwar noch nicht genau, was er davon halten sollte, dass die hübsche Frau mit den warmen dunklen Augen sich so sehr mit diesem Mord beschäftigte, aber ein bisschen war er auch selbst schuld: Weshalb hatte er sie mitgenommen zum Sacro Monte di Ghiffa, wo sie den Toten gefunden hatten? Wahrscheinlich, weil er glaubte, dass der Mord etwas mit Corazzo zu tun hatte – von Anfang an hatte er das instinktiv geglaubt.

Er holte Gianluca Ferraris Handy hervor, das die Spurensicherung in der Jackentasche des Toten gefunden hatte. Ein iPhone, das neueste Modell, Ferraris Kontaktlinsen-Firma schien ihn nicht schlecht zu bezahlen.

Das Handy war zunächst von der Spurensicherung auf Fingerabdrücke untersucht worden, im Anschluss hatte ein

IT-Spezialist noch einmal drübergesehen und nach gelöschten Inhalten gesucht. Doch weder die Forensiker noch der IT-Spezialist hatten etwas Brauchbares gefunden, und so hatte Alessandro in den letzten Tagen akribisch Telefonnummern nachgeschlagen, Nachrichtenverläufe gelesen und die Länge der Anrufe kontrolliert. Gianluca hatte häufig mit seiner Verlobten telefoniert, ein paarmal mit der Servicenummer von TIM, der Telecom Italia Mobile, und manchmal mit der Arbeit. Eine Autowerkstatt in Turin, ein Zahnarzt, alles belanglos und nicht weiter wichtig für die Ermittlung. Die Textnachrichten schienen ähnlich harmlos zu sein, auch wenn Alessandro längst noch nicht die Zeit gehabt hatte, sie alle zu lesen. Er würde die Kollegen um Unterstützung bitten müssen, doch ob der Questore das zuließ, nachdem die Turiner eine »vielversprechende Spur« gefunden hatten, war fraglich. Das, was Alessandro jedenfalls bisher gelesen hatte, waren Gespräche über Fußball in einer Chatgruppe mit offenbar alten Freunden von der Universität und Alltagsnachrichten an seine Verlobte. Alessandro konnte sich vorstellen, dass diese wahrscheinlich nicht besonders angetan wäre zu wissen, dass die Polizei ihren Nachrichtenverlauf las, aber das war nun einmal nicht zu ändern.

Was Alessandro jedenfalls nicht gesehen hatte – und was auch der IT-Experte unter den gelöschten Dateien nicht gefunden hatte –, waren heimliche nächtliche Anrufe oder Liebesschwüre an eine andere Nummer als die der Verlobten. Eine Affäre von Gianluca schloss Alessandro deshalb nun endgültig aus. Das Einzige, was sein Interesse geweckt hatte, war ein Anruf aus Premeno zwei Tage vor Gianlucas Tod gewesen, von einem öffentlichen Apparat. Zu diesem Zeitpunkt war Gianluca schon in Corazzo gewesen, der

Anruf musste am Abend des Tages erfolgt sein, an dem er sich bei Sofia die Zukunft hatte vorhersagen lassen. Dieser Anruf konnte wichtig sein, auf jeden Fall war er ungewöhnlich. Doch da sich weder eine Bank noch ein anderes Gebäude mit Videokameraüberwachung in der Nähe befand, gab es keine Möglichkeit herauszubekommen, wer die Telefonzelle benutzt hatte. Daher war die Information neben interessant vor allem eins: unnütz.

Aber deshalb hatte er das Handy auch nicht hervorgeholt, sondern wegen Sofia Dalmasso, die ihm von Tommaso Mazzoli erzählt hatte. Der Name, der ihm im Unfallbericht zu Antonio Ferrari schon untergekommen war. Sofia schien eine Verbindung zu sehen, und auch Alessandro weigerte sich, von einem Zufall auszugehen. Tommaso Mazzoli hatte Gianluca einen Brief geschrieben, vor seinem Tod vor vier Monaten. Alessandro musste also viel weiter zurückgehen, was Gesprächsverläufe, Textnachrichten und auch E-Mails anging.

»Ranieri, Sie sind ja immer noch hier.« Der Questore streckte seinen Kopf zur Tür seines Büros. »Machen Sie Feierabend. Die Kollegen in Turin übernehmen.«

Alessandro nickte geistesabwesend. »Ein schönes Wochenende«, wünschte er seinem Chef. Doch auch wenn er noch weitere Stunden an diesem herrlichen Samstagnachmittag im Büro verbringen würde, er fand keinen einzigen Anruf und keine Nachricht an oder von Tommaso Mazzoli. Ein einziger Brief, das sollte der ganze Kontakt zwischen den beiden gewesen sein?

10. KAPITEL: EIN AUSFLUG MIT BERGBLICK

Am Sonntag war Sofias Café geschlossen, denn der Sonntag gehörte traditionell der Familie. Das war schon zu den Zeiten so gewesen, in denen Valerija das Café geführt hatte, die jeden Sonntag um zehn in San Giovanni Battista in der dritten Bank saß und der Messe von Padre Fabrizio folgte. Im Anschluss hatte Valerija für ihren Sohn, die Schwiegertochter und Sofia gekocht.

Die Messe ließ Sofia zwar aus, klingelte jedoch jeden Sonntag um zwölf bei ihren Eltern, wo sie zum Essen eingeladen war.

»Aurora ist immer noch ganz aufgeregt«, sagte Giulia zur Begrüßung.

»Als ich gestern mit ihr gesprochen habe, schien alles in Ordnung gewesen zu sein«, antwortete Sofia und gab ihrer Mutter zwei Küsschen auf die Wangen.

»Es ist in Wirklichkeit auch deine Mutter, die immer noch aufgeregt ist«, rief Sofias Vater Marco aus der Küche. Offenbar war er heute ausnahmsweise der Koch – ausnahmsweise nicht etwa deshalb, weil er es nicht gekonnt hätte, sondern weil Sofias Mutter ihn selten ließ. Giulia hatte gern alles unter Kontrolle und dazu zählte auch das sonntägliche Mittagessen.

»Es gibt Bistecca!«

Steak, Sofia liebte Steak. Sie schnupperte. »Es riecht wunderbar«, rief sie zurück, bevor sie sich wieder an ihre Mutter wandte: »Mamma, ich weiß, Nonna Valerija war nicht einfach.«

»Hartnäckig war sie«, bestätigte Giulia. »Hartnäckig wie ein Hund mit einem Knochen, wenn sie sich in ein Thema verbissen hatte. Und störrisch noch dazu!« Ihre Augen verengten sich ein klein wenig, als sie Sofia ansah. »Ein bisschen wie du manchmal.«

»Das nehme ich als Kompliment auf.«

»Sollte es nicht sein.« Doch Giulias Mundwinkel zuckten verdächtig. »Nun komm schon rein«, sagte sie dann versöhnlich und zog ihre Tochter ins Esszimmer. Sofias Mutter mochte manchmal dramatisch sein, aber glücklicherweise war sie noch nie nachtragend gewesen.

Über Antonio Ferrari oder auch seinen jüngeren Bruder Gianluca weigerte sie sich dennoch zu sprechen.

»Monsignore Fabrizio hat eine bewegende Predigt gehalten über Schuld, Reue und Vergebung«, war das Einzige, was Sofias Vater zu dem Thema zu sagen hatte. Im Gegensatz zu seiner Frau und seiner Tochter besuchte er manchmal die sonntägliche Messe.

Schuld und Vergebung, dachte Sofia, der Padre spürte genau wie sie das Schweigen.

Doch als Marco die Bistecce auftischte, verflogen auch bei ihr alle düsteren Gedanken, und das Mittagessen verlief so harmonisch und laut, wie es üblicherweise in der Familie Dalmasso vonstatten ging – und das, obwohl sie nur zu dritt waren, während sie bei den Perlinos wahrscheinlich gerade zu siebt um den Esstisch saßen – Davide, Lauras Bruder, seine Frau und ein oder zwei Tanten waren auch immer zu Besuch. Sofias Familie war klein, klein geworden nach dem Tod von Nonna Valerija und ihren Großeltern mütterlicherseits. Ihr Vater hatte keine Geschwister, und die beiden älteren Brüder von Giulia Dalmasso waren weggezogen. Der ältere lebte in Alba, der Region, aus der die berühmten Weißen Trüffel, *il Tartufo bianco del Piemonte,* und der gleichnamige Rotwein stammten. Hier wechselten Wälder sich mit Weinbergen ab, Dörfer, ähnlich wie Corazzo, lagen auf kleinen Hügeln – es war wunderschön dort, nur die Berge fehlten Sofia. Der andere, jüngere Bruder war in die Hauptstadt der Region, nach Turin gezogen, wo er Karriere in einem Schokoladen-Unternehmen machte, das die berühmten Turiner »Gianduja«-Nougatpralinen herstellte.

Doch auch wenn sie ihre Onkel gern öfter gesehen hätte und sich manchmal den Trubel einer großen Familie gewünscht hatte, wie fast alle ihre Schulfreundinnen ihn zu Hause hatten, so dachte sie schmunzelnd, dass sie ihre Eltern mit ihren immerwährenden lebhaften Gesprächen mindestens doppelt zählen konnte. Marco Dalmasso brachte seine Frau und Tochter mit Imitationen von Raffaele, Massimo, dem Pfarrer und wer ihm sonst noch aus dem Dorf einfiel zum Lachen, Giulia regte sich in lebhaften Worten, unterstrichen mit viel Witz, über das sexistische Programm einer samstäglichen Fernsehshow auf, die Sofia nicht gesehen hatte, oder versuchte ihren Mann zu überreden, einer Gewerkschaft beizutreten. Da sie das seit mittlerweile fünfunddreißig Jahren beinahe jeden Sonntag tat, würde sie wahrscheinlich aus allen Wolken fallen, wenn Marco eines Tages mit einem Mitgliedsantrag nach Hause käme. Es war also alles wie immer, Wärme, Liebe und Gelächter, dachte Sofia, als sie nach dem Caffè das restliche Geschirr in die Küche brachte. Tief atmete sie ein, diesen Geruch von Marsiglia, dem Putzmittel, und von Kindheit.

»Versprich mir, dass du dich nicht so verrückt machen lässt wie deine Großmutter«, mahnte Sofias Mutter zum Abschied.

Sofia lächelte. »Ich werde das Richtige tun«, antwortete sie ausweichend, und als sie zur Haustür hinausging, hörte sie ihre Mutter murmeln: »Störrisch, ich habe es ja gesagt. Hartnäckig und störrisch.«

*

Das Gleiche sagte Laura weniger als eine halbe Stunde später ebenfalls zu ihr, und Sofia hätte beinahe laut aufgelacht. Nach dem Mittagessen, das Sofia und Laura jeweils bei ihren Eltern zu sich nahmen, trafen sich die Freundinnen oft, um den Rest des Tages gemeinsam zu verbringen. Denn auch die Post musste am Sonntag nicht ausgetragen werden.

Sofia liebte Corazzo, doch nicht nur ihr Dorf, sondern die ganze Region. Sie verstand sich als Italienerin, ganz und gar, das Piemont war ihre Heimat. Aber vielleicht lag es an Nonna Valerija, die Kroatin gewesen war, vielleicht an ihrer Zeit in Deutschland, aber hin und wieder benahm Sofia sich ganz und gar nicht Italienisch.

»Wandern? Warum?« Ungläubig sah Laura sie an. »Du hast doch ein perfekt funktionierendes Auto.« Mit dem man ebenfalls interessante Dinge unternehmen konnte, das war richtig, doch heute hatte Sofia andere Pläne. Es war warm, aber nicht heiß, und damit perfektes Wetter, um einen Ausflug zu machen.

»Eher ein Spaziergang«, sagte sie. »Es ist schließlich schon halb drei. Wenn wir vor dem Abend noch einen Aperitivo bekommen wollen, wird das nicht mehr als ein kleiner Spaziergang.« Und ein Aperitivo am Sonntag musste sein, fand Sofia. Unter der Woche gelang es ihr selten, bei einem Glas Aperol Spritz mit Chips und Oliven den Abend ausklingen zu lassen. Sie musste in der Bar aufräumen, alles für den nächsten Tag vorbereiten, und dann war es meist schon zu spät, um noch unbeschwert die Abendsonne genießen zu können. Doch wofür gab es schließlich Sonntage? Den ganzen Tag die Seele baumeln und es sich gut gehen lassen. Heute hatte Sofia zusätzlich Lust auf Bewegung – ganz im Gegensatz zu Laura. Leider.

»Du wolltest doch nach Premeno, je eher wir aufbrechen, desto schneller können wir uns in der Sonne entspannen.«

»Wir könnten gleich entspannen«, jammerte Laura.

Doch Sofia blieb unerbittlich. Heute würde Laura sich ihren Aperitivo verdienen müssen. Ihr Ziel war Premeno, ein Dorf in den Bergen unterhalb des Val Grande, nicht weit von Corazzo entfernt. Doch im Gegensatz zu Sofias Heimatort war Premeno touristischer: In Premeno gab es gleich mehrere Restaurants und Übernachtungsmöglichkeiten, sogar einen Golfclub hatte man gebaut, weshalb der Ort durchaus zahlungskräftigere Gäste anlockte als Corazzo mit Claras kleiner Pension. Das Hotel, auf dessen Terrasse Laura die Sonne genießen wollte, versprühte auf wunderbar altmodische Weise den typischen Charme des Lago Maggiore selbst hier in den Bergen. Wie so viele Häuser rund um den See war es nicht weiß, sondern rosa gestrichen, mit den grünen Fensterläden und den weißen Sonnenschirmen auf der Terrasse fühlte man sich gleich in einen mondänen Urlaubsort versetzt. Und die Kellner … Nun ja, gerade gestern war Tino in Corazzo zu Besuch gewesen. Sofia meinte sich zu erinnern, dass Laura im

Sommer vor zwei Jahren schon einmal mit ihm geflirtet hatte, bevor sie Sofia erzählt hatte, dass er ein Playboy wäre. Da die Sache mit ihrem bisherigen Freund Matteo sich augenblicklich jedoch schwierig gestaltete, schien Tino eine willkommene Ablenkung zu sein. Laura war zwar wählerisch, aber nicht zurückhaltend. Sofia bewunderte manchmal ihr Selbstbewusstsein in Liebesdingen. Sie schien sich weniger Gedanken zu machen. Das gefiel ihr an ihrer Freundin.

Schließlich ließ Laura sich überzeugen, vor ihrem Aperol noch einen kleinen Abstecher zum Belvedere Cadorna zu machen, einem Aussichtspunkt, von dem man die Berge des Val Grande überblicken konnte.

»Mit Matteo ist es ganz aus?«, fragte Sofia, um Laura ein bisschen abzulenken.

Schulterzuckend antwortete Laura: »Aber ich gehe nächste Woche mit Susanna in Cannobio essen, hatte es also auch sein Gutes.«

»Freundinnen kann man nie genug haben«, stimmte Sofia verwundert zu.

»Ich habe neulich übrigens den Commissario getroffen«, wechselte Laura dann das Thema. »Er scheint ganz vernarrt in dich.«

Sofia überlegte, gab sich dann aber einen Ruck und erzählte ihrer Freundin, was Ranieri zu ihr gesagt hatte.

Mit aufgerissenem Mund blieb Laura stehen. »Er hat dich nach einem Date gefragt?«

»Er hat mich *nicht* nach einem Date gefragt«, korrigierte Sofia.

Doch Laura hörte den Einwand gar nicht. Höchst selbstzufrieden murmelte sie: »Wie gut, dass ich diesen Brief für ihn abgefangen habe.«

»Ich habe nicht gesagt, dass ich mit ihm ausgehen würde«, protestierte Sofia.

»Du …«

»Spar dir lieber die Puste, wir müssen noch ein Stückchen bergauf.« Mit einem Zwinkern deutete Sofia auf den Weg, der vor ihnen lag.

Der Belvedere Cadorna befand sich allerdings nicht allzu weit von Premeno entfernt, und so dauerte es nicht mehr lang, bis sich die Alpenlandschaft eindrucksvoll vor ihnen erhob. Zumindest aber hatte sie ihre Freundin davon abgelenkt, weiter über Sofia und den Commissario nachzudenken.

»*Madonna*, willst du mich umbringen?«, schnaufte Laura. Sie hatte sich geweigert, so etwas wie bequeme Schuhe anzuziehen. Es war Sonntag. Da zeigte man sich her und trug keine Alltagsklamotten.

»Wir haben wirklich Glück, was?«, murmelte sie jedoch, als sie neben Sofia ans Geländer trat. »Diese Schönheit. Stell dir vor, wir Armen müssten in Rom neben all den Ruinen leben. Oder in Genua, wo es quasi nur bergauf geht.«

»Genua! Nicht auszudenken, gleich das Meer vor der Haustür zu haben«, scherzte Sofia. Aber sie musste Laura recht geben: Sie konnte sich nicht vorstellen, irgendwo anders zu leben, konnte sich nicht vorstellen, dass es irgendwo sonst so abwechslungsreich und vielseitig war wie hier im Piemont. Der blaue See, der zum Baden lockte, die imposanten Berge mit ihrem rauen Klima, die Po-Ebene mit dem reichen Gemüseanbau und nicht zuletzt die Weinberge oder die schattigen Wälder.

»Siehst du, war doch gar nicht so schlimm.« Sofia drehte sich zu Laura, die ihren Blick immer noch nicht von der Weitsicht abwenden konnte.

»Ich hab Blasen an den Füßen. Und komm mir jetzt nicht mit Turnschuhen. Dann halten sie mich in Premeno alle für eine Touristin. Eine amerikanische.« Sie zog die Nase kraus.

»Oder eine deutsche«, schlug Sofia vor.

»Nein, dafür fehlt mir die bunte Outdoorjacke. Und die Deutschen haben gleich richtige Wanderstiefel an. Obwohl ich zugeben muss, dass ich darauf jetzt sogar neidisch bin. Damit hätte ich keine Blasen.«

Die beiden Freundinnen mussten lachen, und nach einem letzten Blick auf die Berge machten sie sich auf den Weg hinunter ins Dorf, um ihren verdienten Aperol zu trinken.

»Vielleicht ist Tino heute im Dienst«, sagte Laura beiläufig.

»Vielleicht.« Sofia grinste. »Du hast aber keinerlei Informationen darüber, und es wäre rein zufällig, dass wir heute ausgerechnet in Premeno, ausgerechnet mit den guten Schuhen, einen Aperitivo einnehmen wollen. Zufällig genau einen Tag, nachdem Tino bei uns in Corazzo aufgetaucht ist.« Wo Laura dem Mann über den Weg gelaufen war, wusste sie nicht, vielleicht hatte sie Raffaele die Post gebracht und Tino bei ihm getroffen. Dass der ältere Mann Lauras Typ war, zumindest längerfristig, bezweifelte Sofia. Aber es war Sommer, da musste eine Liebe nicht gleich ein Leben lang halten.

»Zufall, richtig«, bestätigte Laura ernst. »Reiner Zufall. Habe ich dir eigentlich erzählt, dass Tino einen sehr hübschen Freund hat, der – möglicherweise, rein zufällig – ebenfalls heute arbeitet?«

Amüsiert schüttelte Sofia den Kopf. »Du weißt, dass es mich nicht stört, auch einmal allein zu sein.«

»Natürlich«, beeilte Laura sich zu sagen. »Und es hat auch rein gar nichts mit einem gewissen Commissario zu tun, dass du gerade keine anderen Männer kennenlernen willst.«

»Rein gar nichts«, bestätigte Sofia. »Aber ich denke, ich sollte einmal mit Tino sprechen.« Am Vortag war sie zu perplex gewesen, um nachzuhaken, aber woher wusste er, dass Gina etwas zu Antonio Ferraris Unfall zu sagen hätte?

✻

05. Oktober 2001: Tino

»Glaubst du, Antonio steht wirklich auf die Alte?« Tino kicherte, als er sich gegen Carlas Schulter fallen ließ. Antonio und Signora Perlino redeten schon eine ganze Weile miteinander, und Antonio hatte bereits zweimal seinen Kopf so geschüttelt, dass die Locken flogen – ein untrügliches Zeichen, dass er flirtete. Tino war jedoch zu betrunken, um einschätzen zu können, ob er es ernst meinte.

»Quatsch«, sagte Carla und schubste ihn von sich weg.

Die Steine, auf denen sie saßen, waren noch warm von der Sonne, und im Hintergrund war leise das Plätschern der Wellen zu hören. Es roch nach Rauch von der Zigarette, die Carla in der Hand hielt, und Riccardo hatte seinen tragbaren CD-Player mitgebracht.

»Spiel Vasco Rossi«, rief Elisa, die weiter links saß. Von den Jungs ihrer Gruppe wurde das mit einem Stöhnen quittiert, Riccardo suchte jedoch bereitwillig die CD heraus. Riccardo war immer schon ein Waschlappen gewesen.

»Ey, Antonio, willst du Vasco Rossi hören?«, rief Tino in Richtung seines Freundes, der ihm jedoch mit einem Finger zeigte, was er von der Unterbrechung hielt, während er den Blick nicht von Signora Perlino abwandte.

»Glaubst du, er ist in sie verliebt?«, flüsterte Tino Carla zu. Erneut musste er lachen.

»Quatsch.«

»Oh, oh«, unkte Riccardo, der sich jetzt auf Carlas andere Seite setzte. »Da steht jemand auf Antonio.«

»Quatsch.« Die Augen hatte sie zusammengekniffen, den Unterkiefer vorgeschoben und den Blick auf Antonio fixiert, der immer noch mit Signora Perlino sprach. Es wirkte, als hätte Riccardo einen Nerv getroffen. Tino legte den Kopf schräg. Und als würde Antonio tatsächlich auf die ältere Frau stehen. Er musste zugeben, sie sah nicht schlecht aus, hatte glänzende hellbraune Haare und ihr Dekolleté stellte Carlas eindeutig in den Schatten. Andererseits, wie alt war die Perlino? Sie war verheiratet und hatte Kinder, das war doch kompletter Schwachsinn.

»Weißt du, was lustig wäre?« Riccardo schien genauso betrunken zu sein wie Tino. »Wenn er sie wirklich flachlegen würde.«

»Hört auf mit dem Scheiß«, zischte Carla wütend.

»Ah, sieht nicht so aus, als hätte er Erfolg«, gab Riccardo jetzt zu. Und tatsächlich drehte die Signora sich jetzt zu ihrem Auto, während Antonio zurück zu ihrer Gruppe kam.

»Na, abgeblitzt?«, fragte Tino grinsend.

»Du musst reden«, gab Antonio gleichmütig zurück. »Ich weiß genau, was du für Stielaugen machst, wenn du bei Gina einkaufst.« Er quetschte sich zwischen Tino und Carla, die sich sofort an ihn kuschelte.

Tino seufzte. Carla hatte es nicht verstanden.

»Gina ist zehn Jahre jünger als die Perlino«, erwiderte er dann.

Auch das schien Antonio nichts auszumachen. »Mir egal, die spann ich dir auch noch aus.« Er zeigte deutlich zu viele

Zähne beim Grinsen. »Heute Aaaabend«, fügte er in spötti-
schem Singsang hinzu, als Tino ihn wütend ansah. Antonio
fand es immer lustig, wenn er einen Nerv traf.

»Haha.« Die Lust am Reden war Tino jetzt vergangen.
Stattdessen flammte etwas Heißes, Wütendes in seiner Brust
auf. Er ballte die Faust. Als Riccardo ihm eine Flasche Peroni
hinhielt, war er froh, dass er sich ablenken konnte. Er beruhigte sich und griff nach dem Bier. Antonio hatte nur einen
Witz gemacht. Er hatte nicht wirklich etwas mit Gina. Oder
etwa doch?

11. KAPITEL: ERMITTLUNGEN IN TURIN

Während das Radio einen alten Hit von Laura Pausini spielte, wischte Sofia die Theke ab. Der ruhige Song passte zum friedlichen Morgen, die Sonne fiel durch die Frontscheiben auf die Tageszeitungen, die sie ordentlich zusammenlegte. La Stampa berichtete über den Mord in Corazzo, es schien aber keine Neuigkeiten zu geben – oder zumindest keine, die der Presse bekannt waren. Und was wusste sie selbst? Tino hatte am Vorabend kaum etwas gesagt, nur, dass er glaubte, Gina sei mit Antonio befreundet gewesen, was auch immer das heißen sollte. Schließlich hatte Laura ihren Fragen ein Ende gesetzt und Sofia beschlossen, bei nächster Gelegenheit im Supermarkt vorbeizuschauen.

Die letzten Takte von »La Solitudine« verklangen im Radio, und Sofia klopfte den Siebträger ihrer Kaffeemaschine aus, als Commissario Ranieri ihre Bar betrat. Bei seinem Anblick flatterte es in ihrer Magengegend, und automatisch breitete sich ein Lächeln auf ihrem Gesicht aus.

»*Ciao,* Signor Commissario«, grüßte sie ihn.

»Für einen Montagmorgen sind Sie ausgesprochen gut gelaunt.«

»Und Sie hatten offenbar noch keinen Kaffee.«

»Noch keinen guten jedenfalls.«

Augenblicklich drehte sie sich zu ihrer Maschine, um ihm einen Doppio zuzubereiten. »Ich habe gestern einen

Ausflug gemacht.« Sie erzählte ihm von ihrer kleinen Tour nach Premeno. »Mögen Sie die Berge?«

»Die Berge sind der Grund, weshalb ich noch hier bin.« Auf ihre fragend hochgezogenen Augenbrauen fügte er hinzu: »Ich fahre Ski.«

Das konnte sie sich vorstellen. Ranieri wirkte sportlich, schien viel Zeit draußen zu verbringen und die Kälte nicht zu scheuen.

»Die nächsten Monate müssen Sie sich mit Skigymnastik begnügen«, sagte sie und stellte ihm seinen Doppio hin. »Und ob es im nächsten Winter kalt genug wird …« Sie zuckte mit den Schultern. Auch im Piemont litten die Skigebiete unter Schneemangel. Und bevor sie es sich versah, waren sie in ein Gespräch über das Skifahren vertieft. Ranieri hatte als Schüler zum ersten Mal auf Skiern gestanden und seitdem versucht, jedes Jahr zumindest einmal Ferien in Südtirol oder im Friaul zu machen.

»Inzwischen habe ich es nicht mehr weit zu den Pisten und kann die Wochenenden nutzen. Da war meine Versetzung nach Verbania schon ein Glück.« Der Blick, den er ihr dabei zuwarf, ließ erneut die Schmetterlinge in ihrem Bauch fliegen.

»Vielleicht zeige ich Ihnen mal ein paar Tricks, von einer echten Piemonteserin.« Sie zwinkerte ihm zu. Skifahren war nicht unbedingt ihre Leidenschaft, dafür liebte Sofia den Sommer zu sehr, aber sie genoss die Bewegung an der frischen Luft im Winter.

Lächelnd überlegte Ranieri schon, zu welchen Pisten er sie mitnehmen wollte, und schließlich kamen sie auf seine Begeisterung fürs Slalom-Fahren. Er war Fan von Matteo Marsaglia, vor allem der Super-G hatte es ihm angetan.

»Abfahrtsski ist spannend aufgrund seiner Schnelligkeit, aber der Slalom ... der Slalom ist das Rennen des Lebens.«

Sie musste grinsen. »Weil man andauernd unnötig Kurven fährt.«

»Ganz genau. Aber ich würde nicht sagen, dass sie unnötig sind. Sehen Sie, ein Zufall hat mich nach Verbania verschlagen, eine ziemlich große Kurve war das. Aber weil ich störrisch bin ...«

»Natürlich, Sie sind Neapolitaner!«

Jetzt musste er grinsen. »Aber weil ich störrisch bin«, wiederholte er nachdrücklich, »habe ich den Kurs beibehalten und meine Spur im Leben weiterverfolgt.«

Sofia stützte den Kopf in ihre Hände. »Das ist sehr philosophisch«, sagte sie. »Aber ich glaube, ich weiß, was Sie meinen. Und wenn man stürzt, gibt man nicht auf, sondern stellt sich wieder auf die Skier.«

Sie lächelten sich an, und Sofia hatte das Gefühl, er wollte etwas sagen.

Doch in diesem Augenblick betraten zwei Touristen, dem Aussehen nach Amerikaner, die Bar, und der Moment zwischen ihnen war vorbei. Mit einem entschuldigenden Schulterzucken nahm Sofia die Bestellung auf und erklärte dem Ehepaar auf seine Frage hin, wie sie mit dem Mietauto zur Capella Fina gelangten.

Als sie schließlich zurück an den Tresen kehrte, wirkte Ranieri nachdenklich.

»Die Kollegen in Turin haben jemanden festgenommen.« Er rührte in seinem Caffè, den Blick abgewandt.

Sofia runzelte die Stirn. »Gianlucas Mörder?«, fragte sie erstaunt. Der Themenwechsel kam abrupt, aber ihre Gedanken überschlugen sich sofort. Eine Festnahme in Turin! Das ergab keinen Sinn. Oder doch?

Jetzt sah der Commissario auf. »Sie werden es ja ohnehin aus der Zeitung erfahren«, sagte er. »Der Ex-Freund seiner Verlobten.«

»Langsam.« Sofia legte die Hände auf die Theke. »Gianluca war verlobt?«

»Die Hochzeit sollte im August stattfinden, am fünfzehnten.«

Ferragosto, dem nationalen Ferientag. Ursprünglich der Festtag für den im Namen stehenden Augustus beging die Kirche an diesem Datum Mariä Himmelfahrt. Der fünfzehnte August wurde als heißester Tag des Sommers angesehen und so nutzte jeder, der es möglich machen konnte, diesen freien Tag, um mit seiner Familie an den Strand zu fahren. Ganz Italien war am Ferragosto unterwegs.

»Die arme Frau«, murmelte Sofia. »Und ihr Ex-Freund ist Gianluca bis nach Corazzo gefolgt, um ihn zu ermorden?«

»Angeblich.«

Angeblich, aha. Ähnlich wie Sofia schien auch der Commissario nicht überzeugt. »Statistisch gesehen neigen Ex-Partner tatsächlich häufig zu Gewalt gegenüber neuen Partnern«, erklärte Ranieri nun. »Und dieser spezielle Ex-Partner ist auch früher schon straffällig gewesen – Körperverletzung.«

»Aber ...?«, fragte Sofia.

»Wie kommen Sie darauf, dass ein Aber folgt?«

»Etwa nicht?«

Er lächelte. »Nein, Sie haben recht«, sagte er dann. »Wie so häufig.«

Zufrieden blickte sie ihn an.

»*Aber* für mich sind noch einige lose Enden nicht geklärt«, vervollständigte er schließlich seinen Satz. »Was genau hat

Gianluca hier gewollt? Was hat Tommaso Mazzoli ihm in seinem Brief mitgeteilt?« Er zögerte, sprach dann aber weiter: »Und mit wem hat er telefoniert? Es gab einen Anruf auf sein Handy, von einer öffentlichen Telefonzelle in Premeno.«

»Das könnte alles unwichtig sein.« Sofia blickte aus dem Fenster, wo sich die Zweige der Kastanien ganz leicht im Wind wiegten. »Wenn es wirklich Eifersucht war, Besitzdenken«, korrigierte sie sich, »dann kann alles ein großer zeitlicher Zufall gewesen sein.«

»Das ist möglich«, räumte Ranieri ein. »Deshalb werde ich auch nach Turin fahren. Es kann sein, dass ich ein paar Tage bleibe. Nur, falls Sie sich wundern sollten, weshalb ich in der nächsten Zeit keinen Caffè mehr bei Ihnen trinke.«

Sofias Herzschlag beschleunigte sich aus unerfindlichen Gründen, wie jedes Mal, wenn er mit ihr flirtete.

»Ich hätte mich gewundert«, stimmte Sofia zu. »Und ich hätte mich gefragt, ob Sie meinen Caffè nicht mehr mögen.«

Er lächelte. »Niemals«, sagte er bestimmt. »Aber wissen Sie was?«

Sie schüttelte den Kopf.

»Wenn der Fall gelöst ist, sind Sie keine Zeugin mehr. Dann darf ich Sie endlich zum Essen einladen.«

»Wenn ich mich einladen lasse«, antwortete Sofia augenzwinkernd totz des Herzklopfens, das sie bei diesen Worten augenblicklich verspürte.

»Oh, ich kann sehr überzeugend sein.«

»Das glaube ich Ihnen aufs Wort, Signor Commissario. Aber mir sagt man nach, ausgesprochen störrisch zu sein.«

*

Von Verbania nach Turin brauchte man etwa zwei Stunden, von Corazzo aus war es also ein wenig mehr. Trotzdem würde Alessandro noch vor dem Nachmittag dort sein. Im Radio lief ein alter Schlager von Umberto Tozzi, Alessandro stellte es schaudernd aus. Mit nur einer Hand am Steuer versuchte er mit der anderen die Nummer von Antonia Amoretti, der Commissaria, anzurufen. Sie bearbeitete den Fall in Turin. Dabei baumelte das *Cornicello*, der Anhänger in Form eines gewundenen Horns, der vom Innenspiegel hing, immer wieder in sein Sichtfeld. Er musste langsamer fahren, die Kurven hier in den Bergen waren tückisch. Das *Cornicello* war reine Gewohnheit, aber seit er Sofia kannte, hatte er einen anderen Blick auf diese Dinge. Abgenommen hatte er den Anhänger dennoch nicht.

Endlich hatte sich die Verbindung zur Questura in Turin aufgebaut.

»Commissario Ranieri, ich dachte nicht, so schnell wieder von Ihnen zu hören«, sagte Antonia Amoretti, als man ihn zu ihr durchgestellt hatte. Erst am Morgen hatte sie ihn angerufen, um ihm von der Festnahme zu erzählen: Gianluca Ferraris Verlobte hatte ihren Ex-Freund auf den Videos der Überwachungskamera zweifelsfrei identifiziert. Der Unbekannte, der mit Gianluca an dessen Arbeitsplatz in Streit geraten war, hieß Pepe Viscardi. Er hatte die Trennung vor zwei Jahren nicht gut überwunden. Gewalttätig und immer öfter im Alkoholrausch hatte es schon die ein oder andere Festnahme Viscardis gegeben, bisher war er aber immer wieder auf freien Fuß gesetzt worden. Das dürfte sich bei einer Mordanklage ändern, dachte Alessandro.

»Ich bin auf dem Weg zu Ihnen«, teilte er Commissaria Amoretti mit.

»Nach Turin?«

»Gegen Mittag werde ich da sein.« Er warf einen Blick auf sein Navi. »Wenn es so bleibt, um halb zwei.«

»Sie wollen selbst mit Viscardi sprechen?«

»Hören Sie, Signora Amoretti. Antonia. Darf ich Antonia sagen? Wir sind doch Kollegen.« Alessandro verstand ihren Unmut, er selbst wäre ebenfalls nicht begeistert davon, wenn jemand aus einer anderen Jurisdiktion sich in seine Untersuchungen einmischte. »Sie haben hervorragende Arbeit geleistet, Antonia.«

»Lassen Sie die Schmeicheleien und kommen Sie zum Punkt.«

Alessandro musste grinsen. Ihm gefiel die Commissaria, sie arbeitete zielstrebig, effizient, und offensichtlich kommunizierte sie auch so. »Sie wissen von dem Autounfall vor dreiundzwanzig Jahren?«

»Der Bruder unseres Opfers?«

»Richtig. Es ist in demselben Dorf passiert, in dem sich Gianluca zum Zeitpunkt seines Todes aufhielt.«

»Gibt es einen Zusammenhang?«

Einen Brief, den er nicht hatte, von dem er aber glaubte, dass er existierte. »Ich vermute, dass unser Toter vor einigen Monaten mit jemandem aus dem Dorf Kontakt hatte.«

»Sie vermuten.« Er konnte ihre skeptisch hochgezogenen Augenbrauen beinahe vor sich sehen.

»Ich bin mir sicher, dass er einen Brief erhalten hat. Nur leider kenne ich den Inhalt nicht. Seien Sie versichert, ich bin mir bewusst, wie absolut unprofessionell das klingt.«

Amoretti überraschte ihn mit einem herzlichen Lachen. »Schön, dass Sie das wenigstens einsehen.«

»Ich habe versucht, mit den Dorfbewohnern zu sprechen«, fuhr Alessandro fort. »Über unser Mordopfer, vor allem über den Unfall damals.«

»Was haben Sie erfahren?«

»Genau das ist es ja: nichts. Absolut gar nichts. Kein Bewohner redet. Es ist eine Mauer des Schweigens. Es scheint zu lange her. Schreckliche Geschichte. Und niemand kann sich erinnern, niemand hat etwas gehört oder gesehen.«

»Hm.« Die Commissaria überlegte. Schließlich sagte sie weitaus versöhnlicher als zu Beginn ihres Gesprächs: »Melden Sie sich in der Questura, sobald Sie ankommen. Ich arrangiere Ihr Gespräch mit Viscardi.«

*

Zum Mittagessen hatte Sofia beschlossen, einen Insalata di funghi anzubieten. Im Spätsommer und Herbst, wenn die Steinpilze frisch waren, reichte ein wenig Petersilie und guter Parmesan, um einen guten Salat zu zaubern. Jetzt griff Sofia auf eingelegte Steinpilze zurück und verfeinerte die frischen Salatblätter noch mit Streifen vom Piemonteser Rind. Diese Rinderrasse, die Fassona Piemontese, war muskulös, was wahrscheinlich auch das hervorragende zarte Fleisch erklärte.

Neben einem Touristenpärchen aus Claras Agriturismo war auch Dottor Uccelli da, der beschlossen hatte, seine Mittagspause heute in Corazzo zu verbringen. Seine ihn begleitende Arzthelferin lud er großzügig ein. Als hätte er es geahnt, erschien auch Massimo pünktlich mit dem letzten Anrichten der Salatteller. Im Gegensatz zu seinem Freund Raffaele, der zu Hause von Rosa bekocht wurde, kam der alleinstehende Senior hin und wieder zu Sofia, um bei ihr noch eine Kleinigkeit zu essen – und Fassona Piemontese gehörte in jeglicher Form zu seinen absoluten Leibspeisen.

»*Delizioso*«, schwärmte er, als sie seinen Teller abräumte.

Mit einem Espresso für ihn, einen für sie selbst, setzte sie sich anschließend zu ihm an den Tisch. »Sag mal, Massimo.« Sofia strich ihre Haare zurück. »Dieser Unfall vor dreiundzwanzig Jahren, Antonio Ferrari. Erinnerst du dich noch daran?«

Der alte Mann seufzte, fuhr mit einer Hand über seine Glatze und lehnte sich im Stuhl zurück. »Wie wahrscheinlich alle hier im Dorf«, antwortete er. »Was möchtest du wissen?«

»Erzähl mir einfach, wie es dir ging.«

Eine Weile saß er da, rührte in seinem Kaffee und ließ die Vergangenheit Revue passieren. »Ich war Bürgermeister zu der Zeit«, sagte er langsam. »Schlimm war das. Ich habe mich irgendwie verantwortlich gefühlt. Dass ich mich nicht genug gekümmert, meine Schäfchen im Stich gelassen habe.« Unglücklich hob er die Schultern. »Es gab nach dem Unfall eine Bürgerinitiative, um das Tempolimit zu senken, weißt du?«

Sofia wusste nicht, aber sie nickte trotzdem.

»Ich habe mich die ganze Zeit gefragt: Warum nicht vorher? Warum bin ich nicht vorher auf die Idee gekommen? Dann hätte es den Unfall womöglich gar nicht gegeben. Wenn ich doch, wenn ich doch …« Nachdenklich brach er ab.

Verantwortung und Schuld, dachte Sofia. Diese zwei Themen schienen das gesamte Dorf seit dem Unfall zu begleiten. Was hätte jeder Einzelne tun können, um Antonios Tod zu verhindern? Hätte es überhaupt in der Hand eines Einzelnen gelegen?

Massimo seufzte, und Sofia legte eine Hand auf seinen Unterarm. »So schnell, wie der Fahrer unterwegs war, hätte er sich vielleicht nicht von einem Tempolimit abhalten lassen«, sagte sie. »Außerdem: Woher hättest du es wissen wollen? Du bist doch kein Hellseher.«

»Im Gegensatz zu dir?« Er grinste sie schief an.

Doch was leichthin gesagt und als Scherz gemeint war, brachte nun Sofias eigene Schuldgefühle zum Vorschein. Genau das war ja der Punkt, nicht wahr? Sie hatte Gianlucas Tod vorhergesagt, hätte sie nicht mehr tun können? Fahrig strich sie sich eine dunkle Haarsträhne aus dem Gesicht.

»Ach, es ist ja kein Geheimnis«, sagte sie dann und erzählte Massimo, was sie in Gianlucas Kaffeesatz gesehen hatte, an dem Tag, an dem er bei ihr gewesen war. Es tat gut, die Worte auszusprechen, der ältere Mann hatte eine so ruhige Präsenz, er hörte ihr zu, ohne sie zu unterbrechen, und versuchte sie auch nicht mit einer Floskel von der Verantwortung freizusprechen, wie es die erste Reaktion der meisten gewesen wäre.

»Ich verstehe dich«, sagte er schließlich, als sie geendet hatte. »*Oddio*, mein Gott, jeder hier im Dorf versteht dich. Aber«, er blickte sie an, »sag mal, wie wissenschaftlich korrekt sind deine Vorhersagen?«

Trotz des ernsten Themas musste Sofia lächeln. Massimo schaffte es einfach immer, sie zum Lachen zu bringen. »Bisher hat immer alles gestimmt«, entgegnete sie keck. »Du darfst es gern ausprobieren.«

»Oh nein, ich bin nicht abergläubisch«, sagte Massimo abwehrend. »Außerdem bringt das Unglück.«

»Lass das nicht Monsignore Fabrizio hören«, warf Sofia ein, und er grinste.

Dann zog er seine Augenbrauen zusammen. »Aber Spaß beiseite«, sagte er dann. »Dabei geht es doch um allgemeine

Aussagen, nicht wahr? Wie bei einem Horoskop. Da findet man sich auch immer bestätigt.«

Sofia nickte zustimmend.

»Siehst du. Und ich dachte jahrelang, ich wäre Skorpion, dabei bin ich in Wirklichkeit noch Waage.« Als hätte er seinen Beweis geliefert, hob er die Hände.

Erneut musste Sofia lachen. Dann gab sie zu, dass er recht hatte. »Meist bleibt einem auch nur im Gedächtnis, wenn etwas Außergewöhnliches passiert«, sagte sie. »Zum Beispiel, wenn ich an Laura denke, und im nächsten Moment öffnet sich die Tür.«

»Aber denkst du auch an Laura, ohne dass sich die Tür öffnet?«

»Häufiger wahrscheinlich.«

»Siehst du?«

»Hast du deine Schuldgefühle irgendwann ablegen können?«, fragte Sofia.

Er wandte den Blick ab. »Ich habe sie begraben«, antwortete er schließlich. »Aber ganz fort waren sie nie.«

»Hast du die Geschwindigkeitsbegrenzung durchgesetzt?«

»So schnell, wie es mir möglich war. Solch ein Unglück wollte ich nie wieder in Corazzo sehen.«

Das konnte Sofia gut verstehen. »Ich habe mich lange geweigert zu glauben, dass es jemand hier aus dem Dorf gewesen ist«, sagte sie leise.

Überrascht blickte er sie an. »Du glaubst, es war jemand von uns?« *Von uns.* Genau diese Gedanken hatte sie ebenfalls gehabt. Corazzo war eine eingeschworene Gemeinschaft, und nicht einmal die kleinen Feindseligkeiten, die hier und dort herrschten, würden irgendjemanden seine Zugehörigkeit infrage stellen lassen.

»Ich hoffe nicht. Aber ...« Hilflos hob sie die Schultern.

»Der Mord.« Er fuhr sich über die Glatze. »Du glaubst, er hängt mit dem Unfall zusammen.«

»Sie haben jemanden festgenommen. In Turin.«

»Turin!«, schnaubte er abschätzig. Für einen Moment schwieg er, dann sagte er: »Ich hoffe, sie haben den Richtigen.«

Wie sehr Sofia das ebenfalls hoffte! Hoffte, sich daran festklammerte und es doch nicht glaubte.

»Dieses Tempolimit«, fiel ihr dann einer seiner ersten Sätze wieder ein. »Weißt du noch, wer die Bürgerinitiative gegründet hat?«

12. KAPITEL: DER VERDÄCHTIGE

»Commissario Ranieri«, stellte Alessandro sich in der Questura in Turin vor. Als der Beamte am Empfang, ein junger blasser Kollege mit einem dünnen Schnurrbart auf der Oberlippe, ihn unbeeindruckt anblickte, fügte er hinzu: »Commissaria Amoretti erwartet mich.« Auch wenn es ihr nicht recht sein mochte, er hatte sein Kommen angekündigt. Turin hatte ihn gleich mit einem Stau empfangen, sodass er sich eine halbe Stunde verspätet hatte. Alessandro wusste, weshalb er die staubigen Straßen einer Großstadt gegen die Behaglichkeit des nördlichen Piemonts eingetauscht hatte. Einmal ganz abgesehen von Neapel. Seine Stadt am Fuße des Vesuvs war noch voller, noch heißer, noch lauter als Turin. Nein, auch wenn er sich als Süditaliener erst an die Eigenheiten der Menschen im Norden hatte gewöhnen müssen, so genoss er doch jede Minute der frischen Luft am See, jeden kühlen Windhauch, der ihm im Sommer um die Arme strich. Turin mit seinen großen Plätzen und dem riesigen Straßennetz mochte im Juni noch angenehm sein, im August würde man auf der Piazza San Carlo, so wunderschön und barock die Gebäude auch waren, vermutlich vor Hitze zerfließen. Und die Spiele von *Juve*, dem Fußballverein Juventus Turin, konnte er auch vom Seeufer in Verbania schauen. Nicht, dass er besonders großer Fan war, aber um *Calcio*, den Fußball, kam man in Italien einfach nicht herum, und so hatte Alessandro in seiner Jugend natürlich auch dem SSC Napoli zugejubelt.

Die Questura der Polizia di Stato befand sich unweit des Zentrums, in fußläufiger Entfernung zu allen Sehenswürdigkeiten. Vielleicht würde er Sofia Dalmasso ein Souvenir mitbringen.

»Ranieri, ah ja, sie hat so etwas gesagt«, nuschelte der junge Beamte und griff zum Telefon.

Es dauerte keine zwei Minuten, bis Alessandro Schritte hörte. Feste, zügige Schritte von einer Person, die wusste, wo sie hinwollte. Zielstrebig, ja, so hatte er Commissaria Amoretti schon am Telefon eingeschätzt. Die Frau, die nun um die Ecke bog und auf ihn zukam, schätzte er auf Mitte fünfzig. Sie war schlank, beinahe so groß wie er, und die kurz geschnittenen dunklen Haare, die ihr in die Stirn fielen, wedelte sie mit einer ungehaltenen Geste fort. Ohrstecker in Perlenform, Commissaria Amorettis Schmuck passte zu ihrer Persönlichkeit: kein unnötiger Schnickschnack, sie sprachen für sich selbst.

»Commissaria, schön Sie kennenzulernen.« Alessandro streckte seine Hand aus, die sie fest ergriff. »Vielen Dank noch einmal, dass Sie sich die Zeit nehmen, ich weiß es wirklich zu schätzen.« Es konnte nicht schaden, freundlich zu sein.

Sie neigte den Kopf leicht zu Seite, als sie ihn prüfend betrachtete. Keine große Liebhaberin von Floskeln nickte sie nur und sagte lapidar: »Wenn Sie jetzt schon so mit Lob um sich werfen, was werden Sie erst sagen, wenn Sie von unserem Verdächtigen erfahren? Er wartet auf Sie und ist bereit zum Gespräch.«

»Nein.« Beinahe wäre Alessandro der Mund offen stehen geblieben. Er hatte gehofft, das Gesprächsprotokoll lesen zu dürfen, ihre persönliche Einschätzung zu erfahren und anschließend mit Gianlucas Verlobten zu sprechen.

Dass er den Festgenommenen tatsächlich selbst befragen durfte, verblüffte ihn.

»Nun kommen Sie schon. Wir haben nicht den ganzen Tag Zeit.« Ungeduldig schüttelte die Commissaria den Kopf. Die Art, wie der junge Beamte am Empfang sie ansah, ließ Alessandro erahnen, dass sie sich mit ihrer Art in der Questura nicht nur Freunde gemacht hatte. Vielleicht wollte sie das auch gar nicht, dachte er, als er sich beeilte, sie einzuholen. Vielleicht reichte es ihr, gute Arbeit zu machen. So wie ihm selbst.

*

»Das hängt schief.« Laura kniff prüfend ihre Augen zusammen, während Vanessa ein Bild an die Wand hielt. Die Kohlezeichnung zeigte das Café, die Kastanie vor dem Eingang, die Tische, sogar die Blumenkübel mit den Hortensien waren eingefangen worden.

»*Che bello*, wie schön!«, rief Sofia, die gerade durch ihren hölzernen Vorhang aus der Küche gekommen war. »Aber was macht ihr zwei da?«, wollte sie dann misstrauisch wissen.

»Daran habe ich gearbeitet, in den letzten Tagen, wenn hier nicht so viel los war, und ich wollte ...« Mit geröteten Wangen drehte Vanessa sich um. »Ich wollte dir gern etwas schenken, als Erinnerung.«

»Es gefällt mir wahnsinnig gut. *Mille grazie*, tausend Dank!« Sofia drückte Vanessa an sich. »Aber du kannst mir dein Bild nicht schenken, was ist mit deinem Marketing-Kurs?«

Vanessa musste lachen.

»Ein Werbegeschenk«, sagte Laura. »Die Leute sehen das Bild an deiner Wand und wollen selbst auch so eines und schon ist Vanessa im Geschäft. Du solltest unbedingt Panoramabilder vom See für die Touristen anbieten«, wandte sie sich dann an die Künstlerin.

Vanessa zog die Nase kraus. »Eigentlich möchte ich schon lieber Kunst machen.«

»Monsignore Fabrizio, Sie kommen gerade recht«, rief Laura, als der Padre in diesem Augenblick das Café betrat. Das weiße Kollar unter seinem Kurzarmhemd, sah er die drei jungen Frauen neugierig an. Laura deutete auf Vanessas Bild. »Sagen Sie, braucht San Giovanni nicht vielleicht eine neue Ikone?«

»Vor allem braucht unser selbstloser Padre jetzt erst einmal einen Espresso«, ging Sofia dazwischen und erntete dafür einen dankbaren Blick.

»Du bist wirklich talentiert, Vanessa«, sagte er dann, als er aus dem weiteren Gespräch schlussfolgerte, worum es Laura gegangen war. Im Stehen nahm er seinen Caffè von Sofia entgegen und gab zwei Packungen Zucker hinein. Der Padre liebte es süß.

»Hast du Nagel und Hammer?«, fragte Laura und machte sich dann ans Werk, das Bild aufzuhängen.

»Ich werde ihr noch eins abkaufen«, überlegte Sofia, während sie, die Hände auf die Theke gestützt, den beiden beim Arbeiten zusah.

Padre Fabrizio seufzte. »Geld ist nicht alles«, sagte er dann. »Ich habe gehört, ihr Vater möchte, dass sie Medizin studiert.«

»Ein sicherer Beruf. Und Ärzte werden überall gesucht.«

»Immer so diplomatisch, unsere Sofia.« Der Pfarrer lächelte.

So schaffte sie auch den Spagat zwischen Gott, Atheismus und der Wahrsagerei, dachte sie, behielt den Gedanken aber lieber für sich. Stattdessen schob sie ihm einen zweiten Mandelkeks hin, der erste, den sie ihm auf die Untertasse gelegt hatte, war blitzschnell verschwunden.

»Ich habe gehört, die Polizei ermittelt jetzt in Turin? Wegen des Mordfalls?« Auch er hatte die Neuigkeiten also schon gehört, auch er schien erleichtert.

»In Turin?« Laura, die den letzten Satz offenbar mitbekommen hatte, drehte den Kopf. »Kein Wunder«, rief sie. »In Großstädten ist das Verbrechen zu Hause.«

»Ich will in Rom studieren.« Vanessa sah sie skeptisch an.

»Selbst schuld«, antwortete Laura kopfschüttelnd. »Ich bin jedes Jahr zweimal dort und mir ist noch nicht ein einziges Mal etwas gestohlen worden.«

»*Mamma mia*, wer würde auch einen Priester bestehlen«, rief Laura entsetzt.

Für einen winzigen Augenblick tauchte das Bild des Sacro Monte di Ghiffa vor Sofias innerem Auge auf.

*

Die Questura in Turin war nicht nur prunkvoller, sondern vor allem um einiges größer als die in Verbania. Natürlich, die runde Form des Gebäudes in Verbania war durchaus spannend, und Alessandro hatte sich an das futuristische Aussehen nicht nur gewöhnt, sondern wollte es nicht mehr missen. Trotzdem machte die Turiner Questura weitaus mehr Eindruck auf ihn selbst wie wohl auch auf die Festgenommenen.

»Unser Verdächtiger ist in Vernehmungsraum drei«, sagte Commissaria Amoretti.

»Es gibt gleich drei Räume, um Zeugen zu vernehmen?« Alessandro war beeindruckt.

»Pepe Viscardi schwört Stein und Bein, es nicht gewesen zu sein.«

So weit, so gewöhnlich. »Ich möchte einmal einen Mörder treffen, der seine Tat ohne Umschweife zugibt«, kommentierte Alessandro.

Die Commissaria grinste. »Sie sind hier derjenige, der Zweifel angemeldet hat.«

Sie blieben vor dem Vernehmungsraum drei stehen, einem schmucklosen Büroraum, wie es Hunderte andere gab. Eine Beamtin in Uniform brachte Pepe Viscardi gerade einen Kaffee in einem Pappbecher.

»Was haben Sie bereits?«, fragte Alessandro wieder ganz geschäftsmäßig. »Die Fingerabdrücke am Gürtel des Opfers?«

»Nicht zuzuordnen. Allerdings stimmen Viscardis Abdrücke mit denen am Auto des Opfers überein, das haben Ihre Kollegen heute Vormittag aus Verbania gemeldet.«

Eine Übereinstimmung mit den Fingerabdrücken am Gürtel wäre besser gewesen, aber zumindest war damit ein Rätsel gelöst. »Der GPS-Sender an Gianluca Ferraris Auto«, mutmaßte Alessandro.

»Das ist auch unsere Vermutung«, stimmte Commissaria Amoretti ihm zu. »Viscardi selbst schweigt dazu.«

Mit einem knappen Nicken nahm Alessandro die Information zur Kenntnis und bat sie fortzufahren.

»Neben der Kartenzahlung im Supermarkt in Esio haben wir mittlerweile auch herausgefunden, wo Signor Viscardi übernachtet hat: in einer Ferienwohnung in Premeno.«

»Die Besitzer haben ihn erkannt?«

»Haben sogar eine Kopie seines Ausweises.«

Alessandro nickte. »Wie lange war er dort?«

»Eine Nacht, von Dienstag auf Mittwoch, direkt nach dem Mord ist er abgereist. Direkt nach dem Mord, von dem er natürlich nichts wusste. Zufälle gibt's.« Sarkastisch schnalzte sie mit der Zunge.

»Dienstag.« Alessandro überlegte. Der Anruf, den Gianluca von der Telefonzelle in Premeno angenommen hatte, war am Montagabend erfolgt. »Gibt es dafür Zeugen?«, fragte Alessandro.

»Sicher. Die Besitzer der Ferienwohnung.«

»Nein, ich meine, ob wir wissen, dass er am Montagabend noch in Turin war.«

»Wir können überprüfen, über welchen Sendemast sein Handy eingewählt war. Aber ist es wichtig zu wissen, wo er war, als *kein* Mord begangen wurde? Wir haben alles an Indizien, was man finden kann, uns fehlt nur noch das Geständnis.« Commissaria Amoretti blickte ihn irritiert an.

»Wahrscheinlich nicht«, gab er zu. Er hasste es nur, lose Enden nicht verknüpfen zu können, Spuren zu finden, die ins Nichts führten. Die Fingerabdrücke am Gürtel des Opfers mochten nichts zu bedeuten haben, andererseits hätte er gern gewusst, wem sie gehörten.

»Bestreitet er denn die Drohungen gegen Gianluca Ferrari?«

»Ah, er hat es versucht.« Jetzt grinste die Commissaria wieder. »Aber als wir ihm das Video der Überwachungskamera gezeigt haben, ist er still geworden.« Sie hob die Augenbrauen. Dann schürzte sie die Lippen. »Seitdem sagt er allerdings kein Wort mehr ohne seinen Anwalt. Und der rät ihm, überhaupt nichts zu sagen.«

Deshalb also überließ sie ihm so bereitwillig die Gelegenheit, mit dem Verdächtigen zu sprechen. »Gut, dann versuche ich mein Glück.« Er zupfte die Hemdsärmel zurecht, nickte Commissaria Amoretti zu und betrat den Vernehmungsraum.

Alessandro blickte sich in dem kargen Raum um, der für die Befragung von Verdächtigen vorgesehen war. Wenig wohnlich mit nur einem kleinen Fenster, das trotz des sonnigen Tages kaum Licht hineinließ, ähnelte es den meisten Räumen, in denen man Vernehmungen durchführte.

Fürs Erste ignorierte Alessandro den Anwalt und setzte sich stattdessen seinem Tatverdächtigen gegenüber, der nach einem halben Tag in Untersuchungshaft müde und abgekämpft wirkte. Offenbar hatte er in der letzten Zeit nicht gut geschlafen, dunkle Ringe zeichneten sich unter seinen Augen ab. Er war ein gut aussehender Mann, Pepe Viscardi, mit modischem Haarschnitt und einem Designerhemd, unter dem sich Muskeln abzeichneten, die auf die regelmäßige Nutzung eines Fitnessstudios schließen ließen.

»Signor Viscardi. Wie wäre es, wenn Sie mir erzählen, was Sie in der letzten Woche in Corazzo getrieben haben?«

Viscardi warf einen flüchtigen Blick zu seinem Anwalt, einem älteren Herrn mit Übergewicht, der zwar kurz vor der Rente zu stehen schien, dessen Blick aber wach und scharf wie der eines Militärpolizisten war. Alessandro durfte nicht den Fehler machen, ihn zu unterschätzen.

»Ah, haben sie jetzt endlich einen richtigen Polizisten geschickt?«, sagte Viscardi. »Statt dieser *birbona*.« Statt des *Weibs*. Alessandro ging davon aus, dass es Commissaria Amoretti bei solchen Aussagen eine Freude gewesen war, den Mann festzunehmen. Schade eigentlich, dass er vorhatte, ihr diese wieder zu verderben.

»Es geht um den Mord an Gianluca Ferrari.«

»Was Sie nicht sagen.« Gelangweilt verschränkte Viscardi die Hände vor der Brust.

»Um konkreter zu werden: Es geht um die Frage, wo Sie sich am zehnten Juni, am Montagabend, aufgehalten haben.«

Mit einer Geste verwies Viscardi auf seinen Verteidiger, der gebetsmühlenartig herunterleierte: »Mein Klient hat den Abend am See verbracht, in einer Pizzeria in … Moment«, unterbrach er sich. »Sagten Sie *Montag*abend?« Er zog die Augenbrauen zusammen. »Da befand sich mein Klient zu Hause. In Turin.«

»Gibt es dafür Zeugen?«

Jetzt war es Viscardi, der die Augenbrauen zusammenzog. Der Mann schien deutlich irritiert, und ganz offenbar hatte er keine besonders gute Impulskontrolle. »Ich denke, er ist am Dienstagabend ermordet worden?«, blaffte er.

»Ganz genau.« Alessandro lächelte ihn freundlich an. Wer hier die Oberhand hatte, war klar. Er musste nicht herumbrüllen oder Viscardi in seine Schranken weisen. Wenn der Mann nicht kooperierte, dann war es eben so, es war nicht Alessandro, der in Untersuchungshaft saß. »Es geht mir nur um eine kleine Ungereimtheit, um so ein Gefühl, dass hier möglicherweise etwas nicht zusammenpasst. Das heißt ganz und gar nicht, dass ich Sie für unschuldig halte«, fügte er schnell hinzu, bevor Viscardi auf falsche Gedanken kommen konnte. »Aber wenn Sie mir helfen, stehen die Chancen gut, dass ich Ihnen glaube.« Um die Ehrlichkeit seiner Aussage zu untermauern, legte er beide Hände flach auf den Tisch: Das war sein Angebot. Er hoffte, Viscardi nahm es an.

»Sie glauben, ich bin unschuldig?« Die Verblüffung stand dem Verdächtigen ins Gesicht geschrieben.

Alessandro seufzte. »Wie ich soeben sagte, das bedeutet es nicht«, wiederholte er. »Aber drücken wir es mal so aus: Ich ziehe die Möglichkeit eines anderen Täters durchaus in Betracht.«

Viscardi blinzelte verwirrt, sammelte sich und setzte sich dann in seinem Stuhl auf. Doch bevor er etwas sagen konnte, legte sein Anwalt ihm eine Hand auf den Unterarm. »Mein Klient und ich möchten uns gern besprechen«, sagte er an Alessandro gewandt.

»Tun Sie sich keinen Zwang an.«

Der Verteidiger hatte zu viel Berufserfahrung, um die Augen zu rollen, Alessandro konnte ihm jedoch ansehen, dass er es am liebsten getan hätte. »Allein«, betonte er.

»Fünf Minuten.« Er brauchte ohnehin einen Caffè. Am besten einen, der nicht so aussah wie das, was sich in Viscardis Pappbecher befand.

*

05. Oktober 2001: Tino

Antonio hatte sich früh verabschiedet, was ihm überhaupt nicht ähnlichsah. Normalerweise blieb er immer bis zum Schluss; und wenn jemand vorschlug, nackt im See baden zu gehen oder die Fähre, die im Hafen lag, zu kapern, dann kamen diese Ideen immer von ihm, immer kurz vor dem Morgengrauen. Heute war etwas anders, und Tino wollte wissen, was.

Die Bemerkung, die Antonio früher am Abend gemacht hatte, nagte immer noch an ihm. Was, wenn er wirklich ein Auge auf Gina geworfen hatte? Bisher hatte die Supermarktverkäuferin nicht mehr als ein abfälliges Lächeln für

Tino übriggehabt. Antonio mit seinen Locken und seinem dämlichen Gehabe kam gut an bei den Mädchen – bei den Frauen, wenn er an Aurora Perlino dachte. Tino hatte zwar keine Ahnung, weshalb, aber wenn er sah, wie Clara sich Antonio an den Hals warf ...

»Weißt du, was lustig wäre?« Er stupste Riccardo an. Riccardo war schon achtzehn, er hatte ein Auto. »Wir könnten Antonio überraschen.«

»Wie, überraschen?« Schläfrig öffnete Riccardo die Augen, die er seit ein paar Minuten geschlossen hatte, als er sich entschieden hatte, sich auf den Boden zu legen. Beinahe alle anderen waren mittlerweile gegangen, nachdem Antonio abgehauen war, hatte Clara sich als Erste verabschiedet, dann waren die anderen Ragazzi, die Jungen und Mädchen, nach und nach verschwunden, bis nur noch Riccardo und Tino übrig geblieben waren. Es wurde langsam kalt, fand Tino. Er kickte mit dem Fuß gegen eine leere Dose Lemon Soda.

»Na, wenn wir in Corazzo auftauchen würden und Antonios Date mit Gina stören.«

»Antonio hat ein Date mit Gina?« Riccardo zog die Nase kraus, und Tino schnaufte ungeduldig.

»Hat er doch gesagt.« Er klang wie ein nörgelndes Kind, das merkte er selbst, aber Riccardo schien nichts aufzufallen. Leicht schwankend setzte er sich auf. Es war offensichtlich, dass Riccardo keine Ahnung hatte, was genau Tino vorschwebte. Aber es schien ihm auch egal zu sein.

»Klar«, sagte er. »Ich kann noch fahren.«

13. KAPITEL: ALLE WEGE FÜHREN NACH CORAZZO

»Wie haben Sie sich entschieden?«, war Alessandros erste Frage an Pepe Viscardi, als er knapp zwanzig Minuten, nachdem er den Vernehmungsraum verlassen hatte, wieder eintrat.

Commissaria Amoretti hatte wissen wollen, wie das Gespräch verlaufen war, und auf seine Bitte nach einem guten Kaffee nur den Kopf geschüttelt. »Schräg gegenüber gibt es eine Bar.« Also hatte er sich aufgemacht, die langen Korridore der Questura erneut durchquert, um in der etwa dreihundert Meter entfernten Bar einen Espresso zu trinken. Wo er schon einmal dort war, hatte er zu einem Panino nicht Nein sagen können. Sein Mittagessen war schließlich ausgefallen.

Viscardis Anwalt schien glücklich über seine Verspätung, weshalb, konnte Alessandro nicht sagen. Oder wurden diese Leute nicht mehr nach Stunden bezahlt?

»Ich rede mit Ihnen«, sagte Viscardi, beugte sich vor und stieß seinen Zeigefinger dicht vor Alessandros Nase. »Aber nur mit Ihnen, verstanden?«

Was der Mann im Anschluss an seine Befragung tat oder nicht tat, war Alessandro herzlich egal. Er bezweifelte, dass Commissaria Amoretti oder ein Haftrichter ihn aus seiner Zelle entlassen würde, von daher war Viscardi erst einmal gut aufgehoben – egal, was Alessandros weitere Ermittlungen ergaben.

»Am Montagabend war ich zu Hause. Allein. Es gibt also keine Zeugen.« Auffordernd, beinahe schon provokant blickte er Alessandro an.

»Haben Sie telefoniert?«

Er schüttelte den Kopf. So viel also zu den Daten des Handymastes.

»Aber ich habe Fotos gemacht.« Plötzlich erhellte sich Viscardis bisher so finster wirkendes Gesicht.

»Fotos?«, hakte Alessandro nach.

»Ich habe im Keller einen Fitnessraum eingerichtet.« Das passte zu seiner gedrungenen muskulösen Statur. »Wenn Ihre Kollegin Ihnen mein Smartphone aushändigt, werden Sie die Bilder finden. Mit Zeitstempel. Und die Standortdaten sind aktiviert. Ich war zu Hause.«

Das würde zumindest Alessandro als Beweis reichen. Er glaubte ohnehin nicht, dass Viscardi es gewesen war, der Gianluca Ferrari angerufen hatte. Ob er ihn getötet hatte, war eine andere Sache. Aber der Anruf ging nicht auf sein Konto. Blieb die Frage, wer es gewesen sein konnte. Wieder kehrten seine Gedanken nach Corazzo zurück. Wenn Viscardi es nicht getan hatte, musste es jemand aus dem Dorf gewesen sein. Aber wer? Und vor allem, weshalb?

»Woher wussten Sie, dass sich Gianluca Ferrari in Corazzo aufhielt?«, fragte Alessandro jetzt.

Doch statt weiter zu kooperieren, wechselte Viscardi nun einen Blick mit seinem Anwalt.

»Das würde ich lieber nicht sagen«, brachte er schließlich hervor.

Volltreffer. »Glauben Sie nicht, wir hätten den GPS-Sender nicht längst gefunden.« Zumindest hatte sich damit die Frage erledigt, ob Anita Palmieri ihren Verlobten gestalkt hatte. Alessandro seufzte. »Weshalb sind Sie ihm gefolgt?«, fragte er dann.

»Weil er Anita heiraten wollte!« Wütend ballte Viscardi die Fäuste.

Nun war es Alessandro, der einen Blick mit dem Anwalt wechselte. Für Anita Palmieri, Gianlucas Verlobte und Ex-Freundin von Viscardi, war es sicher das Beste, wenn dieser Mann lange Zeit hinter Gittern bliebe.

»Ich wollte ihn nur einschüchtern«, stieß Viscardi hervor. »Ihm zwei, drei aufs Maul geben, ohne Zeugen, die mich erkennen. Ich wollte ihn nicht umbringen. Ich *habe* ihn nicht umgebracht!«

Deshalb hatte er ihm aufgelauert, deshalb war er ihm hinterhergefahren. Um die Hochzeit im August noch zu verhindern? Manche Männer verfielen einem Wahn, wenn es um ihre Freundinnen oder Ex-Freundinnen ging, der jede Realität vermissen ließ. Wenn dann noch Gewalt hinzukam, nahm es selten ein gutes Ende. Auch in Italien erlangte der Begriff »Femizid« zunehmend Bedeutung und man kümmerte sich in Polizei und Politik um das Thema. In Alessandros Augen längst überfällig, und wie er stark vermutete, war auch Commissaria Amoretti dieser Meinung.

Offenbar konnte Viscardi seine Gedanken in seinem Gesicht ablesen, denn plötzlich begann er, wirklich zu reden, und selbst das laute Räuspern seines Anwalts hielt ihn nicht mehr davon ab. Was schwindende Hoffnung mit den Menschen machte, dachte Alessandro. Das konnte eine grausame Taktik sein.

»Wissen Sie, er hat dort keinen Urlaub gemacht. Ich bin ihm gefolgt, in seine Pension, und habe durchs Fenster gesehen. Ich habe eine günstige Gelegenheit abgewartet, Sie wissen schon.«

Alessandro wusste genau. Es sprach gerade alles nicht für Viscardi. Dessen war sich auch der Anwalt bewusst, der leise auf seinen Mandanten einredete, jedoch nichts als eine unwirsche Geste erntete.

»Schlimmer als Mord kann es nicht werden«, sagte Viscardi, und damit hatte er wohl auch nicht ganz unrecht. »Jedenfalls war jemand bei ihm«, ließ er dann die Bombe platzen.

»Wer?«

»Das konnte ich nicht sehen.«

Natürlich nicht. Wie praktisch für Viscardi, wie unpraktisch für ihn. »Und das soll ich Ihnen glauben?«

»Glauben Sie, was Sie wollen.« Der Trotz, der zu Beginn ihres Gesprächs geherrscht hatte, war zurück.

»Haben Sie das auch Commissaria Amoretti gesagt?«

Eine weitere unwirsche Geste folgte. »Sie hat mir ebenfalls nicht geglaubt.«

»Mann? Frau? Groß, klein? Können Sie irgendwelche Angaben machen?«

Viscardi zog die Augenbrauen zusammen, dachte ganz offensichtlich angestrengt nach. »Die Person saß mit dem Rücken zu mir«, erzählte er. »Gegen das Licht, deshalb konnte ich nur schemenhafte Umrisse sehen. Ich würde aber sagen, es war eine Frau. Ja, doch natürlich, die Frisur, eindeutig eine Frau. Vielleicht eine alte Frau? Sie saß gebeugt.«

Alte Frauen gab es in Corazzo genügend, Alessandro hatte schon mit ein paar von ihnen gesprochen. »Könnte es die Haushälterin der Pension gewesen sein?«, fragte er skeptisch.

»Keine Haushälterin. Das Fenster stand offen, ich habe Wortfetzen gehört. Es ging um einen Unfall.«

Alessandro versuchte, sich nichts anmerken zu lassen, doch er war sich sicher, dass der Anwalt registriert hatte, wie brennend ihn dieses Thema interessierte. Mit einem selbstgefälligen Lächeln beugte er sich zu seinem Mandanten und flüsterte Viscardi etwas ins Ohr, der diesmal aufmerksamer zuhörte als noch wenige Minuten zuvor.

»Ich bin zur vollen Kooperation bereit, wenn Sie mich auf Kaution entlassen«, sagte er.

Für einen kurzen Moment sah Alessandro ihn nur an. Dann lachte er trocken auf. »Ich glaube kaum, dass Sie schon in solch einer Verhandlungsposition sind«, sagte er. Abgesehen davon lag die Entscheidungsgewalt ohnehin nicht bei ihm, sondern bei Commissaria Amoretti. Aber Viscardi war ein zu großer Macho, um das überhaupt in Betracht zu ziehen.

»Es würde ein reiner Indizienprozess werden«, mischte sich der Anwalt nun ein. »Mehr als das haben Sie nicht.«

»Indizien und ein Motiv.« Das wog schwer, das wusste der Mann selbst. Dennoch, Alessandro glaubte Viscardi. »Ich halte nichts von Ihnen«, sagte er abschätzig. »Das dürfen Sie gern in Ihr anwaltliches Protokoll mit aufnehmen«, fügte er auf den alarmierten Blick des Verteidigers hinzu. »Aber ich bin noch nicht fertig mit diesem Fall.« Jetzt sah er Viscardi direkt in die Augen. »Wenn Sie unschuldig sind, werde ich das herausbekommen.«

*

Sofia hatte gehofft, früher Feierabend machen zu können. Doch dann waren die Uccellis, Vanessas Eltern, vorbeigekommen, und hatten plaudern wollen. Vanessas jüngeren Bruder hatten sie im Schlepptau gehabt, er aß gerade ein Eis aus dem Tiefkühlfach. Bei dem schönen Wetter wollte Signora Uccelli unter der Kastanie sitzen, als Dottor Uccelli im Gastraum das neu aufgehängte Bild entdeckte, schüttelte er mit einem schweren Seufzer den Kopf.

»Sie ist talentiert«, sagte Sofia.

»Das muss ich zugeben.« Erneut ein Seufzer.

»In Esio gibt es einen Jungen, der gern Medizin studieren will. Habe ich gehört.« Es war schon ein Weilchen her, aber Rebecca hatte ihr davon erzählt. Wo auch immer die Signora die Information herhatte. »Er würde sicher gern eine bestehende Praxis bereichern.«

»Ich weiß genau, was du mir damit sagen willst, Sofia.« Gespielt drohend hob Dottor Uccelli seinen Zeigefinger. Er zahlte das Eis für seinen Sohn. Bevor er nach draußen zu seiner Familie ging, drehte er sich noch einmal um. »Gib mir doch seine Nummer, Sofia, schaden kann es ja nicht.«

Nachdem sie schließlich auch Raffaele und Massimo, deren Kartenspiel heute überraschend friedlich verlief, verabschiedet hatte und ihr Café abschließen konnte, beeilte Sofia sich, in die Via ai Monti, die Hauptstraße, die Corazzo durchquerte, zu kommen. Mit etwas Glück würde sie Gina noch erwischen, die etwa zur gleichen Zeit Feierabend hatte wie sie. Daher winkte sie Rebecca auf der gegenüberliegenden Straße nur schnell zu und hastete weiter, statt wie sonst üblich, für ein kleines Schwätzchen mit der älteren Signora stehen zu bleiben.

Ihre Eile wurde belohnt: Gina war ebenso wie Francesco, Lauras Vater, noch im Laden und hatte noch nicht einmal angefangen aufzuräumen.

Der kleine Supermarkt *Alimentari Perlino*, den man eher

als Tante-Emma-Laden bezeichnen konnte, war bis oben-hin vollgestopft mit Regalen, an deren oberstes Brett Sofia nur mit Schwierigkeiten herankam. Dafür führte er weit mehr Produkte, als auf der kleinen Ladenfläche eigentlich möglich waren, und dafür war sie dankbar. Draußen vor dem Eingang standen Körbe mit Obst und Gemüse: Leuchtend rote Tomaten, Äpfel, grüne, glänzende Zucchini und Artischocken lachten sie an. Sofia griff zu zwei Auberginen, die besonders schön aussahen, dunkellila und mit glatter makelloser Haut. Hinter einer Theke gab es Brot zu kaufen, in einer Auslage frischen Käse, ein junges Touristen-pärchen kaufte Pasta und Tomaten in Dosen – Clara schien neue Gäste zu haben.

»*Buonasera*«, grüßte Sofia, als sie das Geschäft betrat.

»Sofia!« Francesco wirkte erfreut sie zu sehen, nicht nur Aurora hatte ihr also verziehen. »Nimm auch noch ein paar Artischocken mit.« Ohne sie abzuwiegen, legte er eine Handvoll der kleinen grünen Köpfchen zu den Auberginen. Francesco hatte heute Mini-Artischocken im Angebot, nicht einmal halb so groß wie die handels-üblichen. Schnitt man nur die äußeren Blätter und die Spitze ab, schmeckten sie wunderbar in einer fruchtigen Tomatensoße.

»Ich würde gern weiterplaudern, aber ich muss im Lager noch aufräumen. Aurora macht mir die Hölle heiß, wenn ich zu spät zum Abendessen komme. Es gibt Polenta Concia.« Der Mais- oder hin und wieder auch Buchweizen-grieß war im Piemont beliebt, Polenta Concia beinhaltete Käse, Butter und Wasser.

»Geh ruhig, ich wollte ohnehin noch etwas mit Gina plaudern«, sagte Sofia lächelnd.

»Mit mir?« Gina, die gerade die Schinken in der Auslage zurechtgerückt hatte, richtete sich überrascht auf und wischte sich die Hände an der Schürze ab. Ihr dickes schwarzes Haar hatte sie lose nach oben gesteckt, das Gesicht war gerötet vor Anstrengung. Ihre kleinen Augen blickten nicht unbedingt unfreundlich, einladend waren sie jedoch auch nicht. Sie hatte wohl einen langen Tag hinter sich.

»Ja, ich wollte dich gern etwas fragen«, begann Sofia, wusste aber nicht, wie sie erklären sollte, weshalb sie auf Gina aufmerksam geworden war, ohne Tinos Namen zu nennen. »Dieser Tote am Sacro Monte«, sagte sie schließlich. »Du erinnerst dich sicher an den Autounfall vor dreiundzwanzig Jahren.«

»Wieso ich?«, fragte Gina. Die Arme vor der Brust verschränkt, blickte sie Sofia misstrauisch an.

Wie viel einfacher dieses Gespräch bei einem Espresso wäre, dachte Sofia. Sie versuchte zu lächeln. »Ich weiß, dass die Polizei hier im Dorf herumgefragt hat. Mich hat er auch befragt, der Commissario. Aber was wissen die aus Verbania schon von Corazzo?«

Gina schnaubte zustimmend. »Und was schreiben die Journalisten?« Ihr Blick wanderte zum Zeitungsständer hinter der Eingangstür. Mit einer Geste machte sie deutlich, was sie von der Presse hielt. »La Stampa, I Giornali del Piemonte, sie spekulieren, dass ein Mörder hier herumlaufen würde. Einer von uns!«

Zumindest hatte Sofia die Ältere nun auf ihrer Seite. Aber wie weiter?

»Ich wollte am Wochenende übrigens …« Gina zögerte. »Als ich zum Mittagessen da war. Ich hätte gern noch einen Mokka getrunken.«

Dem Himmel sei gedankt für ihre treuen Kundinnen,

dachte Sofia. Und nun hatte sie auch einen Aufhänger für das Gespräch.

»Komm bald vorbei«, sagte sie und bekreuzigte sich andeutungsweise, als sie hinzufügte: »Etwas Gewissheit schadet nicht. In diesen Zeiten.« Gina liebte den Padre und ging regelmäßig in die Kirche. Sofias Vater hatte erzählt, dass sie eine wunderbare Stimme hatte und ihm bei ihrem »Santo, santo, santo« die Tränen kamen.

Dann erinnerte Sofia sich an das, was Laura ihr von den Rechtsanwalts-Briefen erzählt hatte, die Gina in letzter Zeit bekam, und fügte kryptisch hinzu: »Bei dir stehen ja auch einige Veränderungen an.«

Ginas Mund formte sich zu einem lautlosen O. »Das kannst du ... das hast du ...«

Es gab also wirklich etwas. Sofia hatte ein schlechtes Gewissen, die andere in dem Glauben zu lassen, sie wüsste solche Dinge aufgrund irgendwelcher geheimen Kräfte, die sie hatte. Ausweichend sagte sie deshalb: »Ich träume viel in letzter Zeit. Oft schlecht.«

»Natürlich, natürlich. Ein Toter am Sacro Monte«, murmelte Gina. »Ich kann es immer noch nicht glauben. Wer tut so etwas?« Fassungslos schüttelte sie den Kopf.

»Spürst du den ...?« Jetzt blickte Gina sie aufgeregt an. »Kannst du sehen, wer es ... wer es gewesen ist?«

Sofia schüttelte den Kopf. »Ich spüre nur, dass es mit dieser alten Geschichte zusammenhängt. Dem Unfall seines Bruders Antonio.«

Mit der Zungenspitze fuhr Gina sich über die Lippen. Sie schien sich entschieden zu haben. »Viel kann ich dir darüber nicht erzählen«, sagte sie. »Ich habe damals in der Via Fiume gewohnt. Das war noch, bevor ich meinen Mann kennengelernt habe. Von meiner Wohnung aus konnte ich auf den Dorfbrunnen blicken, dort haben wir uns früher immer verabredet. Das war noch vor den Zeiten, als jeder ein Handy hatte oder gar zwei.«

»Du kanntest ihn gut, richtig?«

»Antonio?« Jetzt blickte sie überrascht. »Eigentlich nicht, aber Corazzo ist klein, das weißt du ja selbst.«

»Warst du nicht mit ihm befreundet?«

Verwirrt zog sie die Augenbrauen zusammen. »Er war fünf Jahre jünger als ich, nein, ich glaube nicht, dass ich mehr als drei Worte mit ihm gewechselt habe. Aber ...« Für einen Augenblick presste sie die Lippen aufeinander, dann blickte sie Sofia an. »Ich habe ihn gesehen. In dieser Nacht. Am Dorfbrunnen.«

Hatte Tino etwas verwechselt? Er hatte doch gemeint, Gina sei mit Antonio befreundet gewesen?

»Es muss gegen Mitternacht gewesen sein«, fuhr Gina fort.

»Moment, du hast ihn im Dorf gesehen?«

Gina nickte.

Aber Antonio war doch auf dem Weg nach Corazzo verunfallt? War auf der Straße totgefahren worden, kurz vor dem Dorf? Wie konnte Gina ihn dann am Brunnen gesehen haben?

»Bist du sicher? Hast du ihn nicht verwechselt?«

»Die blonden Locken und der rote Roller, auch wenn ich den Jungen nicht gut kannte, Antonio war unverwechselbar. Er hat eine Weile am Brunnen gewartet und irgendwann ... irgendwann ist er wieder gefahren.«

Seltsam. Antonio war zunächst aus Cannobio nach Corazzo gefahren, nur um wieder zurück nach Cannobio und *noch einmal* nach Corazzo zu fahren? Das ergab doch keinen Sinn! Sofia überlegte. Außer, er hatte jemanden in Corazzo getroffen. Nein, Gina hatte ihn wegfahren sehen. Außer er hatte jemanden treffen *wollen*. Jemanden, der nicht gekommen war.

»Und deshalb hast du die Bürgerinitiative gegründet?«, fragte Sofia, als Gina schwieg.

Die Ältere nickte. Erst entschlossen, dann plötzlich langsamer. »Ich ...« Es schien nicht einfach für sie, darüber zu sprechen. Aber sie wollte es erzählen, wollte nach all den Jahren gestehen, was sie gesehen hatte, das war offensichtlich.

»Sein Licht war kaputt«, sagte sie schließlich so leise, dass Sofia sie beinahe nicht verstand. »Ich habe noch gedacht, er kann doch so nicht fahren. Aber ich habe ihn nicht aufgehalten.«

Schuldgefühle, immer wieder.

»Warum nicht?«

Wie ein Reh im Scheinwerferlicht blickte Gina sie an. Plötzlich zuckten sie beide zusammen, als hinter ihnen eine Tür aufflog.

»Gina, kannst du mir bitte mit dem Müll helfen?«, rief Francesco.

»Ich komme!« Mit einem entschuldigenden Blick eilte sie davon.

Und Sofia blieb mit dem Gefühl zurück, dass Gina ein Geheimnis hatte.

*

05. Oktober 2001: Tino

Das Auto machte einen Schlenker, und Tino war sich nicht mehr so sicher, ob es eine gute Idee gewesen war, mit Ric-

cardo nach Corazzo zu fahren. Sie hätten unten in Cannobio übernachten sollen. Riccardo stammte aus Esio, und oft
schliefen sie an solchen Abenden in seinem Auto am Ufer, bis
die Polizei oder die Sonne sie am nächsten Morgen weckte.

Jetzt schlingerten sie die kurvige Landstraße bis nach
Corazzo hinauf, und Tino warf einen Blick auf den Tacho.

»Langsamer.«

»Wehe, du kotzt in meinen Wagen.«

»Halt die Klappe.« Tino versuchte, sich zu konzentrieren. Wo war die gefährliche Haarnadelkurve? »Langsamer!«, fuhr er Riccardo an.

»Was ist dein Problem, Mann?«

Tino blickte aus dem Fenster, hinter dem nichts zu sehen,
der dunkle Wald nur zu erahnen war. Die Scheiben beschlu-
gen, draußen war es kalt. Auch wenn es sich tagsüber wie
Sommer anfühlte, spürte man nachts schon, dass der Herbst
kam.

Riccardos Auto roch nach altem Bier und Schweiß, und
Tino kurbelte das Fenster ein Stück herunter. Nicht, dass er
sich wirklich noch übergeben musste.

»Che merda«, stöhnte er, so eine Scheiße. Das Geschau-
kel des Wagens, die kurvenreiche Straße ...

»Das war doch deine Idee.«

Das wusste er, das machte es nicht besser. »Halt an.«

»Doch nicht ...«

»STOPP!«

Riccardo bremste so abrupt, dass Tinos Kopf erst nach
vorn und dann gegen die Nackenstütze krachte. Er schaffte
es gerade eben noch, die Tür zu öffnen, bevor er sich übergeben musste.

»Stronzo«, schimpfte Riccardo halbherzig, bevor er ihm
den Lappen, mit dem er die Scheiben sauber wischte, reichte.

Angewidert ließ Tino den Stofffetzen fallen, wankte aus dem Auto, übergab sich noch einmal, und suchte dann auf dem Rücksitz nach der Flasche Wasser, die er vor ein paar Tagen in Riccardos Auto gelassen hatte.

Als sie schließlich weiterfuhren, erreichte der Tacho keine vierzig mehr, Riccardo hatte seine Lektion gelernt.

Als sie kurz darauf in Corazzo ankamen, lag das Dorf schwarz und still vor ihnen.

»Wohin?«

»Geradeaus.« Angespannt blickte Tino durch die Windschutzscheibe, die schon wieder beschlagen war. »Da ist sein Roller!« Die rote Farbe war nicht zu übersehen, Antonio hatte ihn achtlos vor dem Brunnen abgestellt, direkt unter Ginas Fenster.

Unter dem einen Fenster, das zu dieser Uhrzeit noch hell erleuchtet war.

Sprachlos blickte Tino hinauf, zu den zwei dunklen Silhouetten, die sich deutlich vor dem Licht abzeichneten.

Gina, die schöne Gina, hatte die Arme um einen Mann geschlungen. Sie stand, nein saß auf ihrem Küchentisch? Und der Mann vor ihr ...

»Scheiße, der fickt ja wirklich Gina.« Riccardos Stimme klang ungläubig und ein wenig ehrfürchtig. In Tino drohte der heiße Ball aus Wut, der sich in seiner Brust ausgedehnt hatte, zu explodieren.

»Cazzo!« Er schlug gegen die Tür.

»Hey!«, schrie Riccardo. »Mein Auto!«

»Ach, fick dein Auto!«, brüllte Tino zurück. Wutentbrannt öffnete er die Tür, stieg aus und knallte sie so laut zu, dass Riccardos ganzer Wagen wackelte. Mit einer Geste machte sein Freund ihm klar, dass er sich verziehen sollte, und ganz genau das hatte Tino auch vor. Aber nicht, bevor er nicht gegen Antonios Scheiß-Roller getreten hatte. So fest, dass er umfiel. Tino hörte es splittern, geschah ihm ganz recht.

Während Riccardos Motor aufheulte, wurde ein Fenster aufgerissen.

»Was macht ihr da draußen für einen Scheiß-Lärm?«, schrie jemand. Gina.

Mit klopfendem Herzen drehte Tino sich um und rannte davon. Wie konnte Antonio ihm das antun? Seine Hand schmerzte von dem Schlag gegen Riccardos Autotür. Er hielt sie vor der Brust. Zwei Nebenstraßen, dann war er zu Hause.

Und weil Tino keinen Blick zurückwarf, konnte er nicht sehen, wie Antonio aus dem Schatten des Baums trat, an den er gepinkelt hatte, seinen Roller aufhob und verwirrt zu dem hell erleuchteten Fenster blickte, in dem nun ein Mann hinter Gina das Licht löschte.

14. KAPITEL: DIE GEHEIMSCHRIFT

Wie üblich saßen am Mittwoch die drei Damen Rosa, Rebecca und Eleonora an ihrem Tisch in der Ecke, die Einkaufstüten mit dem Gemüse vom Markt zu ihren Füßen. Zwei Espressi, nur Rosa einen Cappuccino und ein Cornetto vor sich, schnatterten die Damen fröhlich drauflos. So wollte sie auch einmal sein, wenn sie in dem Alter war, dachte Sofia. Stets gut gelaunt das Leben genießen.

Während sie die anderen Gäste bediente, zwei Rucksacktouristen aus Deutschland erklärte, wie sie am besten nach Premeno kamen und ihnen anschließend noch einen Caffè brachte, betraten zwei Beamte in Uniform ihre Bar und kamen auf sie zu.

»Espresso, Signori?«, fragte Sofia gut gelaunt.

Die beiden lehnten nicht ab.

»Was kann ich für Sie tun?«, wollte sie dann wissen, als sie ihnen den Caffè hinstellte.

»Haben Sie diesen Mann schon einmal gesehen?« Der Ältere der beiden, mit grau gesprenkelten Haaren und einer sehr geraden Nase, zeigte ihr das Foto eines muskulösen Mannes Ende dreißig. Eindeutig ein Fitnessfan, zu trainiert für ihren Geschmack.

Sie schüttelte den Kopf. Nein, den hatte sie noch nie gesehen.

»Sicher?«

War das der Verdächtige, den sie in Turin festgenommen hatten? Sofias Gedanken schweiften unweigerlich zu Commissario Ranieri. Ob und wie er in der Stadt mit seinen Ermittlungen vorankam? Hoffentlich besser als sie mit Tommasos Notizbuch.

»Ganz sicher. Aber wenn jemand etwas weiß, dann unsere Postbotin. Fragen Sie nach Laura Perlino, sie kommt auf ihrem Roller mehr herum als ich.« Entschuldigend hob Sofia die Schultern und deutete an, dass das Café ihr Reich war.

Nachdem die beiden Polizisten ihr Glück noch bei den drei Damen versucht hatten, aber ebenso erfolglos geblieben waren, verabschiedeten sie sich und verließen das Café. In Gedanken versunken blickte Sofia ihnen nach. Bewegung am Tisch der drei Damen ließ sie sich jedoch schnell wieder auf ihre Arbeit konzentrieren: Die drei Frauen kamen zu ihr an die Theke, um zu zahlen.

»Die schönen Männer gehen bei dir aus und ein, Sofia«, neckte Rebecca.

»Lach dir bloß keinen Carabiniere an«, versuchte es heute sogar Eleonora mit einem kleinen Scherz. »Ich kann dir aus Erfahrung sagen: stur wie die Esel.«

Lachend kassierte Sofia ab, und während sie anschließend den Tisch abräumte, trödelte Eleonora mit ihren Einkäufen so lange herum, bis Rosa und Rebecca sich schließlich verabschiedeten und Eleonora allein zurückblieb. Die alte Dame schien etwas auf dem Herzen zu haben. Neugierig wartete Sofia ab, bis Eleonora ihre Locken zurechtgerückt und sich vergewissert hatte, dass niemand zuhören konnte. Mit einem verschwörerischen Blick lehnte sie sich dann an die Theke.

»Sag mal«, raunte die Ältere. »Konntest du mit Tommasos Notizbuch etwas anfangen?«

Sofia seufzte. »Es ist alles voller Abkürzungen. Du weißt nicht zufällig, welches System er genutzt hat, um seine Aufschriebe zu verschlüsseln?«

»Zu verschlüsseln?« Eleonora wirkte empört. »Wieso verschlüsseln? Ich hätte doch niemals hineingelesen! Hat er etwa gedacht, ich würde schnüffeln?«

»Vielleicht hat er geahnt, dass *ich* schnüffeln würde?« Vielsagend hob Sofia die Augenbrauen.

Jetzt lachte die ältere Dame. »Zeig mal her«, sagte sie dann.

Sofia holte das Büchlein aus ihrer Handtasche, in der sie es die letzten Tage immer mit sich herumgetragen hatte. Auf einem Blatt Papier, das sie hinten zwischen die letzten Seiten gelegt hatte, hatte sie sich Notizen gemacht mit möglichen Hinweisen für eine Entschlüsselung. Doch alles, was sie bisher versucht hatte, war ergebnislos geblieben. Zunächst hatte sie ausprobiert, ob die Buchstaben einfach versetzt waren, um eine, zwei oder drei Stellen nach vorne oder nach hinten. Auf diese Weise hatte Julius Caesar chiffriert: Ein A wurde zu einem D, ein B zu einem E. Doch es war egal, welche Möglichkeiten sie ausprobierte, Sofia erhielt keine sinnvollen Wörter. Ohnehin erschienen ihr seine Worte viel zu kurz, oft bestand eines aus nur zwei Buchstaben, teilweise auch nur aus einem, und nie mehr als vier. Stenografie war es allerdings auch nicht, Tommaso hatte deutlich lesbare Buchstaben geschrieben. Nachdem Sofia im Internet alles zum Thema Geheimschriften gelesen hatte, was sie finden konnte, war sie zu dem Schluss gekommen, dass ihr einfach der Schlüssel fehlte. Wie bei der Enigma, der Chiffriermaschine, die die Nazis genutzt hatten, um ihre Funksprüche zu verschlüsseln. Es war den Alliierten schließlich gelungen, hinter das System zu kommen, jedoch erst, als sie eine ähnliche Maschine besessen hatten – und diese fehlte Sofia eindeutig. Auch kein Handbuch mit Militärcodes stand ihr zur Verfügung, nur Tommasos kleine, eng geschriebene Buchstaben.

»Das ist ja unlesbar!« Kurzsichtig blinzelte Eleonora auf die Seiten. Sie nestelte eine Lesebrille aus ihrer Handtasche hervor, aber auch das half nicht viel. »Das tut mir so leid, Sofia!«, sagte sie betrübt und ließ das Notizbuch sinken.

»Es ist doch nicht deine Schuld. Und du hast mir schon sehr geholfen.« Wahrscheinlich sollte sie die Aufschriebe wirklich an Ranieri übergeben. Doch sie zögerte immer noch: Vor allem jetzt, wo die Polizei einen Verdächtigen in Turin festgenommen hatte, würde das Büchlein sicher ohne einen zweiten Blick in irgendeiner Schublade verschwinden.

»Weißt du …« Eleonora seufzte und bedeutete Sofia, ihr an den Tisch zu folgen, an dem sie vorher gesessen hatte. Ihre Beine machten wohl nicht mehr so mit, denn mit einem erneuten Seufzer streckte sie sie aus, bevor sie sich wieder an Sofia wandte. »In den Monaten vor seinem Tod hat Tommaso ständig über diesen Unfall gesprochen. Ich hatte so gehofft, dass du etwas herausfinden kannst.«

»Vielleicht gibt es gar nichts herauszufinden.« Sofia stützte ihr Kinn auf die Hände. »Commissario Ranieri sagt, der Mord an Gianluca hat vermutlich nichts mit Corazzo zu tun. In Turin gibt es wohl jemanden, der ihn umgebracht haben könnte. Er hat ein Motiv.«

»In Turin?«

Mehr als ein Schulterzucken konnte Sofia ihr nicht anbieten, sie wusste ja selbst nichts. »Die Polizei hält es für wahrscheinlich.« Sofia zögerte. Denn, nur weil der eine Fall gelöst war, bedeutete das ja nicht zwingend, dass sie den anderen in Ruhe lassen musste. »Weißt du, ob Tommaso Gianluca einen Brief geschrieben hat?«

»Tommaso?« Sofias Überlegungen und Fragen schienen Eleonora so sprachlos zu machen, dass sie nur noch Sofias Worte nachplappern konnte.

»Gianluca trug einen Umschlag bei sich, den Brief habe ich nicht gefunden. Aber die Handschrift ...« Sie zog das Kuvert aus ihrer Handtasche und faltete es ordentlich auseinander.

»Das hat er geschrieben, ja«, bestätigte Eleonora umgehend. Nachdenklich runzelte sie die Stirn. »Dieser Unfall«, begann sie. »Er hat im Dorf nichts Gutes angerichtet. Und einfach niemand will drüber sprechen. Alle schweigen sie. Warum?«

Das war die Frage, die Sofia sich ebenfalls gestellt hatte.

»Ich habe Ginas Petition unterstützt, das Tempolimit. Aber lebendig gemacht hat es Antonio nicht.« Eleonoras Blick richtete sich in die Ferne. »Ich möchte wissen, was damals passiert ist.«

»Ich auch.«

»Gut.« Entschlossen stellte Eleonora ihre Handtasche auf ihren Schoß. »Sofia, du musst herausfinden, was geschehen ist. Ich unterstütze dich, so gut ich kann.«

*

Alessandro hatte in Turin übernachtet, der Questore, der gehofft hatte, Alessandro würde alles an einem Tag schaffen, hatte zwar gestöhnt wegen der Extrakosten, doch schließlich war es ihm egal gewesen.

Nun schlenderte Alessandro durch die ausladenden Straßen, bevor er sich mit Anita Palmieri traf, Gianlucas Verlobter. Er hatte sie in der Früh angerufen und einen Termin am späten Vormittag mit ihr vereinbart. Bis dahin genoss er die Sonne in Turin. Berühmt auch für seinen Jugendstil war Alessandro durch eine der Art-Nouveau-Passagen geschlendert, hatte dann aber schnell beschlossen, seine freie Zeit nicht drinnen verbringen zu wollen, so hübsch die Architektur auch sein mochte. Also war er am Po gewesen, der breit und träge die Stadt durchfloss. Die Po-Ebene war für die Landwirtschaft die wichtigste Region Italiens, und kurz dachte Alessandro an Sofia Dalmasso und ihren Caffè Zahlreiche Brücken führten vom einen zum anderen Ufer, und nachdem er eine Zeit lang aufs Wasser geschaut hatte, brach er für einen Espresso zur Piazza Madama auf, dem Platz vor dem geschichtsträchtigen Schloss in der Mitte Turins. Bis auf die antike römische Stadt Augusta Taurinorum und deren Stadttor ging der Prachtbau zurück, und Alessandro knipste schnell ein Foto für seine Familie, denn seine älteste Schwester hatte ein Faible für Historie. Den Espresso trank er dann aber lieber in einer Seitenstraße.

Er hatte ihn gerade bestellt, als sein Handy klingelte.

»Ich habe gehört, Sie sind noch in Turin?« Commissaria Amoretti, wie üblich keine Zeit für Höflichkeitsfloskeln.

»Ihnen auch einen schönen Tag, Commissaria«, antwortete Alessandro und nickte dem jungen Mann zu, der seinen Caffè über die Theke in seine Richtung schob. »Was kann ich für Sie tun? Wo Sie mich schon so herzlich begrüßen.«

»Lassen Sie den Firlefanz, Ranieri. Vielleicht wollen Sie noch mal bei uns vorbeikommen. Wir haben etwas, das Sie interessieren dürfte.«

Alessandro blickte auf seine Armbanduhr, die er hauptsächlich aus modischen Gründen trug. Es war kurz nach zehn, um halb elf war er mit Anita Palmieri verabredet.

»Ich bin in einer Stunde bei Ihnen.« Eine Stunde, anderthalb, was war der Unterschied?

Commissaria Amoretti verabschiedete sich, und Alessandro trank seinen Espresso aus, bevor er sich auf den Weg zu seinem Hotel machte, um das Auto zu holen.

Anita Palmieri wohnte nordwestlich vom Zentrum, gleich hinter dem Museo Lavazza mit der meterhohen orange-roten Kaffeekanne vor dem Eingang. Beinahe hätte er einen Rollerfahrer übersehen, der sich, den hellblauen Rucksack eines bekannten Lieferservices auf dem Rücken, in seine Spur drängeln wollte. Alessandro ging vom Gas, ließ den Mann vorbei und bog schließlich in die Via Padova ein. Mit etwas Glück fand er einen Parkplatz direkt vor dem Haus, in dem Anita Palmieri wohnte, und so war es genau halb elf, als er auf die Klingel drückte.

Anita Palmieri hatte blonde Haare und war so dünn mit so heller Haut, dass sie beinahe kränklich wirkte. Unter ihren Augen lagen tiefe Ringe und sie wirkte fahrig. Kein Wunder, dachte Alessandro, der Verlobte tot, ermordet, während er unterwegs war auf einer Mission, von der sie kein Sterbenswort gehört hatte.

»Vielen Dank, dass Sie mit mir sprechen«, sagte Alessandro, als sie ihn mit einem schwachen Lächeln in ihre kleine Wohnung bat. »Sie leben allein?« Erst jetzt fiel Alessandro auf, dass die Adresse, die sie ihm am Morgen genannt hatte, nicht mit der von Gianluca Ferrari übereinstimmte, die er in seinen Unterlagen stehen hatte. Es ärgerte ihn, dass er das nicht gewusst hatte. Überhaupt ärgerte es ihn, dass er die Wohnung des Toten nicht kannte, dass er so gut wie gar kein Bild von seinem Leben in Turin hatte. Diese Arbeit hatte er komplett Commissaria Amoretti überlassen müssen, und das wurmte ihn. Er hatte das Gefühl, ihm fehlten große Teile des Puzzles, das er zu lösen versuchte. Corazzo, fuhr es ihm durch den Kopf, dafür wusste er einiges von

Corazzo, und er musste zugeben, dass es ihn immer noch dorthin zog, mit seinen Ermittlungen.

Aber nun wollte er sich auf Signora Palmieri konzentrieren, die unschlüssig in ihrer kleinen Küche stand, die direkt auf einen winzigen Flur folgte.

»Kann ich Ihnen etwas anbieten?«, fragte sie und schlang die Arme um den Oberkörper, als müsste sie sich vor etwas – oder jemandem – beschützen.

Alessandro verneinte und folgte ihr dann ins Wohnzimmer. Wie die Küche war auch dieser Raum weiß gefliest, ein heller Teppich lag vor einem grauen Sofa, auf dem Anita Palmieri nun Platz nahm. Es war dunkel im Zimmer, die Rollläden beinahe zur Gänze heruntergelassen. Sie kapselte sich ab, fuhr es ihm unwillkürlich durch den Kopf. Die Fenster blickten auf einen Hof, viel Licht kam durch die Häuser ringsum ohnehin nicht ins Zimmer. Anita wollte sich schützen, schon an der Wohnungstür waren ihm die beiden Schlösser aufgefallen sowie die Sicherungskette, die sie auch tagsüber zu nutzen schien. Ob das an ihrem Ex-Freund Pepe Viscardi lag? Jetzt ärgerte Alessandro sich, dass er sie nicht doch um etwas zu trinken gebeten hatte – wenn sie sich an einem Glas hätte festhalten können, wäre ihr das Gespräch möglicherweise leichter gefallen.

»Sie haben nicht zusammengewohnt, Sie und Gianluca?«

»Ich arbeite gleich nebenan, da ist es praktischer für mich, hier zu wohnen. Und Sie sehen ja, die Wohnung ist klein, für zwei Leute reicht es nicht.«

Tatsächlich gab es nur einen winzigen Tisch im Wohnzimmer, und ein Schlafzimmer gab es nicht einmal, von der Küche aus schlängelte sich eine Wendeltreppe nach oben, wo auf halber Höhe ein Boden eingezogen worden war, um Platz für ein Bett zu schaffen. Dennoch fand Alessandro ihre Argumentation nicht überzeugend – oder hatten sie geplant, dieses Arrangement auch als Ehepaar aufrechtzuerhalten?

Anita Palmieri saß in sich zusammengesunken auf dem Sofa, die Augen riesig in ihrem schmalen Gesicht, und nestelte nervös am Saum ihrer Bluse.

»Was arbeiten Sie denn?«, fragte er in der Hoffnung, sie mit einem harmlosen Gesprächsthema ein wenig aus der Reserve zu locken. Er wusste, dass sie bei einem Zahnarzt angestellt war, ihren Worten nach hier in der Nähe, doch die Frage war die erstbeste, die ihm eingefallen war. Sie schien sie jedoch nicht einmal gehört zu haben.

»Ich hätte nie gedacht, dass er ihm etwas antut«, sagte sie in sich gekehrt. Offensichtlich wollte sie sich etwas von der Seele reden, und so wartete Alessandro schweigend ab. »Hätte ich gewusst, dass es so endet, hätte ich nie … hätte ich nicht …« Sie blickte auf, aber statt ihn anzusehen, fixierte sie einen Punkt irgendwo hinter seiner rechten Schulter, der wahrscheinlich in ihrer Vergangenheit lag. »Wäre ich nicht mit Pepe zusammen gewesen, würde Gianluca jetzt noch leben. Wie soll ich mit dieser Schuld leben können?«

»Niemand kann die Zukunft vorhersagen.« Das hübsche Gesicht von Sofia Dalmasso schob sich vor sein inneres Auge. Nein, *Cornicello* oder Mokka hin oder her, niemand konnte die Zukunft vorhersagen. »Woher hätten Sie wissen sollen, dass es so endet? Sie tragen keine Schuld daran«, sagte er.

»Ich wusste aber, dass er gewalttätig ist.« Sie verknotete ihre Finger ineinander, offensichtlich um sie davon abzuhalten, weiterhin an ihrem Blusensaum zu zerren. »Kurz vor unserer Trennung habe ich ihn sogar angezeigt.«

Die Anzeige hatte Commissaria Amoretti ihm vorgelegt.

»Erzählen Sie mir von Gianluca«, forderte er sie sanft auf. Pepe Viscardi interessierte ihn nicht, ein Frauenschläger, ein gewalttätiger Macho, dem er jeden Tag in seiner Zelle gönnte.

Sie schlang die Arme um den Oberkörper, blickte ihn mit ihren großen Augen an. »Er war unglücklich«, sagte sie. »Da war ein Schmerz in ihm, von dem ich an manchen Tagen dachte, ich könnte ihn mit Händen greifen. Wussten Sie, dass er einen Bruder hatte, der jung gestorben ist? Ich habe immer gedacht, dass es möglicherweise daher kommt. Es hat seine Familie zerrissen.«

Alessandro nickte. Er mochte sich nicht vorstellen, was der Tod eines Kindes mit den Eltern machte. »Seine Eltern leben nicht mehr, richtig?«, hakte er nach.

»Seine Mutter ist vor einigen Jahren an Krebs gestorben, und sein Vater hat sich umgebracht. Davor schon. Hat sich vor den Zug geworfen, vor zehn Jahren. Und manchmal, manchmal da dachte ich …« Sie stockte, blickte ihn verloren an. »Manchmal dachte ich, Gianluca wird es auch tun.«

15. KAPITEL: EIN RÄTSEL GELÖST

Eleonora hatte am Vortag versprochen, noch einmal in Tommasos Unterlagen nachzuschauen. Bisher hatte sie es nicht übers Herz gebracht, die Sachen ihres Mannes, Kleidung, Bücher und andere persönliche Gegenstände, zu durchsuchen. Alles lag noch genau so da wie vor seinem Tod, das war Sofia auch bei ihrem Besuch aufgefallen.

»Ich werde jede Hosentasche durchsuchen, jede Schublade auf ein Geheimfach überprüfen«, hatte Eleonora versprochen, bevor sie gegangen war.

Nun brütete Sofia, nachdem das Frühstücksgeschäft vorbei war, erneut über dem Tagebuch, die Buchstaben tanzten mittlerweile vor ihren Augen, doch ein System oder Muster hatte sie immer noch nicht erkannt. Um sich abzulenken, hatte sie zwischenzeitlich ein Schaubild angefertigt mit allen Informationen, die sie bisher über den Abend des 5. Oktober 2001 bekommen hatte. Gegen zweiundzwanzig Uhr war Antonio von Aurora in Cannobio gesehen worden, um Mitternacht von Gina am Dorfbrunnen in der Via Fiume. Die Polizei damals hatte den Todeszeitpunkt nicht genau eingrenzen können, aber zumindest konnte es nicht vor Mitternacht gewesen sein. Was sie mit diesen Informationen nun weiter anfangen sollte, wusste sie nicht, weshalb sie sich wieder Tommasos Notizbuch zugewandt hatte, obwohl dieses sie gleichermaßen, wenn nicht noch mehr, zur Verzweiflung trieb.

Als es draußen hupte, blickte sie erleichtert auf. Laura war genau die Abwechslung, die sie jetzt brauchte. Wild winkend betrat ihre Freundin mit einem Stapel Briefe die Bar. Im Vorbeigehen wechselte sie ein paar Worte mit Massimo und Raffaele, dann kam sie zu Sofia an die Theke.

»Post für dich«, sagte sie. »Sieht leider nach Rechnungen aus.«

Sofia stöhnte. »Und das Finanzamt.« Schnell legte sie die Briefe zur Seite, damit wollte sie sich gar nicht erst beschäftigen.

»Ich habe gestern übrigens zwei äußerst ansehnliche Beamte von unserer Staatspolizei getroffen. Haben mir einen Gruß von dir ausgerichtet, ob ich so einen *Ragazzo* schon einmal hier gesehen hätte.«

»Und? Hast du?«

»Im Vorbeifahren, hat mir hinterhergepfiffen.« Lauras Schulterzucken deutete an, dass ihr das öfter passierte. »Was hast du da?« Sie warf einen beiläufigen Blick auf Tommasos Notizbuch. Während ihre Augen auf das Buch gerichtet blieben, versuchte sie, sich das Glas mit den Keksen zu angeln, das ein Stück weiter weg hinter der Auslage mit den Cornetti auf der Theke stand. »Mist. Ich komm nicht dran.«

»Das ist Absicht, weißt du.« Sofia öffnete das Glas, legte zwei Baci di Dama auf einen Unterteller und schob ihn zu Laura. »Damit meine Gäste nicht einfach hier hereinspazieren und mir die Kekse klauen.«

»Gut, dass ich nicht einfach nur irgendein dahergelaufener Gast bin.«

»Natürlich nicht, du bist Corazzos beste Briefträgerin.«

Laura runzelte die Stirn, konnte aber nichts entgegnen, da sie den Mund voller Kekse hatte.

»Wenn du Baci willst, bring mir bessere Post.«

»Nicht meine Schuld, wenn dir niemand Liebesbriefe schreibt.«

Bei Lauras empörtem Gesichtsausdruck, als sie das angeknabberte Gebäckstück zurück auf den Teller legte, musste Sofia lachen. Dann seufzte sie theatralisch. »Alles, was ich lesen darf, sind Mahnungen und Tagebücher.«

Das weckte Lauras Aufmerksamkeit. »Zeig mal her. Von wem ist das?«

Sie schob ihr das Notizbuch hinüber und begann dabei von Eleonora zu erzählen, die ihr Tommasos Vermächtnis anvertraut hatte.

Nachdem sie geendet hatte, blickte Laura sie anklagend an. »Und du hast dem Commissario nichts davon erzählt?«

Sofia zuckte mit den Schultern. »Ich würde es einfach gern lesen, bevor ich es ihm aushändige«, erklärte sie. »Außerdem haben sie einen Verdächtigen in Turin.«

»Aber das .... das ist doch Unterschlagung von Beweismitteln!«

Sofia blickte ihre Freundin skeptisch an. »Ich glaube nicht, dass das ein Beweismittel ist. Die Akte zum Unfall liegt in Verbania. Die Polizei hat alles, was sie braucht.« Und genau deshalb war sie als Einzige auf Tommasos Notizen angewiesen: Commissario Ranieri teilte seine Ermittlungsergebnisse, seine Akteninhalte nicht mit ihr. »Es ist sowieso unlesbar«, sagte sie schließlich resigniert und schlug die erste Seite auf.

»Oh.« Auch Laura hatte wohl mehr erwartet. »Ist das irgendein Code?«, fragte sie. So weit war Sofia auch schon gewesen, also berichtete sie von ihren diesbezüglichen Recherchen.

»Na dann gehen mir auch die Ideen aus.« Laura warf

die Hände in die Luft. »Das Einzige, was dir noch bleibt, ist … Hast du mal versucht … na ja …« Sie nickte in Richtung des hölzernen Vorhangs, hinter dem sich Sofias Küche befand. »Vielleicht sagt dir dein Mokka, was Tommaso gemeint hat?«

Sofia lachte. »Soll ich den Kaffeesatz auch gleich nach den Lottozahlen von nächster Woche fragen?«

»Vielleicht ist es eine Geheimschrift!« Laura setzte sich aufrecht hin.

»Es ist ziemlich offensichtlich eine Geheimschrift«, gab Sofia zerknirscht zurück.

»Nein, nein, das meine ich nicht. Erinnerst du dich noch, als wir Kinder waren? Davide hat es uns gezeigt, was blöd war, weil ich eine Geheimschrift vor meinem Bruder gebraucht hätte. Aber es geht so: Wenn man mit Zitronensaft etwas schreibt, ist es unsichtbar. Wenn man das Papier dann jedoch an eine Flamme hält, erscheint plötzlich die Schrift.«

»Irgendwie kann ich mir Tommaso nicht mit Pinsel und Zitrone vorstellen.« Sofia kicherte. »Aber warum nicht. Ich würde sagen, probieren wir es aus!« Aus der Küche holte sie das lange Feuerzeug, mit dem sie den Gasherd anzündete.

»Vorsichtig.« Laura zog das Notizbuch näher zu sich. »Nicht, dass du es verbrennst.«

»Das würde ich in der Tat gerne vermeiden.« Um im Falle des Falles nicht das gesamte Notizbuch in Mitleidenschaft zu ziehen, trennte Sofia zunächst behutsam die erste Seite heraus. Dann drückte sie auf den Knopf des Feuerzeugs und führte das Papier langsam näher heran.

»Nichts.«

»Nun warte doch. Ein bisschen Geduld braucht es schon.«

»Immer noch nichts.«

Tatsächlich. Währenddessen fing eine Ecke des Blatts Feuer, das Sofia schnell auspustete. Ansonsten war nichts zu sehen. Keine Geheimschrift, die erschien. Kein weiterer Hinweis.

»Einen Versuch war's wert.« Schulterzuckend legte sie sowohl das Feuerzeug als auch das Notizbuch zur Seite. Sie hatte ohnehin nicht wirklich damit gerechnet, dass das die Lösung war. Insgeheim hatte sie es wohl aufgegeben, die Schrift in Tommasos Notizbuch irgendwann zu entziffern. Vielleicht war der Mörder doch in Turin zu finden, vielleicht hatte Gianlucas Schicksal nichts mit Corazzo zu tun und Sofia konnte bald wieder ruhig schlafen.

Laura jedoch verzog unzufrieden den Mund. »Wir brauchen weitere Buchstaben«, jammerte sie. »Das kann doch nicht das Ende sein, dass Tommaso sein Geheimnis mit ins Grab nimmt!«

Sofia, die sich gerade dem Siebträger ihrer Kaffeemaschine zugewandt hatte, um ihn zu reinigen, hielt in der Bewegung inne.

»Vielleicht hilft uns ein Ouija-Bord«, murmelte Laura.

»Was hast du gesagt?« Sofia legte den Siebträger hin und drehte sich wieder um.

»Dass wir die Toten befragen könnten?« Laura hob eine Augenbraue. »Mokkasatz, Ouija-Bord, du hast eine Gabe, nutze sie!«

»Das meine ich nicht, das andere.«

»Dass Tommaso tot ist?« Jetzt blickte Laura sie verwirrt an.

Doch Sofia blätterte schon im Notizbuch, angelte ihren Stift und den Block, mit dem sie Bestellungen bei mehr als drei Personen aufnahm. »Mehr Buchstaben«, sagte sie. »Wir brauchen mehr Buchstaben.«

Während Laura ihr verständnislos zusah, wie sie die Codes der ersten Seite auf den Block übertrug, erklärte sie, welche Idee sie gerade eben gehabt hatte. »Vielleicht ist das der Schlüssel: Die Buchstaben hier stehen nicht für andere Buchstaben, sie sind einfach nur die Hälfte der Buchstaben.«

»Die Hälfte der Buchstaben?«

»Die Hälfte der Buchstaben, um ein Wort zu ergeben. Kennst du Familie Hamdi?«

»Via Alpini 15.« Laura nickte.

»Sie kommen manchmal, um Kaffee zu trinken, und Yamina macht himmlische Baklava. Jedenfalls hat Signor Hamdi mir neulich meinen Namen auf Arabisch aufgeschrieben.« Sie suchte in ihrem Kellner-Portemonnaie nach einem Zettel, den sie bei den Zehn-Euro-Scheinen aufbewahrte. »Hier, das heißt Sofia, das ist das S.« Sie deutete auf das Zeichen ganz rechts. »Er hat alle Buchstaben aufgeschrieben und mir erklärt, welcher welcher ist. Das hier das O, hier das F, I und A. Aber er hat mir auch erzählt, dass man üblicherweise auf Arabisch nicht alle Buchstaben schreibt.«

Laura legte fragend den Kopf schräg.

»Kurze Vokale haben keinen eigenen Buchstaben. Man schreibt sie nicht. Man kennt die Wörter und kann sie sich hinzudenken. So, wie wenn wir zum Beispiel das hier sehen würden.« Sorgfältig schrieb sie CRZZO auf ihren Notizblock und drehte ihn so, dass Laura die Buchstaben lesen konnte.

Ihre Freundin nickte. »Corazzo. Ah!« Mit leuchtenden Augen zog sie das von Tommaso beschriebene Papier

zu sich. »Du meinst, das sind alles schon fertige Wörter? Und wir müssen einfach nur die fehlenden Buchstaben finden?«

*

Anita Palmieri hatte geweint, und Alessandro hatte daneben gesessen, zum Trost Worthülsen und Phrasen benutzt,
von denen sie beide wussten, dass sie nur leeres Geschwätz
waren. Schließlich hatte er sich verabschiedet.

In der Tür überlegte er es sich jedoch noch einmal anders.

»Darf ich vielleicht Ihr Auto sehen?«

Die Frage überraschte sie, aber sie holte sofort ihren
Schlüssel. Gemeinsam verließen sie die dunkle Wohnung,
und Alessandro atmete auf, als Licht durch das Hoftor in
den Flur drang. Ihre Absätze klapperten auf den glatten
Steinen des Innenhofs, und sie zuckte kurz zusammen, als
sie ihn zu einer Garage führte, die mehr einem Verschlag
glich. Um von hier aus auf die Straße zu fahren, musste sie
erst die großen Flügeltore öffnen und konnte dann zwischen den beiden Haushälften hinaus.

Nachdem sie auch das Garagentor geöffnet hatte, ein
Vorhängeschloss mit einer Zahlenkombination, drückte
sie auf den Autoschlüssel.

»Sie brauchen ihn nicht hinauszufahren.« Alessandro
drückte sich an die Garagenwand und tastete die Karos-
serie über den Reifen ab. Hinten rechts wurde er fündig.

»Ein Peilsender.« Er zeigte ihr das kleine schwarze Teil,
das er entfernt hatte. »Ein Gruß von Ihrem Ex-Freund.«

Sie wurde noch blasser, als sie ohnehin schon war, und
es tat Alessandro leid, dass er ihren Wunden noch eine
weitere hinzufügen musste. Als sie ihm zum Abschied

wortlos zunickte, hoffte er, dass sie die Sache heil überstehen würde. Er wollte nicht an einen Zug denken, der Gianlucas Vater überrollt hatte, an einen Zug, den auch Anita ganz klar schon vor Augen gesehen hatte.

Er würde mit Commissaria Amoretti sprechen, dass sie ein Auge auf die junge Frau warf. Und mit seiner Turiner Kollegin konnte er ohnehin gleich reden, dachte Alessandro, als er sich etwa eine Stunde nach ihrer vereinbarten Zeit erneut am Empfang der Questura anmeldete.

»Zu Commissaria Amoretti, bitte.«

Heute saß dort eine Beamtin um die fünfzig mit lockigen kurzen Haaren. Sie war nicht viel gesprächiger als ihr Kollege vom Vortag, blickte ihn aber neugierig an, als sie zum Telefon griff.

»Es geht um den Mordfall Viscardi«, sagte er und zeigte seinen Ausweis.

Es war deutlich zu merken, dass sie sich weitaus spannendere Theorien überlegt hatte, dennoch antwortete sie freundlich mit einem interessierten »Ah!«.

Nachdem sie ihr Gespräch mit der Commissaria beendet hatte, winkte sie ihn durch. »Sie sagt, Sie kennen sich aus.«

Alessandro bedankte sich und suchte seinen Weg durch die Flure, bis er bei der Squadra Omicidi, der Mordkommission, angekommen war. Commissaria Amoretti erwartete ihn in ihrem Büro, das kleiner, aber heller war als der Raum, in dem er am Vortag Pepe Viscardi befragt hatte.

Amoretti trug heute einen dunklen Lippenstift, der sie älter aussehen ließ, als sie war. Streng wirkte sie damit, doch als er eintrat, huschte die Andeutung eines Lächelns über ihr Gesicht, und er verbuchte das als kleinen Sieg für sich. Sie stand auf, deutete auf den kleinen Tisch, den man in die

Ecke gestellt hatte und der Platz für zwei Personen bot. Er wählte den Stuhl mit Blick auf die Tür.

»Caffè?«

Mit Schaudern dachte er an Viscardis Pappbecher zurück und lehnte ab. Die Commissaria goss zwei Gläser Wasser ein, legte einen Stapel Unterlagen daneben und setzte sich. »Sie haben heute schon mit Anita Palmieri gesprochen?« Auch wenn ihre Stimme am Satzende hochging, wirkte es nicht wie eine Frage. Sie wusste von seinem Besuch.

»Sie lassen sie beschatten?« Verwundert lehnte Alessandro sich in seinem Stuhl zurück.

»Seit gestern.« Aus dem Stapel Papiere zog sie zwei Fotos, unscharfe Aufnahmen einer Überwachungskamera, und das auch noch nachts. Viel zu erkennen war nicht, die schlanke Frau rechts im Bild, die sich an ihrer Handtasche festzuhalten schien, war jedoch eindeutig Anita Palmieri.

»Wo ist das?«

»Sie haben sich gestern für Viscardi und den Montagabend interessiert«, begann Commissaria Amoretti. »Daher haben meine Kollegen sich nach den Überwachungskameras der Bank gegenüber seinem Haus erkundigt. Das sind Aufnahmen von Montagabend, zweiundzwanzig Uhr drei.«

Was machte Gianlucas Verlobte vor dem Haus ihres Ex-Freundes? Ihres Ex-Freundes, der kurz zuvor noch ihren Verlobten tätlich angegriffen hatte?

»Und das sind die Aufnahmen von Montagabend, zweiundzwanzig Uhr sechs.« Das zweite Bild zeigte Anita Palmieri, wie sie im Haus verschwand.

»Sie war bei Viscardi? Einen Abend, bevor er sich auf den Weg nach Corazzo gemacht hat?« Alessandros Gedanken sprangen wie wild durcheinander. Was hatte das zu bedeuten?

Amoretti schürzte die Lippen. »Stellt sich die Frage, ob Viscardi Alleintäter war oder ob wir sie wegen Anstiftung belangen können.«

Irritiert schüttelte Alessandro den Kopf. Hier passte überhaupt nichts mehr zusammen. »Hatte sie ihn nicht angezeigt? Wegen Körperverletzung?«

Die Commissaria zog die Augenbrauen hoch. »Ranieri, wie oft werden diese Anzeigen zurückgenommen?«

In der Tat passierte es häufiger, als ihm lieb war, dass eine Frau zu ihrem gewalttätigen Partner zurückging und damit auch die Anzeige zurückzog – entweder, weil sie ihre Liebe trotz der Gewalt nicht einfach abstellen konnte und sich von ihm bezirzen ließ, dass er sich bessern würde, oder, und das waren die ganz schlimmen Fälle, aus Angst. Aus Angst um Leib und Leben, weil sie nicht glaubte, dass der Staat sie schützen konnte. Womit sie durchaus recht haben konnte, dachte er verbittert, über einhundert Morde an Frauen hatte es im letzten Jahr in Italien gegeben, fast alle waren im familiären Umfeld oder in einer (Ex-)Beziehung verübt worden. Frauen, die er, die die Polizei und der Staat, im Stich gelassen hatten. Auch wenn es weh tat, genau hinzuschauen, so wusste auch Alessandro als Polizist und Mann, dass die patriarchalen Strukturen in Italien tief verwurzelt waren und großen Schaden für Frauen anrichten konnten. Er vermutete, Antonia Amoretti wusste das alles viel besser als er. Deshalb räusperte er sich jetzt verlegen und nickte. Er hatte verstanden, was sie ihm sagen wollte.

»Anita Palmieri und Pepe Viscardi«, wiederholte er nachdenklich. Erneut musste er daran denken, dass Gianlucas Verlobte nicht mit ihm zusammengelebt hatte.

»Wir werden alles an die Staatsanwaltschaft übergeben, aber dort wurde uns schon signalisiert, dass sie sehr bald Anklage erheben werden.«

Erneut nickte Alessandro, das war nicht anders zu erwarten gewesen. Es gab zu viele Indizien und zu wenige Hinweise auf einen anderen Täter. »Danke, Commissaria, ich weiß Ihre Arbeit zu schätzen.«

Sie nickte, und wieder meinte er ein leichtes Lächeln zu sehen. »Trotzdem sind Sie der Meinung, Viscardi war es nicht«, sagte sie.

»Sie haben mich fast überzeugt.« Mit einem Augenzwinkern stand er auf, um sich zu verabschieden.

»Halten Sie mich trotzdem auf dem Laufenden«, sagte sie, und jetzt war ihr Lächeln breit und echt.

*

Sofia verfluchte ihre Siegesgewissheit. Einfach war die Aufgabe, in Tommasos Notizen Buchstaben einzufügen, leider überhaupt nicht. Am Abend hatten Laura und sie gerade einmal zehn unzusammenhängende Wörter mühsam entziffert, und Sofia war sich nicht einmal sicher, ob diese stimmten. Mit Antonios Unfall jedenfalls hatten sie nichts zu tun, es schien, um einen Diebstahl in Esio zu gehen.

»Mir tun die Augen weh«, stöhnte Laura. »Ich habe Hunger und Durst.«

Sofia lachte, obwohl sie das Gejammere ihrer Freundin verstehen konnte. Sie selbst war zunächst so beflügelt gewesen von der neuen Erkenntnis, wie sie Tommasos Notizen würden entziffern können, dass sie nicht einmal bemerkt hatte, wie die Zeit verflog. Inzwischen tat ihr der Nacken weh und vor ihren Augen flimmerten Buchstaben, wenn sie die Lider schloss. Außerdem spürte sie bei Lauras Worten, dass sie seit dem Vormittag nichts mehr gegessen hatte.

»Was hältst du von einer kleinen Ablenkung?«, fragte Laura.

»Damit meinst du einen Aperol Spritz?« Den man natürlich kaum auf leeren Magen trinken konnte.

»Nicht nur.« Dann schürzte Laura die Lippen und fügte beiläufig hinzu: »Es ist immer noch so warm, wir könnten am Orrido di Sant'Anna baden gehen.« Der Orrido di Sant'Anna war eine Schlucht, nur wenige Kilometer oberhalb der Stelle, an der in Cannobio der Fluss Cannobino in den Lago Maggiore mündete. Im Laufe der Jahrhunderte hatte sich das Wasser seinen Weg durch die Berge gebahnt und die Klamm geformt, die man heute von einer steinernen Brücke aus betrachten konnte. Neben der hellen, der Heiligen Anna gewidmeten Kirche war der Ort das perfekte Zusammenspiel von Natur und Kultur. Grüne Bäume, die steinerne Schlucht, das tosende Wasser, das schließlich in einer flachen Lagune mündete, in der man baden konnte. Sofia liebte den Orrido di Sant'Anna, und praktischerweise gab es außerdem noch ein Restaurant in der Nähe, in dem man vorzüglich essen konnte. Laura wusste genau, welche Argumente Sofia überzeugten.

»Aber ein ganzer Abend?« Der Gedanke an Tommasos Notizblock und wie viel Arbeit noch vor ihr lag, ließ sie zögern. Ausgerechnet jetzt, wo die Entzifferung zum Greifen nah lag.

Doch Laura warf einen kritischen Blick auf ihr bisheriges Ergebnis. »Du wirst noch so lange brauchen, zwei Stunden Pause fallen da auch nicht ins Gewicht.« Sie hob ihren Zeigefinger. »Etwas essen musst du sowieso!«

»Bewegung brauche ich auch.« Sofia rollte ihre Schultern und spürte die Verspannungen, die sich in den letzten Stunden gebildet hatten.

»Na, siehst du. Wir nehmen dein Auto. Ich trinke Aperol.« Triumphierend schnappte Laura sich ihre Handtasche.

16. KAPITEL: EIN ABGESCHLOSSENER MORDFALL

»Der Fall ist also gelöst.« Freudestrahlend stand der Questore vor Alessandros Schreibtisch. Guzzo hatte sich hinter ihm aufgebaut und wirkte unzufrieden. Alessandro hatte den Eindruck, seine Mundwinkel hingen heute noch mehr als sonst. Die Finger in die Gürtelschlaufen gehängt, blickte der Forensiker sich missmutig um. »Alles Weitere übernehmen die Kollegen in Turin«, schnaubte er. »Gut genug, um die Proben zu nehmen, bin ich, jetzt dürfen die Experten in der Hauptstadt ran.« Er hatte offenbar ein eigenes Hühnchen zu rupfen.

Alessandro war es im Prinzip egal, wer den Fall bearbeitete, ihm wäre es nur wichtig, *dass* ihn jemand weiterbearbeitete.

»Animositäten hin oder her, der Bürgermeister ist entzückt, dass die Sache so einen glücklichen Ausgang genommen hat«, sagte der Questore.

Ob er irgendetwas in einem Mordfall als »glücklich« bezeichnen würde, bezweifelte Alessandro, es war dennoch klar, was sein Vorgesetzter meinte. Gleich am Morgen war von der Staatsanwaltschaft Anklage erhoben worden, die ersten Zeitungen hatten es bereits als Online-Meldung gebracht. Der Fall war, was die polizeilichen Ermittlungen anging, abgeschlossen. Seiner Meinung nach verfrüht, aber er war nicht derjenige, der diese Entscheidungen traf.

»Wunderbar, wunderbar«, schwärmte der Questore weiter. »Dann können Sie sich jetzt anderen Dingen widmen, Ranieri. Wir haben eine Tätlichkeit auf der Piazza Don Minzoni, gestern Abend ist dort ein Tourist überfallen worden. Der Bürgermeister wünscht ...«

»Eine schnelle Aufklärung«, vervollständigte Alessandro seinen Satz und konnte sich gerade noch zurückhalten, genervt die Augen zu rollen.

Guzzo hinter dem Rücken des Questore verzog abschätzig den Mund. »Eine Tätlichkeit«, meckerte er. »Statt einen Mordfall zu bearbeiten, darf ich Fingerabdrücke bei einer Kneipenschlägerei nehmen.«

Beinahe hatte Alessandro Mitleid mit dem Questore, der Forensiker machte es ihm nicht einfach. »Ich kümmere mich sofort darum, wenn ich aus Corazzo zurück bin«, sagte er und stand auf.

»Corazzo? Aber ...« Der Questore blickte irritiert, während Guzzos Mundwinkel sich plötzlich nach oben bewegten. »Was wollen Sie in Corazzo?«

»Damit ich den Fall abschließen und zu den Akten legen kann, natürlich.« Ohne seinen Chef oder Guzzo eines weiteren Blickes zu würdigen, schnappte Alessandro sich seine Sonnenbrille und verließ das Büro.

*

Sofia hatte den Ausflug am Vortag nicht bereut. Selbst heute Morgen fühlte sie sich noch herrlich erfrischt. Laura hatte sich zwar geweigert, mehr als die Füße ins kalte Wasser zu setzen, aber Sofia hatte es geliebt, sich im Fluss zu aalen, und schnell bemerkt, wie die Verspannungen in ihrem Rücken sich lösten. In der Abendsonne hatten sie etwas auf den Steinen gedöst, bevor sie schließlich ins Restaurant gegangen waren. Sofia hatte Calamari vom Grill gewählt und jeden einzelnen Bissen genossen. Wie man diese Köstlichkeit frittieren konnte, erschloss sich ihr nicht. Mit Knoblauch, Kräutern und Zitrone gegrillt brauchte sie keine Beilage, die Calamari allein waren geschmackvoll genug.

Laura hatte ein wenig mit zwei jungen Männern geflirtet, die ebenfalls am Bach gewesen waren, um zu baden. Mehr als nur einmal hatte sie versucht, Sofia zum Mitmachen zu bewegen. »Ich verstehe dich nicht. Der Größere ist genau dein Typ«, hatte sie später beim Abendessen kopfschüttelnd gesagt. »Den Commissario willst du nicht, einen anderen willst du auch nicht.«

»Ich habe im Moment einfach zu viel im Kopf«, war Sofias Antwort gewesen, bei der sie nicht einmal gelogen hatte. Ob es jedoch der Mord an Gianluca und Tommasos Notizbuch war, was sie so sehr beschäftigte, dass sie nicht viel mehr als ein unverbindliches Geplänkel zustande brachte, oder doch eher der gewisse Commissario, das wollte sie nicht einmal selbst so genau beleuchten. Als sie wiederum Laura nach Tino oder Matteo gefragt hatte, wollte diese plötzlich das Thema wechseln und nicht mehr über Männer sprechen.

»Aber wo wir gerade über Liebe reden, ich habe aufregende Neuigkeiten!« Im Restaurant hatte Laura sich verschwörerisch vorgebeugt. »Ich glaube, Massimo macht Eleonora schöne Augen.«

»Nein!« Das waren in der Tat einschlagende Neuigkeiten, dachte Sofia.

»Er schreibt ihr Briefe. Zuerst habe ich mir nichts dabei gedacht, der erste kam vor drei Wochen«, erzählte Laura.

»Aber seitdem regelmäßig, jeden Donnerstag, einen Brief an Eleonora.«

Sofia überlegte. War ihr neulich etwas aufgefallen? Ein Blick von Massimo, der länger als gewöhnlich am Tisch der drei Damen geklebt hatte? Ein besonders fröhlicher Guten-Morgen-Gruß in ihre Richtung? Sie würde in nächster Zeit sicher darauf achten. Aber warum auch nicht? Eleonora war eine kluge, empathische Frau, sie war die Witwe eines seiner besten Freunde, und Massimo selbst war ebenfalls verwitwet, wenn auch deutlich länger als Eleonora. »Sie wird Zeit brauchen«, sagte sie. »Mindestens ein Jahr, wenn nicht länger.«

Laura schürzte die Lippen. »Vielleicht sollte sie sich einen Ruck geben. Allzu viel Zeit haben beide nicht mehr zu verlieren, in ihrem Alter.«

»Laura!«

»Ist doch wahr. Wenn sie ihre Gesellschaft noch genießen wollen ...«

»Sie war über vierzig Jahre mit Tommaso verheiratet«, warf Sofia ein. »Das kann man nicht in wenigen Monaten überwinden. Aber vielleicht reicht es fürs Erste ja schon, dass er sie umwirbt. Vielleicht gibt es ihrem Leben wieder etwas Leichtigkeit, vielleicht kann sie auch die schönen Seiten wieder sehen.« Es würde Sofia für sie freuen.

Laura, die sich die letzte Gabel Pizza in den Mund schob, nickte nachdenklich. »Mit wem wohl unsere Mütter flirten würden?«, fragte sie. Doch beide waren sich sofort einig, dass sie über dieses Gedankenspiel nicht länger brüten wollten, und so hatten sie schnell das Essen gelobt und waren zu anderen Themen übergegangen.

Der Abend hatte Sofia gutgetan, und vielleicht war es gar nicht so schlecht gewesen, den Kopf freizukriegen. So konnte sie sich nun mit frischen Ideen erneut an Tommasos Code heranwagen.

»Sag mir Bescheid, wenn du etwas herausfindest«, waren Lauras Worte zum Abschied gewesen. Außerdem hatte sie versprochen, in den nächsten Tagen erneut vorbeizuschauen, um ihr beim Entziffern zu helfen.

Jetzt stand Sofia in der Küche und rollte den Teig für die Agnolotti, die sie heute zum Mittagessen anbieten würde, in zwei Bahnen auf dem großen Holzbrett aus. Die frischen Nudeltaschen würde sie mit einer Mischung aus verschiedenen Fleischsorten füllen, die sie zunächst mit Zwiebeln, Kräutern und etwas Weißwein angebraten hatte. Spinat, Parmesan und Ei untergemischt, gab sie die Füllmasse in regelmäßigen Abständen auf den ausgerollten Teig. Dann bedeckte sie alles mit der zweiten Bahn Nudelteig, drückte ihn vorsichtig an und stach zum Schluss kleine Rechtecke aus. Später würde sie die Agnolotti nur noch wenige Minuten in Salzwasser garen und anschließend in einer Pfanne mit Butter und Salbei schwenken.

Die ruhige Arbeit der Nudelherstellung ließ ihre Gedanken wieder zu Tommaso schweifen.

Sie wusch sich die bemehlten Hände, streifte die Schürze ab und eilte zurück an die Theke, wo das Büchlein und ihre Notizen ausgebreitet lagen. Wenn sie etwas herausbekommen wollte, brauchte sie ein System. Hatte Tommaso eines gehabt? Mit Sicherheit, das bewies allein der Code.

So beschäftigt war sie mit diesen Fragen, dass sie den Gast erst bemerkte, als er schon vor ihr stand und sich räusperte.

»Commissario Ranieri!« Erfreut lächelte sie den Beamten an und schob ihre Unterlagen schnell zur Seite. Auch wenn sie es nicht eingestehen wollte, sein Besuch hob urplötzlich ihre Laune.

»Buchhaltung?«, fragte er. »Das erinnert mich daran, dass ich auch noch meine Steuererklärung machen muss.«

»Oje. Zum Trost hätte ich heute Mittag hausgemachte Agnolotti anzubieten.«

Er warf einen Blick auf die Uhr. »Die nächsten zwei Stunden werden Sie mich nicht mehr los.«

»In der Zwischenzeit einen Caffè?« Lachend drehte sie sich zur Kaffeemaschine. Als sie ihm seinen doppelten Espresso hinstellte, fragte sie: »War Ihr Besuch in Turin erfolgreich?«

Er schürzte die Lippen. »Teils, teils.«

Offenbar würde sie wieder keine Informationen bekommen. Es war verständlich, sie bedauerte es aber dennoch. Doch der Commissario überraschte sie plötzlich: »Die Staatsanwaltschaft hat heute Früh Anklage erhoben. Der Ex-Freund hatte ein Motiv und die Gelegenheit. Außerdem gibt es Fingerabdrücke an Gianlucas Auto.«

»Dann ist der Fall gelöst?«, fragte Sofia. »Sie sehen nicht so zufrieden aus.«

»Nein, nein, der Questore hat ihn zu den Akten gelegt.«

»Aber?« Wieder einmal konnte sie das Wort hören, bevor er es aussprach.

»Wissen Sie, Sofia«, er legte die Hände auf die Theke, »ich habe in meiner Laufbahn bei der Polizei schon so einige Mörder kennengelernt. Und Viscardi …« Kopfschüttelnd brach er ab.

»Sie glauben nicht, dass er zu einem Mord fähig ist?«

»O doch, absolut. Bei diesem Mann braucht es nur einen winzigen Funken und er explodiert. Dann schlägt er jemanden zusammen, bis der sich nicht mehr rührt. Aber genau das ist der Punkt.« Er blickte sie an. »Wenn er Gianluca ermordet hätte, dann hätte er ihm wutentbrannt am helllichten Tag auf der Piazza Mercato den Schädel eingeschlagen.«

Sofia verstand. »Aber er hätte keinen Plan entwickelt, um ihn zum Sacro Monte zu locken und dort hinterrücks zu überfallen«, ergänzte sie.

»Es passt einfach nicht zu ihm.« Ranieri schüttelte den Kopf. »Der Questore und die Kollegin in Turin sind jedenfalls von seiner Schuld überzeugt, die Staatsanwaltschaft ebenfalls. Wenn jetzt niemand etwas unternimmt, wird Viscardi vor Gericht gestellt und höchstwahrscheinlich verurteilt werden. Was ich nicht einmal besonders schlimm fände.«

Sofia hatte schon gehört, dass der Mann nicht nur wegen einer Kneipenschlägerei verurteilt worden war, sondern auch seiner Ex-Freundin Gewalt angetan hatte.

»Glauben Sie denn, Sie finden den wahren Täter noch? Hier in Corazzo?« Die ganzen Schuldgefühle des Dorfes, wie einfach wäre es, wenn sich alles in Luft auflösen würde! Aber dennoch blieb die Frage: Wo kamen die Schuldgefühle eigentlich her? Wenn weder der Unfall noch der Mord mit Corazzo zu tun hatten?

Er zögerte. »Ich habe eine Frage«, sagte er dann. »Gianluca soll Besuch gehabt haben von einer alten Frau. Können Sie sich vorstellen, wer das gewesen sein könnte?«

Das konnte Sofia in der Tat nicht. Überrascht blickte sie ihn an, überlegte, doch schließlich musste sie den Kopf schütteln. »Vorgestern waren Beamte hier im Ort«, sagte sie dann. »Haben nach Ihrem Verdächtigen gefragt.« Zumindest nahm sie an, dass es sich bei dem Mann auf dem Foto um den Festgenommenen Ex-Freund gehandelt hatte. »Schicken Sie sie doch noch einmal los, um alle älteren Damen in Corazzo zu befragen.«

Er lachte auf, bevor er gestehen musste, dass das nicht so einfach war. »Der Fall ist abgeschlossen, wissen Sie noch? Da erlaubt mir niemand weitere Ermittlungen.«

»*Che peccato!*« Wie schade.

»Aber ich will nicht nur meckern. Der abgeschlossene Fall hat auch Vorteile.« Das bei den letzten Sätzen so ernste Gespräch wurde plötzlich leichter. Ranieri lächelte, beugte sich etwas vor und blickte sie aufmerksam an.

»Vorteile?«, fragte Sofia.

»Mmh.« Er nickte. »Wenn ich keinen Fall mehr habe, sind Sie auch keine Zeugin mehr.«

»Oh.« Meinte er damit …?

»Was haben Sie denn heute Abend vor?«

Er meinte. Nicht nur, um ihn zu necken, sondern auch, um ihren Herzschlag zu beruhigen, der sich mit seinen Worten beschleunigt hatte, tat sie so, als müsste sie darüber nachdenken. »Mal sehen«, überlegte sie. »Ich muss die Zeitschriften sortieren.« Sie deutete auf den Stapel Magazine am Ende der Theke. »Außerdem soll es eine neue Serie auf Netflix geben. Und das Mittagsmenü für die nächsten Tage habe ich auch noch nicht festgelegt.«

Erneut grinste er, und wieder fiel ihr auf, wie ausnehmend gut ihm das stand.

»Ich hole Sie um acht Uhr ab«, sagte er. »Die Zeitschriften müssen bis morgen warten.«

Sie schürzte die Lippen. »Unter einer Bedingung.«

»Welche?«

»Wir sagen ab jetzt Du zueinander.«

*

Sofia stellte ihrer besten Freundin eine Tasse Espresso hin und schob die Zuckerdose zu ihr hinüber. Laura saß an der Theke, wippte mit dem Fuß zu den Takten eines amerikanischen Hip-Hop-Songs, der im Radio lief, und sortierte die Post, während sie Sofia zuhörte, als sie von Commissario Ranieris Besuch erzählte. Das Einzige, was Sofia ausließ, war seine Frage nach einem Date. Weshalb, konnte sie nicht einmal genau sagen, normalerweise erzählte sie Laura alles. Doch aus irgendeinem Grund wollte sie diese Information noch ein wenig für sich behalten, wollte das Glücksgefühl noch ein bisschen bei sich behalten. Laura würde es früh genug erfahren. Stattdessen erzählte sie ihrer Freundin, was Ranieri – nein, Alessandro, sie duzten sich ja jetzt – ihr über den Fall berichtet hatte. »Welche alte Frau könnte Gianluca in der Pension besucht haben?«, schloss sie ihre Ausführungen. Ihr fielen als Erstes Rosa, Rebecca und Eleonora ein, doch was hätten sie bei ihm gewollt? Was war ihr Motiv? Und was genau bedeutete älter? Vielleicht hatte auch einfach Clara ihren Gast nach seiner Zufriedenheit gefragt. Sofia rieb sich die Stirn, während sie nachdachte. Laura schien ihr nicht einmal zugehört zu haben.

»Davide mal wieder«, sagte sie und zog die Nase kraus. »Vanessa zweimal. Ooooh meinst du, das sind schon die Antworten auf die Universitäten?« Neugierig versuchte sie, durch den Umschlag einen Blick auf den Inhalt der Briefe zu erhaschen. »Hast du einen Wasserkocher? Mit dem Dampf können wir den Klebstoff lösen, der …«

»Untersteh dich.« Sofia nahm die Briefe an sich. »Was ist immer mit dir und deinem Bruder?«, murmelte sie. »Davide ist doch ein netter Kerl.«

»Wenn man nicht mit ihm verwandt ist, vielleicht.« Laura schnaubte aufgebracht. »Zehn«, sagte sie plötzlich.

»Zehn, was?«

»Zehn Frauen über siebzig. Corazzo mag nur knapp fünfhundert Einwohner zählen, aber so viele fallen mir auf

Anhieb ein, und wenn ich noch ein bisschen nachdenke, werden es noch einmal so viele.« Offensichtlich hatte sie ihr doch zugehört. Laura löffelte Zucker in ihren Caffè.

»Wenn du möchtest, kann ich dir die Namen alphabetisch aus dem Telefonbuch heraussuchen.«

Sofia überlegte. Aber konnte sie die alle befragen? Wie sollte sie das anstellen? Und was sollte sie sagen? Würde die alte Dame über ihr Gespräch mit Gianluca reden wollen, hätte sie sich schon längst bei der Polizei gemeldet.

»Was wollte die Signora denn bei ihm in der Pension?«, fragte Laura jetzt.

»Das weiß der Commissario nicht.«

»Äußerst unpraktisch.« Laura zog die Nase kraus. »Wenn er eine neue Frisur wollte, würde ich ja sagen, es war deine Mutter.«

»Wenn ich ihr sage, dass du sie als ältere Dame bezeichnest, bekommst du nie wieder einen Haarschnitt. Hausverbot im Salon Dalmasso.«

»Zu Recht«, gab Laura zu. »Wie willst du denn herausfinden, wer es war? Clara hat ja keine Videokamera.«

»Du hast recht. Ich glaube, ich konzentriere mich lieber auf Tommasos Notizen«, sagte Sofia seufzend.

»Vor allem solltest du dich auf deine Kekse konzentrieren.« Laura deutete auf das Glas auf der Theke. »Die Baci sind schon wieder beinahe aus.«

Sofia winkte ab. »Ich habe neue im Ofen. Ach du liebes bisschen«, schreckte sie auf. »Ich habe Kekse im Ofen!«

»Du *hattest* Kekse im Ofen«, kommentierte Laura zwei Minuten später lapidar, während Sofia alle Fenster aufriss und versuchte, den Rauch so gut es ging, aus der Küche zu wedeln. »Du *hast* Briketts im Ofen.«

»*Che cazzo!* So ein Mist«, schimpfte Sofia.

»Zumindest wird dir heute Nachmittag nicht langweilig.«

»Richtig, ich weiß sowieso nicht, was ich mit meiner Zeit sonst anfangen sollte.« Glücklicherweise hatte sie noch genug Haselnüsse übrig, um heute ein zweites Mal zu backen.

»Ich muss auch noch zum Bauernhof«, sagte Laura schulterzuckend. Sie mopste sich noch einen Keks, der nicht ganz so verbrannt aussah wie die anderen, und verabschiedete sich, während Sofia den Rest der schwarz gewordenen Baci di Dama in den Müll warf.

*

Gerade hatte Sofia die nächste Portion Haselnüsse geröstet, da betrat Rosa ihr Café. Ausnahmsweise allein blickte die ältere Dame sich um, schürzte die Lippen und fragte dann: »Kannst du mir heute vielleicht einen Mokka kochen?« Bei den letzten Worten senkte sie ihre Stimme. Rosa war keine regelmäßige Kundin, doch alle paar Monate kam sie vorbei, um sich den Kaffeesatz lesen zu lassen. Immer wenn etwas Großes anstand wie die Hochzeit ihres Sohnes oder die Geburt eines Enkels, und so lächelte Sofia, verstaute ihr Portemonnaie in der abschließbaren Schublade hinter der Theke und ging durch den Vorhang hindurch in ihre Küche. Es duftete nach den Haselnüssen, die sie eben aus dem Ofen geholt hatte. Meist stellte sie für die Baci di Dama ihre eigene Nougatcreme her, sie mochte es, jede einzelne Zutat in der Hand gehabt zu haben. Angenehmer war es natürlich, nicht zweimal am selben Tag die gleiche Prozedur zu wiederholen. Diesmal hatte sie sich einen Wecker gestellt, damit nichts anbrannte.

»Köstlich«, murmelte Rosa, und Sofia bot ihr einen

der wenigen übrig gebliebenen Kekse an. Anschließend schraubte sie die Mokkakanne auf, löffelte Kaffeepulver hinein, das sie mit Wasser aufgoss, und zündete den Herd an. Während der Kaffee vor sich hin köchelte, gönnte sie sich den allerletzten Bacio.

»Gibt es Neuigkeiten?«, fragte sie Rosa dann.

Die Signora seufzte, platzierte umständlich ihre Handtasche auf dem freien Stuhl neben sich und glättete ihr geblümtes Kleid. »Ich weiß, ich komme selten«, sagte sie und rutschte etwas weiter nach vorn. »Es ist auch nichts … Ich kann dir nicht … Dieses Mal gibt es keinen Grund«, plapperte sie nervös. Dabei blickte sie in der Küche umher, von den getrockneten Chilischoten zum Basilikum auf der Fensterbank, vom Regal, auf dem die großen mit Nudeln gefüllten Gläser standen, zur Arbeitsfläche mit dem Backbrett, bis ihr Blick schließlich wie hypnotisiert an der silbernen Kanne auf dem Gasherd hängen blieb.

Sofia legte den Kopf leicht schräg und betrachtete die ältere Dame mit den kurz geschnittenen Haaren, die sie im Gegensatz zu ihrer Freundin Eleonora dunkel färbte. Kastanie, wie die Früchte des Baums vor ihrem Café, nur eine Nuance heller als ihre eigenen Haare, dachte Sofia. Rosa wirkte unruhig, wie sie die Füße in den flachen offenen Schuhen übereinander- und wieder auseinanderfaltete. Nein, ihr Besuch hatte sehr wohl einen Grund, da war Sofia sich sicher. Sie schien schlecht geschlafen zu haben, ihre Augen wirkten müde, und Wasserablagerungen in den Fingern wölbten sich um ihren Ehering. Eine alte Dame war bei Gianluca gewesen, spätabends, in Claras Pension, und hatte mit ihm gesprochen. Etwas zu sehr in Gedanken, beachtete Sofia den Herd nicht, als der Mokka beinahe überkochte, drehte sie schnell das Gas ab.

»*Allora*, also dann«, sagte sie fröhlich, setzte sich Rosa gegenüber und schenkte ein. Selbst nahm sie ein Glas Aprikosensaft, um der Signora Gesellschaft zu leisten, die langsam und bedächtig, Schluck für Schluck, ihren Kaffee trank.

»Warst du in letzter Zeit bei Clara?«, fragte sie so beiläufig wie möglich.

»Ich habe sie auf dem Markt in Intra getroffen.«

»Und in ihrer Pension? Ich dachte, Clara hätte so etwas gesagt.« Sofia blickte zur Seite, als sie Rosa anlog. »Als dieser Fremde bei ihr war, der … Tote.«

»Das hat Clara gesagt?« Völlige Verblüffung stand der Signora ins Gesicht geschrieben. Nein, dachte Sofia, so eine gute Schauspielerin war Rosa nicht.

»Vielleicht habe ich es verwechselt.« Sofia lächelte freundlich, als Rosa ihre Tasse zu ihr schob. Ihre Finger zitterten leicht. Sofia hoffte, sie würde der alten Frau ihre Sorgen nehmen können. Mit Schwung stürzte sie den Satz auf die Untertasse und atmete innerlich auf. Keine dunklen Zeichen, keine düsteren Vorahnungen. Sie konnte einen Baum erkennen, der für Gesundheit stand, am Tellerrand, was auf die Zukunft hinwies, und Sofia freute sich, dass Rosa ihr wohl noch lange erhalten bleiben würde. Es war also doch keine Krankheit. Auch die anderen Zeichen bedeuteten Harmonie, es gab also keine besonderen Ereignisse, weder im Positiven noch im Negativen. »Harmlos« war das richtige Wort, und harmlos war genau das, was Sofia – und Rosa – jetzt brauchten. Und so berichtete sie Rosa von einem zufriedenen Leben, einer Zukunft ohne Krankheit oder Geldsorgen. Sie spürte, wie sich die Signora immer mehr entspannte, bis die gefalteten Hände nicht mehr krampfhaft ineinandergriffen. Sie hatte Angst gehabt, Angst vor etwas, das sie wohl selbst nicht benennen konnte. Ob es mit dem toten Gianluca zusammenhing? Sofia wollte nicht spekulieren. Es konnte auch ein bevorstehender Arzttermin sein, ihr war nicht entgangen, dass Raffaele in letzter Zeit schwerfälliger von seinem Stuhl aufstand als noch vor ein paar Monaten.

Schließlich lächelte Sofia, beugte sich etwas vor und flüsterte verschwörerisch: »Und jetzt verrate ich dir noch ein Geheimnis. Obwohl es eigentlich kein Geheimnis ist, nein, jeder mit zwei gesunden Augen kann es sehen: Dein Raffaele vergöttert dich.«

Überrascht lachte Rosa auf. »Der alte Esel«, murmelte sie dann liebevoll, und Sofia hatte den Eindruck, dass ihre Wangen sich ganz leicht röteten.

»Störrisch ist er wirklich«, musste sie der alten Dame zustimmen. »Beinahe solch ein Dickkopf wie Garibaldi.«

»Und einen mindestens ebenso großen Appetit hat er. Nur nicht auf Äpfel«, fügte sie hinzu.

»Ich bin mir allerdings sicher, Garibaldi würde ebensolche Mengen Haselnusstorte verschlingen, wenn Clara ihn nur ließe.«

Amüsiert schüttelte Rosa ihre kurzen Locken, dann wurde ihr Blick etwas ernster und vor allem neugierig. »Was hört man denn für Gerüchte über dich und den Commissario?«, fragte sie.

Sofia schnalzte mit der Zunge. »Ich bin Zeugin bei seiner Ermittlung gewesen, das ist alles.« So ganz die Wahrheit war das nicht, aber das ging weder Rosa etwas an noch die Person, die solche Gerüchte in die Welt setzte. »Und sag Laura schöne Grüße, wenn sie dir das nächste Mal die Post bringt.«

»Was hat sie verraten?« Rosa wirkte zerknirscht.

»Ich kenne sie einfach nur zu gut.« Sofia wusste, dass Laura es gut meinte – sie meinte es immer gut. Aber hin und wieder wäre es wahrscheinlich besser, wenn sie sich etwas weniger in das Leben und das Liebesleben anderer Menschen einmischen würde.

»Ich hätte es mir eigentlich denken können«, gab Sofia nun zu.

Rosa verdrehte die Augen, als wollte sie sagen, dass das jawohl offensichtlich sei, und erneut mussten sie beide lachen.

Schließlich stand Rosa auf, seufzte zufrieden und drückte Sofia einen Schein in die Hand, der deutlich größer war, als der Mokka sie gekostet hatte. »Damit du dir auch mal etwas leisten kannst, *ragazza*«, sagte sie, als Sofia protestierte. »Du arbeitest zu viel, du brauchst auch mal eine Pause.«

Sofia warf ihren Zopf über die Schulter zurück. »Nicht zu viel und nicht zu wenig«, entgegnete sie das, was Nonna Valerija in diesen Fällen immer gesagt hatte. Und tatsächlich empfand sie es auch so: Die Stunden in der Küche, in der sie in aller Ruhe den Teig vorbereiten konnte, das Adrenalin, das sie während einer Rushhour durchströmte, wenn die Gäste sich zu Mittag die Klinke in die Hand gaben, und die ruhigen Nachmittage, wenn die Sonne schon tief stand und sich kaum ein Tourist noch hierher nach Corazzo verirrte.

»Außerdem habe ich ja Vanessa«, fügte sie hinzu. Das Mädchen war ihr wirklich eine Hilfe und hatte sich jeden Bonus, den Sofia ihr gern zahlte, redlich verdient.

»Sie hat Geschäftssinn.« Rosa nickte beeindruckt. »Neulich hat sie Raffaele zu Biscotti morbidi alle mandorle überredet, obwohl er Mandeln nicht ausstehen kann. Dann hatte ich eben Glück, als er sie nach Hause gebracht hat.« Zufrieden nickte sie, und als die Signora sich kurz darauf verabschiedete, war nichts mehr von der Nervosität zu spüren, die sie anfangs begleitet hatte. Sofia blickte ihr lächelnd hinterher, als sie beschwingt die Straße hinunterlief.

*

Wie als Teenager hatte Sofia fast eine Stunde vor dem Spiegel verbracht, bis sie entnervt aufgegeben hatte. Stattdessen hatte sie eine andere Idee.

»Mamma, ich brauche deine Hilfe.« Sie betrat den Friseursalon von Giulia Dalmasso, in dem gerade eine Kundin Locken aufgedreht bekam. Der Raum war nicht groß, er bot gerade genug Platz für drei Stühle, ein Waschbecken, zwei große Spiegel und das Porträt von Maria Antonietta Macciocchi.

Sofia grüßte die Kundin, Signora Hamdi, und wandte sich wieder ihrer Mutter zu, die, das Telefon zwischen Ohr und Schulter geklemmt, in irgendeiner Warteschleife zu stecken schien, denn sie sagte kein Wort, was bei einem Telefongespräch mit Giulia Dalmasso schlicht unmöglich wäre.

»Ich möchte gern was anderes.« Sie hielt ihren Zopf in die Höhe.

»Hast du ein Date?« Der Tag, an dem ihre Mutter nicht sofort diese Schlussfolgerung ziehen würde, musste erst noch kommen.

»Nein«, log Sofia. »Also, hast du eine Idee? Vielleicht hochstecken? Aber nicht zu festlich.«

»Hochstecken ist wunderbar, du hast so einen schönen schlanken Hals«, mischte sich Signora Hamdi ein.

»Da hat sie recht«, stimmte Giulia zu und bugsierte Sofia auf einen der wenigen Friseurstühle. »Muss ich denn zu einer bestimmten Uhrzeit fertig sein?«, fragte sie dann unschuldig. »So gegen acht Uhr zum Beispiel?«

Vermutlich würde ihre Mutter am Abend Aurora Perlino brühwarm erzählen, dass Sofia mit einem Mann ausgegangen war. Diese wiederum würde sofort Laura anrufen. Sofia seufzte, sie hätte es vorher wissen müssen. Jetzt war jedoch ohnehin nichts mehr zu machen. Sie schloss die Augen und ließ ihre Mutter arbeiten. Keine Viertelstunde später verabschiedete sie sich von Giulia und Signora Hamdi und verließ den Salon mit einer schlichten Hochsteckfrisur.

Als es eine halbe Stunde später an ihrer Wohnungstür klingelte, drehte sie sich ein letztes Mal vor dem Spiegel. Das helle Sommerkleid schwang leicht und luftig um ihre Beine. Sie schnappte sich ihre Handtasche und öffnete.

»*Bellissima!*« Er begrüßte sie mit Küsschen auf die Wangen und murmelte dabei noch einmal »Du siehst toll aus« in ihr Ohr.

Wieder dieses dumme Herzklopfen, schalt sie sich. Ranieri selbst – Alessandro, korrigierte sie sich schnell – sah ebenfalls wirklich gut aus. Zur Feier des Tages hatte er sein hellblaues Hemd gegen ein blütenweißes ausgetauscht, bei dem seine gebräunte Haut besonders gut zur Geltung kam.

Eine feine Kette, sicher mit einem Kreuz daran, verschwand im Ausschnitt des Hemdes, dessen oberste Knöpfe er geöffnet hatte.

»Wo gehen wir denn hin?«, fragte Sofia neugierig. Alessandro hatte gleich vor ihrem Haus geparkt, in zweiter Reihe hinter einem SUV, dessen Fahrer wütend hupte, weil er natürlich genau in diesem Moment rausfahren wollte. Ein SUV war ohnehin nicht die beste Wahl, dachte Sofia. Einige Straßen in Corazzo waren so eng, dass sie gerade eben so mit ihrem kleinen Fiat hindurchpasste.

Schulterzuckend öffnete Alessandro für sie die Beifahrertür und schenkte dem SUV-Fahrer keinen einzigen Blick, als er um das Auto herumging, um selbst einzusteigen.

»*Stronzo!*«, schimpfte der SUV-Fahrer, der dafür extra seine Scheibe heruntergelassen hatte.

»Polizei!«, rief Alessandro zurück. »Sondereinsatz.«

»Sondereinsatz?«, fragte Sofia amüsiert, als er den Motor startete.

»Mein wichtigster Auftrag heute. Dich zum Essen ausführen.«

»Apropos. Du hast meine Frage noch gar nicht beantwortet. Wo geht es hin?«

»Ich dachte, du kannst hellsehen? Lass dich überraschen.« Er zwinkerte ihr zu und drückte aufs Gaspedal.

Gespannt ließ Sofia sich in den Sitz zurücksinken, genoss seine Anwesenheit und das leichte Kribbeln in ihrem Bauch.

Die Fahrt führte sie zunächst den Berg hinunter. Sie passierten die Ruine einer verlassenen Kapelle. Immer wieder blitzte das Blau des Sees unter ihnen auf.

»Ich dachte immer, das Piemont besteht rein aus Weinbergen«, sagte Alessandro. »Aber dann bin ich nach Verbania gezogen und habe die Alpen und die Wälder kennengelernt.«

»Den Wein wissen wir hier ebenfalls zu schätzen«, sagte Sofia. »Am Sacro Monte di Ghiffa sind noch Reben zu finden.«

»Und Haselnussbäume. Ich habe mich informiert.« Er warf ihr einen amüsierten Blick zu, bevor er wieder auf die Straße sah. Als sie das Ufer des Lago Maggiore sehen konnte, nahm Alessandro die Straße nach Westen am See entlang. Hier begannen die Häuser wieder größer zu werden und architektonisch mehr Verzierungen aufzuweisen. In den

Bergen baute man schlicht, am See musste es mondän sein, fand man. Palmen säumten das Ufer und die Gärten, hier in Stresa auch viele Hortensien und Byzantinische Haseln.

In Stresa hielt Alessandro schließlich auf dem Parkplatz am *Lungolago*, an der Uferpromenade, und öffnete ihr erneut die Beifahrertür. Von dort aus waren es nur wenige Minuten bis zu einem Restaurant mit Dachterrasse, die einen atemberaubenden Blick über den Lago Maggiore bot. Stresa war eine kleine Stadt am Westufer des Sees, zu der die bekannten Borromäischen Inseln gehörten. Früher im Besitz der Familie Borromeo, von der sie ihren Namen hatten, fand man auf den Inseln heute Parks und prunkvolle Villen. Seltene Pflanzen wuchsen in den Gärten und die verschiedensten Fasanenarten liefen dort frei herum, so bunt und exotisch wie die Blumen.

Stresa selbst besaß eine hübsche Altstadt mit hellen Villen, kleinen Gassen und der am See üblichen üppig-grünen Vegetation. Vor allem die mondänen Hotels am Seeufer zogen die Blicke der Touristen auf sich, und genau zu solch einem Hotel und dessen Dachterrasse geleitete Alessandro sie.

Die Aussicht war wunderschön: Die untergehende Sonne ließ das Wasser noch ein letztes Mal glitzern, bevor es sich in wenigen Minuten in tiefem Blau zeigen würde, die Berge im Hintergrund zeichneten sich vor dem noch hellen Himmel ab.

»Wie schön!«, rief Sofia unwillkürlich aus und drückte Alessandros Arm. Mit einem leichten Lächeln geleitete er sie zu ihrem Tisch, wobei er ihre Hand nicht losließ.

»Die Pizza kann ich empfehlen«, sagte er, als eine freundliche Kellnerin mit hellblond gefärbten und toupierten Haaren ihnen die Karte brachte.

»Pizza, Pasta, ich kann alles empfehlen«, sagte die Kellnerin zu Sofia. »Was darf es sein, *amore mio?*«

Zunächst entschieden sie sich für einen Weißwein, einen Langhe Favorita aus Alba. Berühmt für seine Rotweine, allen voran den Barolo, bot das Piemont auch hervorragende weiße Weine, und an einem lauen Sommerabend wie heute wollte Sofia etwas Leichtes trinken. Sie entschied sich für eine Pizza, während Alessandro ein Filetto di manzo piemontese, ein Rinderfilet in Rosmarin geschmort, bestellte.

»Ein Rind zu Weißwein?«, zog Sofia ihn auf.

»Ah, ich hätte auf einem Barolo bestehen sollen.« Er seufzte theatralisch. »Keinen Fehler darf ich mir erlauben, wenn ich mit einer so guten Köchin ausgehe.«

Sie musste lachen. »Der Blick ist wirklich bezaubernd«, sagte sie dann.

»Ebenso wie du.«

Glücklicherweise brachte die Kellnerin in diesem Moment den Wein, und so konnte Sofia sich damit beschäftigen, an dem Langhe Favorita zu riechen und einen Schluck zu probieren. Er war hervorragend.

»Entschuldige.«

Als sie wieder aufblickte, wirkte Alessandro zerknirscht. »Ich vergesse immer, dass ihr Norditalienerinnen ein bisschen zurückhaltender seid.«

Sie musste schmunzeln. »Kühl wie die Wälder. Oder der See.« Mit der Hand deutete sie zur Seite. Daraufhin mussten sie beide lachen, und das Eis war gebrochen. Bis das Essen kam, hatten sie sich schon beinahe ihre gesamte Familiengeschichte erzählt. Alessandro hatte drei Schwestern, allesamt älter als er, deshalb war er aus Neapel geflohen, wie er sagte. Doch dass er sie alle drei heiß und innig liebte, bewiesen die zahlreichen Fotos der Schwestern und ihren Familien, die er Sofia auf seinem Handy zeigte.

Umgekehrt hatte sie ihm viel von Nonna Valerija erzählt, und er hatte aufmerksam zugehört.

Das Essen war köstlich wie der Wein, die Zeit flog nur so dahin, und als sie später, es war längst dunkel geworden, an der Promenade von Stresa entlangspazierten, fand Sofia, dass dieser Abend beinahe perfekt war.

Tief sog sie den Duft eines Feigenbaums ein, der in der Nähe wuchs, ließ den leichten Wind ihre nackten Arme umspielen und fragte sich gerade, ob der Abend bald enden müsse, als Alessandro stehen blieb und sie leicht zu sich zog.

Sie ließ es geschehen, diesmal, ganz weich in seinen Armen, und als er sie nach einem tiefen Blick in ihre Augen schließlich küsste, da befand sie, dass der Abend nicht *beinahe* perfekt war – er war absolut perfekt.

17. KAPITEL: NACHTS IM WALD

Einen Bleistift hinters Ohr geklemmt saß Sofia unter dem Kastanienbaum, einen Espresso vor sich auf dem Tisch, die Füße auf dem freien Stuhl neben ihr, und schaute verträumt in den wolkenlosen Himmel. Die Bienen summten, in der Ferne fuhr ein Auto vorbei, und am Nachbartisch plauderten Massimo und Raffaele. Ein perfekter Tag. Für einen Moment schloss Sofia die Augen, spürte den Schmetterlingen nach, die am Abend und in der Nacht in ihrem Bauch getanzt hatten. Zwei Minuten gönnte sie sich, um zu träumen, um an Alessandro zu denken, an sein Lächeln und seine Küsse. Er hatte ihr gleich am Morgen eine Nachricht geschrieben, wie sehr sie ihn verzaubert hatte und ob sie außer der Wahrsagerei noch weitere magische Kräfte hatte. Sie lächelte, dann öffnete sie die Augen und setzte sich aufrecht hin.

Heute wollte sie sich – wieder einmal – Tommasos Notizbuch widmen. Mit jedem Tag, der verstrich, ohne dass sie der Lösung von Gianlucas Tod näher kam, fühlte sie sich unruhiger, so, als würde sie ihn im Stich lassen. Spürte Alessandro ein leichtes Unbehagen, das Gefühl, dass sein Fall noch nicht abgeschlossen war, so war es für Sofia absolute Gewissheit, dass die Polizei den Falschen verhaftet hatte. Sie hatte am Morgen einen Mokka gekocht, und der rationale Teil ihres Gehirns hatte ihr dabei gesagt, dass sie das hineinlas, was sie hineinlesen wollte. Doch der Teil, der Nonna Valerijas Enkelin war, der auch Gianlucas Kaffeesatz gelesen hatte, der war überzeugt davon, dass in Antonios Unfall der Schlüssel lag.

Und so schlug sie also das Büchlein auf, überflog ihre Notizen und blätterte zur nächsten Seite.

»CLR«, das konnte vielleicht Clara bedeuten? Mittlerweile schrieb sie alle Variationen auf, die sie sich auch nur vage vorstellen konnte. So hatten sich schon mehr als genug Nonsenssätze ergeben, jedoch auch einige Hinweise wie »Gina fragen«, »Daniele Diebstahl«. Was genau Tommaso Gina fragen wollte, blieb ihr ein Rätsel, und einen Daniele kannte sie nicht.

Nun also »CLR«. Träge folgte ihr Blick den Aufzeichnungen Buchstabe für Buchstabe.

»CLR« und zwei Zeilen später »ANTNO«. Wie ein Stromschlag durchzuckte es Sofia und mit einem Ruck setzte sie sich aufrecht hin. Antonio, »ANTNO« musste »Antonio« bedeuten, es konnte gar nicht anders sein. Hier auf der vorletzten Seite des Notizbüchleins hatte Tommaso seine Aufzeichnung zum Unfall hingekritzelt. Clara und Antonio. Was hatte Clara mit Antonio zu tun? Wusste sie etwas?

»WLD NCT«, waren die Buchstaben, die auf Clara folgten. Was konnte WLD bedeuten? Wild? Wald? Sie notierte beides. »NCT«, sollte das »nicht« heißen? Was hatte Clara nicht getan? Im Wald? Sie hatte Antonio im Wald nicht …

»Ruhig, Sofia, konzentrier dich«, ermahnte sie sich selbst. Ihre Gedanken hüpften kreuz und quer, wild durcheinander. Sie zwang sich, tief ein- und auszuatmen. Setzte den Stift erneut an. Vielleicht hieß das Wort auch »Nacht«? Wald und Nacht? Sie spürte, dass die Aufzeichnungen wichtig waren, sie konnte regelrecht fühlen, dass diese Worte etwas bedeuteten. Doch was meinte Tommaso damit? Clara war im Wald gewesen in der betreffenden Nacht? Nein, das konnte nicht sein. Oder doch?

Mit dem Finger fuhr Sofia die nächste Zeile entlang, »CLR« noch einmal, Clara, und dann »ZGN«.

Clara war Zeugin. Heiß und kalt durchfuhr es Sofia, und bevor sie noch weiter nachdenken konnte, war sie schon aufgesprungen. Sie hatte es gewusst. Hier lag der Schlüssel. Clara war in der Nacht, in der Antonio zu Tode kam, in der Nähe gewesen. Sie hatte etwas gehört oder gesehen.

Aufgeregt winkte Sofia Raffaele und Massimo zu. »Ich muss kurz zu Clara«, rief sie.

»Was soll die Eile?« Raffaele lachte verwundert über ihre Aufregung. Seine Glatze leuchtete wie sein gesamtes Gesicht, im Kartenspiel schien es hoch her zu gehen.

»Nichts Wichtiges, ich habe nur … Vielleicht habe ich etwas herausgefunden! Ich bin gleich wieder da«, sagte sie und bevor sie den Satz beendet hatte, war sie bereits auf der Straße. Ob das stimmte, würde sie sehen, aber es gab jetzt Wichtigeres als eine Flasche Nebbiolo.

*

»Clara!« Ohne anzuklopfen, stürmte Sofia in die Pension. Im Flur wäre sie beinahe mit einem älteren Ehepaar zusammengeprallt, dem erschrockenen »Ay!« zufolge Spanier.

»Entschuldigung«, stieß sie hervor, hielt sich aber nicht lange mit den beiden auf. Sie musste Clara sprechen.

Schließlich fand sie die Pensionsbesitzerin draußen bei Garibaldi, wo sie den Esel mit Karotten fütterte. Garibaldi schnaubte freudig, als er Sofia erkannte, und ließ sich hinter den langen Ohren kraulen. Ausnahmsweise hatte sie nichts für ihn dabei.

»Ich muss mit dir sprechen«, sagte Sofia zu Clara, nachdem sie den Esel ausgiebig gestreichelt hatte.

»Worüber?«

»Antonios Unfall.«

»Was willst du von mir? Das ist viel zu lange her. Ich weiß nichts darüber. Rein gar nichts.« Das kam viel zu schnell.

Und so antwortete Sofia bestimmt: »Das ist nicht wahr.«

Clara trat ein paar Schritte zur Seite, als sollte Garibaldi ihr Gespräch nicht mitbekommen, und verschränkte die Arme vor der Brust. »Was soll das, Sofia? Ich dachte, wir wären Freundinnen.«

Sofia ging nicht darauf ein. Darum ging es hier nicht, Sympathien oder Freundschaften spielten jetzt keine Rolle. »Ein Junge ist gestorben. Und jetzt ein erwachsener Mann. Ein Unfall, ein Mord.«

»Sie haben mich schon damals gefragt, das ganze Dorf haben sie befragt. Und Tommaso auch. Ich habe nichts gesehen, Sofia. Nichts gesehen und nichts gehört, das habe ich damals denen gesagt, das sage ich heute dir.«

»Clara ...« Sofia seufzte. Mit der Zunge fuhr sie sich über die Lippen, dann sagte sie sanft: »Ich glaube dir nicht. Und Tommaso hat dir auch nicht geglaubt.«

»Was ... woher ...?« Wütend blickte Clara sie an, doch das »woher« verriet sie, sie hatte sich verplappert.

»Er hat alles aufgeschrieben. Alles, was er über den Unfall herauskriegen konnte. Und er war überzeugt davon, dass du nicht die Wahrheit gesagt hast.«

»Ich habe die Wahrheit gesagt!«

»Nicht die *ganze* Wahrheit.«

Clara presste die Lippen aufeinander, offenbar fest entschlossen, nichts mehr zu sagen. Doch Sofia musste sie zum Reden kriegen. Anders als Tommaso musste sie herausbekommen, was Clara wusste. Ein Mensch war ermordet worden, hier in Corazzo. Sofia wollte alles tun, um die Sache aufzuklären.

Sie sah Clara an und schwieg. Garibaldi kam näher, so nah, wie es seine Leine zuließ, und pustete schnaubend Luft durch die Nüstern. Immer noch sagte keine der beiden Frauen ein Wort. Sofia tätschelte Garibaldis Flanke, ließ Clara dabei nicht aus den Augen. Die Ältere rang mit sich, das war zu sehen, deutlich.

»Komm mit«, sagte sie schließlich rau.

Ohne sich nach Sofia umzusehen, ging sie voraus ins Haus, direkt ins Wohnzimmer und zu einer dunklen Schrankwand. Ihr entnahm sie zwei Gläser und eine Flasche mit einer klaren Flüssigkeit. Sofia protestierte nicht. Wenn Clara Grappa zum Reden brauchte, würde sie einen mittrinken. Sie setzten sich auf das abgewetzte Sofa gegenüber der Schrankwand. Sofias Blick glitt über die Fotos auf den Regalbrettern neben der Vitrine, die mit Flaschen und Gläsern gefüllt war. Clara, als sie noch jünger war, Clara mit ihrem Ex-Mann und Garibaldi als Fohlen.

Die Pensionswirtin goss die Gläser voll, weit über den Eichstrich, und leerte ihr eigenes in einem Zug, bevor sie sich nachschenkte.

»Ich habe es Tommaso erzählt«, sagte sie. Überrascht blickte Sofia auf.

»Das hat er nicht aufgeschrieben, was?« Clara lachte freudlos. »Ich habe ihm alles gesagt. Alles, was ich gesehen, und alles, was ich den Polizisten aus Verbania verschwiegen hab.« Tief holte sie Luft, bevor sie ihr Glas erneut füllte und anhob. Diesmal tat Sofia es ihr gleich. Der Grappa brannte in ihrer Kehle, anschließend breitete sich eine wohlige Wärme in ihrem Bauch aus.

»Was, wenn ich reagiert hätte? Wenn ich anders reagiert hätte?«, sagte Clara mehr zu sich selbst als zu Sofia. »Jeden Tag habe ich mich das gefragt, jeden einzelnen Tag. Hätte ich Antonio noch retten können?« Den Blick in sich gekehrt schien sie auf dem Sofa regelrecht in sich zusammenzufallen.

»Was ist passiert?«, fragte Sofia leise, als sie keine Anstalten machte weiterzusprechen.

»Ich war im Wald.« Immer noch sah Clara sie nicht an. »Ich war an dem Abend ... Wir haben gewildert, Vicente und ich.« Sie gestikulierte in Richtung des Fotos im Regal, auf dem ihr Ex-Mann zu sehen war.

»Wozu ...?«

»Halbpension. Agriturismo mit Halbpension, Frühstück und Abendessen. Und es war alles so teuer. Die Touristen erwarteten das beste Fleisch, die besten Trüffel, die besten Weine, aber natürlich zu erschwinglichen Preisen.«

Langsam begann Sofia zu verstehen. Das Waldstück hinter der Pension gehörte Clara nicht, jagen war dort streng verboten. Doch Ragù aus Wildschwein, Pappardelle mit Hase oder gar ein Rehbraten war teuer und etwas Besonderes, das viele Gäste aus dem Ausland schätzten. Eine Pensionsbesitzern, die mit den Preisen zu kämpfen hatte, musste sich gut überlegen, was sie zum Essen anbot.

»Wir haben so gekämpft«, sagte Clara leise. »Haben es trotzdem nicht geschafft, waren pleite, mussten Insolvenz anmelden.« Sofia erinnerte sich. Erst nach der Scheidung hatte Clara sich im Schneckentempo aus den Schulden herausgearbeitet. Wie ihre finanzielle Lage heute aussah, wusste sie nicht. »Was für Schuldgefühle ich hatte, dass ich nicht zur Polizei gegangen bin«, flüsterte sie. »Aber ich wusste mir nicht zu helfen, wusste nicht, was tun. Wir waren häufiger im Wald, Vicente und ich. Haben immer gedacht, irgendwann kommt uns noch jemand auf die Schliche. Doch es ging gut, monatelang, jahrelang. Bis zu diesem Abend. Ausgerechnet an diesem Abend, an diesem schicksalhaften Abend waren wir unterwegs.« Sie stürzte den Rest des Grappas hinunter. »Als die Polizei uns gefragt hat ... Zu den Schulden noch eine Geldstrafe? Womöglich Gefängnis?« Sie wischte sich über die Augen. »Da konnten wir doch nichts sagen. Also haben wir nichts gesagt.«

»Was habt ihr nicht gesagt?«, fragte Sofia. »Was habt ihr gesehen?«

Für eine Weile schwieg Clara. Dann endlich gab sie sich einen Ruck. »Einen grünen Fiat Tipo. Um halb eins. Er war viel zu schnell unterwegs. Hupen, ein Knall. Irgendwo in der Ferne. Wir ...« Sie schluckte. »Wir mussten erst unsere Gewehre loswerden, alles, was uns verraten hätte. Und als wir dann endlich dort waren, war es längst zu spät. Ich weiß nicht, ob wir überhaupt etwas hätten tun können, aber das Bild verfolgt mich seitdem.«

Ob das Schweigen es besser gemacht hatte? Sofia bezweifelte es. Aber zunächst gab es da noch eine Sache, die sie klären musste. »Du sagst, du hast Tommaso alles erzählt?«

»Nachher. Etwa zwei Monate nach dem Unfall. Verbania hatte die Sache längst zu den Akten gelegt, da hat Tommaso immer noch die Dorfbewohner befragt und nach Hinweisen auf den Fahrer gesucht. So ähnlich wie du jetzt.« Sie lächelte schief.

»Und du hast ihm den grünen Fiat genannt?«

Clara nickte schwer und fuhr sich über die Stirn. »Er schien es schon zu wissen, sagte, er hätte etwas gefunden, Lackspuren, grüner Lack.«

»Hat er etwas unternommen?«

Hilflos zuckte Clara mit den Schultern. »Es ist niemand festgenommen worden, oder?«

Damit hatte sie recht. Tommaso hatte den Fall nie gelöst. War es doch jemand von auswärts gewesen, der in der Nacht zufällig auf der Straße zwischen Premeno und Verbania unterwegs gewesen war? Jemand, den Tommaso nicht hatte festnehmen können? Oder hatten ihm noch weitere Puzzleteile gefehlt? Puzzlesteine, die sie herauskriegen konnte? Aber wie, so viele Jahre nach der Tat? Sofia musste nachdenken. Nachdenken über das, was Clara ihr gebeichtet hatte, und was das alles bedeuten konnte. Und auch über die Frage, weshalb Tommaso einen Brief geschrieben hatte, an Gianluca in Turin, so viele Jahre nach dem Unfall.

»Clara.« Sofia fasste nach ihrer Hand. »Du weißt selbst, was du getan hast. Dass du Fehler gemacht hast – mehr als nur Fehler. Aber die Zeit der Reue ist vorbei. Du kannst dabei helfen, dass der wahre Täter gefunden wird.«

»Das werde ich«, versprach sie.

Mit gemischten Gefühlen verließ Sofia die Pension. Doch von einer Sache war sie überzeugt: Egal, was nun passierte, Clara würde das Richtige tun.

*

Tief in Gedanken versunken machte Sofia sich auf den Rückweg zum Café. Clara war Zeugin gewesen, der grüne Fiat Tipo, den sie gesehen hatte, gehörte höchstwahrscheinlich dem Unfallfahrer. Demjenigen, der Antonio Ferrari getötet hatte. Sofia schauderte bei dem Gedanken. Ein Fiat Tipo, im Jahr 2001? Sollte sie zur Polizei gehen? Alessandro anrufen? Er konnte sicher den Fahrer ermitteln. Etwas nagte an ihr, zog und zerrte an ihr, aber gerade, als sie dachte, sie bekäme es zu fassen, verschwand es wieder. Zurück blieb das Gefühl, dass sie etwas Bedeutendes übersah. Für einen Moment blieb sie stehen, versuchte den vorigen Gedanken zu folgen, doch obwohl sie das Gefühl hatte, dass es wichtig war, kam sie nicht darauf. Alessandro, dachte sie. Er würde vielleicht herausfinden, wem das Auto gehört hatte. Sie zog ihr Smartphone aus der Handtasche und wählte seine Nummer. Doch noch während es klingelte, kam das Café in Sicht.

»*Ragazza!*« Schon von Weitem winkte Massimo wild, als er sie sah. »Ich brauche Hilfe!«

Augenblicklich unterbrach sie die Verbindung und ließ das Telefon zurück in ihre Tasche gleiten.

»*Ich* brauche Hilfe«, knurrte Raffaele, die Hand am Rücken, das Gesicht schmerzhaft verzogen, als Sofia näherkam.

»Was ist passiert?«, fragte Sofia besorgt. »Soll ich einen Arzt holen?«

»Hexenschuss. Er hat zu wild gespielt.«

Sie blinzelte verwirrt. »Ihr habt Karten gespielt«, sagte sie. Doch als Massimo dann mit einer weit ausholenden Geste nach hinten ausgriff und eine imaginäre Karte auf den Tisch pfefferte, nickte sie verstehend.

»Ich brauch keinen Arzt«, murrte der Verletzte. »Ich muss mich nur für eine halbe Stunde hinlegen. Dann bin ich so gut wie neu.«

»Kannst du ihn rechts unterhaken, ich nehme die linke Seite«, schlug Massimo vor.

»Dottor Uccelli würde dir sicher helfen«, versuchte Sofia es noch einmal. Vanessas Vater hatte seine Praxis zwar in Esio, machte in Corazzo aber regelmäßig Hausbesuche.

»Rosa wird mir auch helfen.«

Störrisch wie ein Esel, dachte Sofia amüsiert. »Ich muss aber schnell Vanessa anrufen«, sagte sie mit Blick auf die drei jungen Männer, die an einem der Tische unter der Kastanie Platz nahmen. Einer von ihnen hatte seinen Hund dabei, einen jungen hellbraunen Jagdhund. »Hey, Beppo«, grüßte Sofia das Tier freundlich. Sie rief seinem Besitzer schnell zu, wo sich der Hundenapf für Wasser befand, und informierte die drei, dass Vanessa gleich kommen würde. Gleichmütig packten die Männer ihre Zigaretten aus, Sofia kannte sie, sie waren hauptsächlich bei ihr, um miteinander zu quatschen. Nachdem sie Vanessa Bescheid gegeben hatte, die sofort zu kommen versprach, konnte sie sich endlich um Raffaele kümmern. Gemeinsam hakten sie ihn unter und vorsichtig, Schritt für Schritt, führten sie ihn nach Hause. Raffaele schimpfte dabei wie ein Rohrspatz, was Massimo mit den Worten kommentierte: »So schlecht kann es dir ja nicht gehen, wenn du dich so aufregen kannst.«

»Ich habe gewonnen«, grummelte Raffaele. »Wir machen morgen genau da weiter. Ich habe die Karten eingesteckt. Mit genau diesem Blatt spielen wir die Partie zu Ende.«

Massimo lachte, und auch Sofia musste glucksen. Schließlich standen sie vor dem etwas windschief wirkenden Haus mit den alten Dachschindeln, in dem Raffaele und Rosa lebten. Vorsichtig löste Sofia sich von dem alten Mann, der sich nun ganz von Massimo stützen ließ, und drückte auf die Klingel. Rosa öffnete unmittelbar, sah den Zustand ihres Gatten und schüttelte nur den Kopf. »*Oddio*!«, rief sie, schlug die Hände zusammen, dann bedankte sie sich bei Massimo und Sofia, die Raffaele halfen, sich aufs Sofa zu legen.

Rosa griff zum Telefon. »Ich rufe Dottor Uccelli.« Ein warnender Blick brachte Raffaele zum Schweigen. »Keine Widerrede.«

*

Als Sofia zurück im Café war, verabschiedete Vanessa gerade die drei jungen Männer mit ihrem Hund, der schwanzwedelnd auf Sofia zugelaufen kam. Sie tätschelte ihm die Flanke, kraulte ihn hinter den Ohren und grüßte anschließend seinen Besitzer und dessen Freunde, die es gleichmütig entgegennahmen, dass der kleine Beppo der Star ihrer Truppe war. Vermutlich hatten sie sich schon daran gewöhnt.

Die letzten beiden Gäste waren ein Ehepaar im mittleren Alter, Touristen ganz offensichtlich, dem Dialekt nach aus Mailand, die einen Aperol Spritz vor sich stehen hatten.

»Danke, Vanessa«, sagte Sofia zu ihrer Aushilfe, als sie das Geschirr der drei Männer abgeräumt und in die Spülmaschine gestellt hatte. Die beiden Frauen arbeiteten gut zusammen, schnell und effektiv, und so sah keine fünf Minuten später wieder alles sauber aus.

»Du solltest übrigens Zigaretten verkaufen. Die drei *Ragazzi* mussten extra einen von ihnen in den Supermarkt schicken, um Nachschub zu besorgen«, schlug Vanessa vor, als Sofia in ihrem Portemonnaie nach Bargeld suchte, um ihrer Aushilfe den Nachmittag zu bezahlen.

»Das wäre ja noch schöner.« Entschieden schüttelte Sofia den Kopf. Dass sie Aschenbecher auf die Tische stellte, war das einzige Zugeständnis, das sie an ihre rauchenden Gäste bereit war zu machen. Seit Tommasos Tod hatte keiner ihrer Gäste je wieder nach Zigaretten gefragt.

»Wie geht es Raffaele?«, wollte Vanessa dann wissen. Sie nahm die Scheine, die Sofia ihr reichte, knickte sie dreimal und steckte sie dann in die hintere Tasche ihrer Jeans.

»Ich glaube, dein Vater ist gerade bei ihm.«

Die junge Frau lachte. »Er will immer noch, dass ich Medizin studiere«, sagte sie dann nachdenklich und klang sogar ein wenig enttäuscht.

»Weißt du, was? Ich koche uns noch einen Caffè«, schlug Sofia vor. »Ich muss noch die Orecchiette für morgen vorbereiten, dann können wir noch ein bisschen reden.« Sofia liebte die kleinen Nudeln, die ihren Namen – *Öhrchen* – von der Form hatten, in die man sie mit dem Messer brachte. Morgen würde sie die Orecchiette mit Chili, Öl und Cime di Rapa anrichten, einer feingliedrigen Kohlsorte, Stängelkohl, die einen würzigen Geschmack hatte.

Wie sie erwartet hatte, setzte Vanessa sich zu ihr in die Küche. Sie hielt ihre Tasse in den Händen, als müsste sie sie beschützen, während sie Sofia dabei zusah, wie sie ihr hölzernes Arbeitsbrett bemehlte und den Nudelteig, den sie am Vormittag geknetet hatte, aus dem Kühlschrank holte.

Sie setzte sich an den Tisch, teilte den Teig in kleine Stücke und rollte diese schließlich, bis sie so dünn wie ihr Zeigefinger waren und etwa dreimal so lang. Dann schnitt sie mit einem Messer ein kleines Stück ab und drückte es mit der Klinge so auf den Tisch, dass sich die typische Orecchiette-Form bildete.

»Wolltest du immer schon ein Café führen?«, fragte Vanessa, die aufmerksam zusah, wie Sofia die kleinen Nudeln formte. »Darf ich auch mal?«

»Aber klar.« Sofia hielt ihr das Messer hin. »Und nein, ich habe mir nie Gedanken über das Café gemacht. Es gehörte Nonna Valerija, das war einfach so. Als Kind wollte ich

Feuerwehrfrau werden. Und Rocksängerin als Jugendliche.«

Vanessa grinste. »Gianna Nannini?«

»Gianna Nannini«, bestätigte Sofia seufzend. »Leider kann ich keinen Ton halten. Zum Glück hat Nonna mir das Kochen beigebracht.«

Vanessa hielt ihr erstes Orechietto in die Höhe. Es sah etwas traurig aus. »Mit mir hätte sie Arbeit.« Doch sofort versuchte sie es mit dem nächsten, und Sofia holte ein neues Messer. Sie grinste. »Du bist Künstlerin. Das symbolisiert sicher etwas Tiefgründiges. So etwas wie Liebe.«

Vanessa grinste ebenfalls, dann wurde sie wieder ernst. »Solange ich denken konnte, wollte ich malen«, sagte sie. »Immer schon, auch als Kind.«

»Dann solltest du das auch tun.«

»Papà sagt, ich kann in meiner Freizeit malen. Und einen Beruf wählen, mit dem ich Geld verdiene.«

Sofia legte ihr Messer zur Seite. Sie konnte Dottor Uccelli verstehen: Als Ärztin hätte Vanessa keine Geldsorgen, sie könnte ein gutes Leben führen, vielleicht ein eigenes Haus kaufen, in den Urlaub fahren, müsste nicht überlegen, wo sie das Geld für die Miete hernehmen sollte. Als Künstlerin könnte sie natürlich Erfolg haben, aber ein unstetes Einkommen wäre eher wahrscheinlich.

»Meinst du, ich könnte …« Vanessa deutete auf die Tasse Caffè, die sie kaum angerührt hatte. »Würdest du mir einen Mokka kochen?«

Zehn Minuten später zog der Kaffeeduft durch die Küche, und Sofia und Vanessa formten die letzten Orechiette. Vorsichtig gab Sofia sie in Tupperdosen und stellte sie in den Kühlschrank, wo der Stängelkohl schon wartete.

Dann goss sie den Mokka, der zum zweiten Mal gekocht hatte, in eine Tasse. Vanessa wirkte nervös.

»Keine Angst«, beruhigte Sofia sie. »Deine Zukunft bleibt deine Entscheidung.«

»Aber wenn der Kaffee mir sagt, es ist keine gute Entscheidung?«

»Dann ist es dennoch deine. Nicht so hastig, das Pulver muss sich setzen.«

Vanessa trank in kleinen schnellen Schlucken, zwang sich nach Sofias Worten aber zu einer Pause. Draußen hämmerte ein Specht seine Löcher in einen Baum und übertönte für einige Augenblicke das leise Gezwitscher der Singvögel, das durch das offene Fenster hereindrang.

»So.« Vanessa schob ihre Tasse über den Tisch, und Sofia begann ihre Zeremonie. Das Umdrehen, das Warten auf leichtes Antrocknen des Pulvers, dann das Lesen. Sie musste sich eingestehen, dass sie seit Gianluca unsicher war, was sie erwarten würde, Angst davor hatte, noch einmal dieses niederschmetternde Gefühl von Unglück und Gefahr zu spüren. Doch nach dem ersten Blick musste sie lächeln.

»Was ist?«

»Nicht so ungeduldig.« Vanessa war jung, voller Hoffnung, voller Leben, und das drückte auch der Kaffeesatz aus. So viele Dinge würde sie noch erleben, schöne, anstrengende, überraschende. Die ganze Welt wartete auf die junge Frau, die Kunst, die Liebe, tiefe Freundschaften und – unumgänglich – auch Verletzungen.

»Du wirst dich richtig entscheiden«, sagte Sofia. Ihr Blick wanderte von rechts nach links, von unten nach oben. »Egal, wofür du dich entscheidest, es wird das Richtige sein.«

Vanessa rutschte auf ihrem Stuhl nach vorn. »Aber wofür?«, fragte sie. »Kann ich ... Darf ich Kunst studieren?«

Sofia mochte eigentlich keine kitschigen Sprüche. Aufmunterung und Zuspruch sollte immer persönlich sein, fand sie, und niemals von Postkarten geklaut sein. Jetzt jedoch konnte sie nicht anders. »Folge deinem Herzen«, sagte sie lächelnd und zuckte dabei entschuldigend mit den Schultern.

Wie erlöst sank Vanessa zurück. »Danke«, sagte sie, bevor sie aufsprang und Sofia um den Hals fiel. »Danke, Sofia. Du hast recht, natürlich hast du recht. Auch ohne deinen Kaffeesatz hast du recht. Ich gehe nach Rom!« Aufgeregt klatschte sie in die Hände. »Oh, bis dahin müssen wir dafür sorgen, dass du geschäftstüchtiger wirst. Ich werde nicht mehr da sein, um Raffaele Mandelkekse zu verkaufen oder unserem guten Padre Cornetti.«

Sofia lachte. »Ich führe mein Café schon seit beinahe acht Jahren.«

»Höchste Zeit, dass wir das mit der Werbung üben.«

Kopfschüttelnd nahm Sofia die Mokkakanne, um sie mit heißem Wasser auszuspülen. »Die Jugend von heute«, murmelte sie.

Als sie kurz darauf vor dem Café standen, um sich zu verabschieden, blickte Vanessa sie neugierig an. »Irgendetwas beschäftigt dich«, sagte sie und tippte sich mit dem Finger an die Lippen.

Ein gewisser Commissario, dachte Sofia, verneinte aber schnell.

»Nein, wirklich, woran denkst du?«, hakte Vanessa nach.

»An einen grünen Fiat Tipo.« So schnell, wie ihr die Antwort durch den Kopf geschossen war, dachte Sofia offenbar wirklich daran.

Vanessas Augenbrauen wanderten in die Höhe. »Brauchst du ein neues Auto?«

»Nein, es ist nur … Nichts.«

»Hm.« Die junge Frau nickte. »Meine Eltern hatten früher einen«, sagte sie.

Eltern! Das war das Stichwort, auf das sie gewartet hatte.

Plötzlich war es da, dieser Gedanke, den sie nicht zu fassen gekriegt hatte, der seit dem Gespräch mit Clara irgendwo ganz hinten in ihrem Kopf herumspukte.

O Gott, ein grüner Fiat Tipo hatte Clara gesagt. Sofia wusste, wer vor dreiundzwanzig Jahren einen grünen Fiat gefahren hatte. Übelkeit schwappte in ihr hoch.

»Entschuldige, Vanessa, ich muss los.« Unter den verwirrten Blicken ihrer Aushilfskellnerin hastete sie davon. Es konnte nicht wahr sein, es durfte nicht wahr sein. Aber sie musste es wissen.

Für die ungeduldigen Autofahrer auf der Hauptstraße hatte sie keine Nerven, sie registrierte nur nebenbei, dass jemand hupte, als sie die Ampel bei Rot überquerte. Mit einer Geste machte sie dem Mann klar, was sie von ihm hielt, dann lief sie weiter, mit schnellen Schritten den engen Bürgersteig entlang.

Ihr Elternhaus wirkte heute fremd und bedrohlich, die Fenster wie leere Augenhöhlen, die sich über sie lustig machten. Zwei Treppen auf einmal nehmend kam Sofia außer Atem im dritten Stock an.

»Aurora!« Laut klopfte sie an die Tür. »Aurora! Ich muss mit dir sprechen!«

»Wo brennt's denn?« Statt seiner Frau öffnete Francesco Perlino ihr die Tür. Amüsiert blickte er sie an, die Augen hinter den schmalen Brillengläsern zwinkerten lustig.

Für einen Moment brachte sie seine Anwesenheit aus dem Konzept. Üblicherweise übernahm Francesco am Nachmittag im Laden und kam deshalb erst spät nach Hause, wenn er mit den Vorbereitungen für den nächsten Tag und der Buchführung fertig war. Aurora kümmerte sich in der Zeit um den Haushalt und bereitete das Abendessen vor.

»Wo ist Aurora?« Sofia schob sich an ihm vorbei durch den schmalen Flur und betrat die Küche.

Nun wirkte er mehr verblüfft ob ihrer brüsken Art, aber auch das war ihr im Moment völlig egal. »Bei ihrer Schwester«, antwortete er langsam. »Was ist denn los? Ist etwas mit deinen Eltern? Dein Vater, hat er …«

»Bei meinen Eltern ist alles in Ordnung.« Sofia holte tief Luft. Wie bei einem Pflaster, dachte sie, es war immer besser, es mit Schwung abzureißen, als es nach und nach abzuziehen. »Antonio Ferrari«, sagte sie und blickte ihn fest an. »Hast du Antonio Ferrari getötet?«

»Wie um alles in der Welt kommst du denn auf die Idee?« Er wirkte ehrlich erstaunt. Und doch war da etwas in seinem Blick, etwas hinter dem Erstaunen, dem Entsetzen … Schuldgefühle? Sofia lehnte sich an den Herd und sah ihn an. Etwas linkisch stand er in der Tür, schien nicht zu wissen, wohin mit seinen Händen, und steckte sie schließlich unbeholfen in die Hosentaschen.

»Du warst nicht da an dem Abend.« Sofia sprach leise, konnte selbst kaum glauben, welche ungeheuerlichen Vorwürfe sie dem Vater ihrer besten Freundin machte. Einem Mann, der sie ihr ganzes Leben schon begleitete, den sie beinahe ebenso gut kannte wie ihre eigenen Eltern. »Das hat Aurora gesagt. Deshalb war sie allein in Cannobio, wo sie Antonio getroffen hat. Du warst nicht da, warst bei einem Termin und bist versackt, angeblich. Dabei hast du nie getrunken, erst recht nicht bei einem Termin.« Bei dem letzten Wort ging ihre Stimme in die Höhe.

»Ich war müde, es war …«

»Erst spät in der Nacht bist du nach Hause gekommen«, redete Sofia weiter, als hätte er nichts gesagt. »Spät in der Nacht bist du über die Landstraße gefahren mit deinem grünen Fiat.«

»Ich weiß nicht, was …«

»Es war ein grüner Fiat! Ein grüner Fiat Tipo, der Antonio überfahren hat.« Jetzt wurde Sofia laut. Schrie ihre Wut hinaus, ihr eigenes Unglück, wie sehr sie sich in ihm hatte täuschen können.

»Aber ich habe doch nicht … Sofia! Das kannst du nicht glauben.«

»Ich weiß nicht, was ich glauben soll. Ein Junge ist gestorben, damals, und der Schuldige hat sich einfach aus dem Staub gemacht. Hat Antonio sterben lassen, ist nie zur Rechenschaft gezogen worden. Jetzt ist Gianluca ermordet worden, der dem damaligen Unfall seines Bruders nachgehen wollte. Und niemand hier im Dorf redet, alle schweigen. Du hast keine Ahnung, was passiert ist, warst gar nicht da. Dabei warst du genau zu der Zeit unterwegs. Genau auf der Straße, auf der Antonio gestorben ist.« So einfach würde sie nicht lockerlassen. Sie konnte kaum atmen. Wenn Francesco den Unfall verursacht hatte, bei dem Antonio zu Tode gekommen war, was bedeutete das für den Mord an Gianluca? Hatte Francesco … nein, das konnte sie nicht glauben, wollte sie nicht glauben. Aber sie musste die Wahrheit erfahren.

Francesco schloss die Augen nieder. »War ich nicht«, sagte er. »Ich war in der Nacht nicht unterwegs, war überhaupt nicht auf der Landstraße unterwegs.«

»Von Verbania musstest du genau diese Straße …«

»Ich war nicht in Verbania«, unterbrach er, seine Stimme beinahe verzweifelt.

Sofia hielt inne.

»Ich war nicht in Verbania«, wiederholte er, leiser diesmal, resigniert.

»Wo warst du?« Sie blickte ihn an. »Wo bist du gewesen?«

Francesco fuhr sich durchs schüttere Haar, die Augen blinzelten hektisch. »Sofia«, wiederholte er nur immer wieder. Er ging zu einem der weißen Küchenstühle und ließ sich schwer darauf fallen. »Bei Gina«, sagte er schließlich so leise, dass sie ihn fast nicht verstanden hätte. »Ich war fast die ganze Nacht bei Gina.«

Es dauerte einen Moment, bis die Bedeutung seiner Worte zu ihr durchgedrungen war. Dann aber wurde ihr das Herz schwer. Francesco, ausgerechnet Francesco! Dabei hatte sie immer geglaubt, er und Aurora führten die glücklichste Ehe. Ihre eigenen Eltern stritten sich häufig, das Temperament ihrer Mutter ließ eine Beziehung ohne Gefühlsausbrüche – ob aus Liebe oder Wut – nicht zu. Aber Francesco und Aurora hatte sie nie anders als zugewandt und glücklich erlebt.

»Es tut mir so leid.« Er schlug die Hände vors Gesicht. »Ich weiß nicht, was in uns gefahren ist an diesem Abend. In dieser Nacht. Wir haben danach nie wieder … davor und danach nicht.«

Ein tödlicher Autounfall verpasste wohl jeder Leidenschaft einen Dämpfer. »Warum?«, wollte sie wissen. »Wie konntest du Aurora das antun?«

Er seufzte schwer.

*

»Glaubst du, sie haben mich erkannt?«, wollte Francesco wissen, nachdem sie das Fenster geschlossen und das Licht gelöscht hatte. »Warum hast du überhaupt aus dem Fenster schreien müssen? Nur weil ein paar Jugendliche Krawall machen?«

Ja, warum hatte sie? Gerade jetzt, nachdem sie intim geworden waren, sie und Francesco?

»Es ist ein Luftschloss«, sagte sie. Sie hatte es gespürt. Er war bei ihr gewesen und dann auch wieder nicht.

»Was?«

»Schon gut.« Was hatte sie sich nur dabei gedacht? Auroras Ehemann. Wie sollte sie ihr je wieder in die Augen sehen können? Wie ihrem eigenen Spiegelbild?

Er legte eine Hand auf ihre nackte Schulter, und sie ließ es für einen Moment geschehen. Schloss die Augen und versuchte, die Aufregung, die Vorfreude vom Nachmittag wiederherzuholen. Doch alles, was noch davon da war, wirkte schal. Sie schüttelte seine Hand ab und öffnete das Fenster erneut. »Lass mich für einen Moment frische Luft schnappen«, sagte sie, ohne sich zu ihm umzudrehen. Sie griff nach den Zigaretten auf dem Fenstersims. Hörte seine Schritte sich entfernen, die Klotür, das Waschbecken. Che cazzo, Gina, was sollte das.

Langsam sog sie den Rauch der Zigarette in ihre Lunge und blies ihn in einem Stoß durch die Nase aus. Es brannte. Als sie die Augen öffnete, stand der Junge mit den blonden Locken unten am Brunnen, Antonio. Neben seinem Roller lagen Glassplitter, aber er blickte zu ihr hinauf, auf ihre nackten Brüste.

»Verzieh dich«, rief sie halbherzig.

Er salutierte spöttisch, drehte sich um, verließ den Platz jedoch nicht.

Die Klospülung rauschte.

Der Junge schien auf jemanden zu warten, hoffentlich nicht auf seine lauten Freunde, noch einmal hatte sie keine Lust auf eine Schreierei mitten in der Nacht. Irgendwo bellte ein Hund, heiser.

Gina hatte ihre Zigarette zu Ende geraucht und schnipste sie nach unten auf die Straße. Antonio stand immer noch da.

»Kommst du ins Bett?«, rief Francesco aus dem Schlafzimmer.

Sie nickte, auch wenn er das nicht würde sehen können. Langsam schloss sie das Fenster, blieb noch einen Moment stehen. Jetzt drehte Antonio sich wieder zu ihr, er hatte sie offenbar gehört. Mit einem Schulterzucken blickte er auf seine Armbanduhr. Er wirkte ungehalten. Dann setzte er sich auf seinen Roller und startete den Motor. Das Licht war kaputt, deshalb die Glassplitter.

Zum dritten Mal an diesem Abend öffnete Gina das Fenster. »Antonio!«, rief sie über das Knattern des Rollers.

»Spinnst du?«, zischte Francesco hinter ihr. »Was, wenn er mich sieht?«

»Ja, was dann?« Gina hob ihr Kinn. »Wenn du gehen willst, ich halte dich nicht auf.«

Sie funkelte ihn an, er hielt ihrem Blick nur für wenige Sekunden stand. Mit einem schwachen Lächeln umfasste er ihre Taille.

»Komm ins Bett«, schmeichelte er und brachte seinen Mund ganz nah an ihr Ohr.

Als er ihre Hand nahm und sie ihm ins Schlafzimmer folgte, hörte sie, wie sich der Roller entfernte.

18. KAPITEL: DER GRÜNE FIAT

Sofia fühlte sich schrecklich. Wahrscheinlich nicht so schrecklich, wie Francesco sich jetzt fühlte, dachte sie zynisch. Dennoch. Sie hatte schlecht geschlafen, sich die ganze Nacht herumgewälzt und war erst spät in einen unruhigen Schlaf mit wirren Träumen gefallen. Einen Anruf ihrer Eltern am Vorabend hatte sie weggedrückt und das Smartphone anschließend ausgeschaltet. Nachdem ihre Mutter schon so aufgeregt gewesen war, als Sofia den Unfall nur angesprochen hatte, wollte sie sich gar nicht vorstellen, wie wütend Giulia, Auroras beste Freundin, jetzt war. Schließlich hatte Sofia deren Mann bezichtigt, jemanden getötet zu haben. Wahrscheinlich bekamen die Kundinnen im Salon Parrucchieri Dalmasso heute keine sanften Kopfmassagen, sondern wütende Tiraden über Giulias Tochter.

Und dann war da noch Sofias beste Freundin: Was würde Laura zu all dem sagen?

Stöhnend legte sie eine Hand auf die Stirn, sie fühlte sich regelrecht verkatert. Als sie ihr Handy anschaltete, ploppten sechs Nachrichten gleichzeitig auf: fünf weitere Versuche ihrer Eltern – wahrscheinlich also ihrer Mutter – sie zu erreichen, und ein Anruf von Alessandro. Als er sie nicht erreicht hatte, hatte er ihr schließlich gegen zehn Uhr eine Nachricht geschickt, in der er ihr eine gute Nacht wünschte. Der Gedanke an den Commissario ließ all ihren Ärger für einen Moment verfliegen, stattdessen spürte sie erneut Schmetterlinge in ihrer Magengegend.

Die Sonne, die zu ihrem Schlafzimmer hereinschien, versprach plötzlich einen herrlichen Tag. Bevor sie aufstand, um unter die Dusche zu springen, sendete sie ihm schnell einen Guten-Morgen-Gruß. Um ihre Eltern würde sie sich später kümmern, viel später.

Nachdem sie ihre Haare zu einem lockeren Zopf geflochten hatte, wischte sie einmal über den Spiegel und setzte ihre Brille auf. Leichte Ringe zeichneten sich unter ihren Augen ab, kein Wunder bei den schlechten Träumen. Vielleicht sollte sie ihren eigenen Kaffeesatz lesen, ging es ihr durch den Kopf. Sie massierte sich die Schläfen und suchte dann im Spiegelschrank nach den Schmerztabletten.

Ein Caffè, ein Cornetto, ein Ibuprofen, und die Welt würde wieder ganz anders ausschauen.

*

Tatsächlich ging es Sofia eine Stunde später schon wesentlich besser. Die Tablette und ein paar auf die Schläfen aufgetragene Tropfen ätherisches Öl hatten ihre Kopfschmerzen vertrieben. Die Sonne schien mittlerweile warm und freundlich, und der Feigenbaum neben dem Café verströmte seinen aromatischen Duft. Vielleicht würde sie heute Obsttörtchen backen, es passte zum Wetter und zu ihrer bittersüßen Stimmung.

Sie legte gerade die Cornetti in die Vitrine, als sie Schritte hörte.

»Alessandro!«

Der Commissario trug wie üblich ein Hemd, heute in dunkelblau, zu einer hellen Hose. Seine Haare fielen ihm sanft in die Stirn und Sofia fand, dass ihr das gefiel, besser sogar, als wenn er sie mit Gel aus dem Gesicht hielt.

»*Buongiorno, bellissima*«, grüßte er, gab ihr zwei Küsschen auf die Wangen und strich ihr mit der Hand leicht über den nackten Arm. Es fühlte sich elektrisierend an, wie ein winziger Stromschlag, und bevor sie sich ihm noch an den Hals warf – und es jemand mitbekäme –, löste sie sich schnell von ihm.

»Caffè?«, fragte sie und ignorierte den sehnsüchtigen Blick, mit dem er ihren Bewegungen folgte. Doch sie spürte ihn auf sich ruhen, als sie den Siebträger aus der Maschine nahm, ihn mit Espressopulver füllte, während sie sich nach der Tasse oben im Schrank streckte, den Druck kontrollierte und schließlich das Wasser durch die Maschine laufen ließ. Schwarzbraun mit einer haselnussgoldenen Crema, der Schaumkrone, schob sie ihm seinen Caffè hinüber.

»*Perfetto*«, sagte er, ohne auf den Espresso zu achten.

Verlegen strich sie sich eine Strähne aus dem Gesicht.

»Wann sehen wir uns wieder?«, fragte er.

»Wir sehen uns doch gerade.« Sie lächelte.

»Du weißt, was ich meine.«

»Vielleicht«, antwortete sie augenzwinkernd. »Wie wäre es mit Freitag?«

»Ausgeschlossen. Bis dahin ist es noch viel zu lange hin.«

Jetzt musste sie laut lachen, doch das blieb ihr im Hals stecken, als sie Lauras Roller vor dem Café die Kastanie rammen sah.

Kurz darauf marschierte Laura, einen Stapel Briefe unter dem Arm, mit vor Wut blitzenden Augen ins Café.

»Oh, wenn das nicht meine beste Freundin ist.« Aggressiv knallte sie die Briefe auf die Theke. »Meine beste Freundin, die die Ehe meiner Eltern zerstört hat.«

Alessandro hob überrascht die Augenbrauen.

»Laura!« Unglücklich blickte Sofia sie an. »Ich wusste nicht, dass ... ich wollte doch nicht ...«

»Na, das wäre ja auch noch schöner! Natürlich wolltest du das nicht. Trotzdem hast du! Wie konntest du nur?« Wild gestikulierend machte sie deutlich, was sie von Sofias Besuch bei ihrem Vater hielt.

Alessandro konnte ihr nicht mehr folgen, das war offensichtlich.

»Ich habe einen Fehler gemacht«, gab Sofia bereitwillig zu. »Ich weiß selbst nicht, wie ich es glauben konnte, ich habe nur die Puzzleteile gesehen, die plötzlich zusammenpassten. Und dann ... Es tut mir wirklich leid. Ihr Vater hatte eine Affäre«, fügte sie als Erklärung für Alessandro hinzu.

»Was nur marginal besser ist als das, was du von ihm gedacht hast!«, regte Laura sich auf. »Aber meine Mutter ... Es hat ihr das Herz in Stücke gerissen.« Als hätte jemand die Luft aus ihr herausgelassen, sank sie resigniert auf einen Barhocker. Sofort war Sofia bei ihr, um sie in den Arm zu nehmen.

»Es tut mir wirklich ...«

»Mindestens zehn Jahre ihres Lebens hat es sie gekostet«, zitierte Laura ihre Mutter. »Dann hat sie ihm an den Kopf geworfen, dass sie ihn ebenfalls betrogen hat.« Sie legte beide Hände vor die Augen. »Aaaaah«, presste sie hervor. »Was hast du angerichtet, Sofia?«

»Ich ...«

»Wir sprechen hier von meinen Eltern! Das wollte ich alles gar nicht wissen!«

Alessandros Mundwinkel zuckten verdächtig. Betrübt konnte Sofia nur wiederholen, dass es ihr leidtat.

Schließlich nickte Laura. »Ein Caffè und ein Cornetto

würden eine ganze Menge zu einer Entschuldigung beitragen«, sagte sie. »Mit Crema.«

»Was sonst?« Sofia beeilte sich, wieder hinter die Theke zu kommen. »Für dich ebenfalls noch einen?«, fragte sie Alessandro, der amüsiert dastand, seine eigene Kaffeetasse längst ausgetrunken.

»Danke.« Er schüttelte den Kopf. »Aber mich würde der Anfang dieser Geschichte brennend interessieren. Also, wie genau du auf die Idee gekommen bist, die Ehe der Eltern deiner besten Freundin zu zerstören.«

»Es war nur ein Zufall.« Sofia seufzte.

»Sie ermittelt.« Anklagend hielt Laura den Zeigefinger in die Höhe. »Du hast dich genug eingemischt. Jetzt ist Schluss damit! Du überlässt die weiteren Untersuchungen der Polizei.« Sie drehte sich zu Ranieri und musterte ihn von Kopf bis Fuß. »Sie untersuchen doch noch weiter, oder?«, fragte sie misstrauisch. »Wenn nicht, wird sie es tun. Wird weitere unschuldige Menschen hineinziehen.«

»Die Polizei hat einen Tatverdächtigen in Turin festgenommen«, sagte Sofia.

»Dann werden wohl noch weitere Ehen dran glauben müssen«, sagte Laura. »Mit Turin wird sie sich nicht zufriedengeben.«

Sofia stellte ihr einen Espresso und ein Cornetto hin, dann wandte sie sich an Alessandro. »Es ging um den Unfall im Oktober 2001. Antonio Ferrari.«

Wieder ganz der Commissario sah er sie abwartend an.

»Es war ein grüner Fiat Tipo.«

»Und weil meine Eltern einen grünen Fiat Tipo hatten, kann es ja nur mein Vater gewesen sein.« Auch das Cornetto hatte Laura offensichtlich noch nicht besänftigt.

»Es war mehr als bloß ... Aber ja, das Auto«, gab Sofia zu.

Verlegen rieb sie sich die Stirn. »Es war der erste Anhalts-punkt seit Langem«, versuchte sie sich zu verteidigen, doch Laura schnaubte nur erneut, während Alessandro sie nach-denklich anblickte. »Ein grüner Fiat im Jahr 2001«, mur-melte er. »Der Halter sollte herauszukriegen sein. Woher weißt du das?«, fragte er dann.

»Es gab eine Zeugin.« Zögerlich erzählte Sofia ihm in groben Zügen, was sie von Clara erfahren hatte. »Nach den Gründen für ihr Schweigen musst du sie selbst fragen«, endete sie schließlich.

»Und woher weißt du das?«

»Aus ihrem blöden Notizbuch!«, rief Laura verärgert. »Besser gesagt, das von Tommaso, das sie der Polizei nicht geben wollte.«

»Tommasos Notizbuch? Das du der Polizei … Von so etwas höre ich gerade zum ersten Mal!«

»Ich habe es von Eleonora«, sagte Sofia. Sie hatte gewusst, dass sie das Büchlein zur Polizei bringen sollte.

»Er hat dort Hinweise zu seinen Fällen gegeben?«, fragte Alessandro entgeistert. »*Maledetto*, Sofia, das ist Unterschla-gung von Beweismaterial!«

»Ihr habt doch die Akten zum Unfall«, verteidigte sie sich. Trotzdem zog sie das Büchlein aus der Schublade und reichte es ihm. »Ich dachte, ihr könnt es ohnehin nicht entschlüsseln.«

»Du dachtest, wir … Wir haben Spezialisten für so etwas! Du kannst doch nicht einfach …« Er wollte ganz offen-sichtlich noch mehr sagen, Sofias Vertrauensbruch hatte ihn gekränkt. »*Che cazzo*, Sofia, was sollte das?« Der Blick, den er ihr nun zuwarf, hatte nicht mehr viel von Freund-lichkeit. »Wie konntest du so etwas verheimlichen? Sogar mit Zeuginnen sprechen, ohne mir etwas zu sagen? Du bist nicht die Polizei.«

Sofia zog die Augenbrauen zusammen. Dass er sie abkanzelte wie ein Kind, gefiel ihr nicht. »Die Polizei hatte den Fall abgeschlossen«, sagte sie scharf. »Willst du wissen, wie man den Code liest oder nicht?«

»*Incredibile!*«, stieß er hervor. »Unglaublich!« Mit schmalen Lippen ließ er das Buch zuschnappen. »Die Polizei wird ein Notizbuch wohl noch ohne die Hilfe einer Scharlatanin entschlüsseln können.«

Laura, die dem Streit mit offenem Mund gefolgt war, schnappte hörbar nach Luft.

Sofia knallte die Schublade zu, aus der sie Tommasos Notizbuch genommen hatte. »Ich muss mich in meinem Café nicht beleidigen lassen«, sagte sie fest.

Ohne sich noch einmal umzublicken, stakste Alessandro nach draußen, entweder auf dem Weg in Claras Pension oder zur Questura, um seine *Spezialisten* an Tommasos Notizbuch zu setzen.

»*Merda!*«, fluchte Sofia laut. Sie hatte Herzklopfen vor Wut, ihr Gesicht war sicherlich gerötet.

»Was war das denn?«, fragte Laura verwirrt.

»Na, als ob das nicht deine Intention gewesen war«, schnappte Sofia. Als sie den verletzten Ausdruck in den Augen ihrer Freundin sah, wich mit einem Mal aller Ärger und sie seufzte laut auf. Die Ellenbogen auf die Theke gestützt, ließ sie den Kopf in ihre Hände fallen. »Das habe ich schön vermasselt«, jammerte sie. »Im Moment kann ich anscheinend alles nur kaputtmachen«, fügte sie dann leiser hinzu. »Erst Francesco und Aurora, dich, jetzt die Sache mit Alessandro.« Sie blinzelte die Tränen weg, die sich einen Weg bahnen wollten.

»Die Sache mit Alessandro?« Immer noch durcheinander schüttelte Laura den Kopf. »*Mamma mia*, es gibt eine

Sache mit Alessandro!«, rief sie dann plötzlich, als hätte sie eine Erleuchtung gehabt.

»Es *gab* eine Sache mit Alessandro«, korrigierte Sofia niedergeschlagen. »Du hast ja gesehen, wie wütend er war.«

»Ja aber ... Was ist denn überhaupt passiert? Zwischen euch?«

»Du bist doch sauer auf mich, da interessiert dich das sicherlich alles nicht.« Sofia merkte selbst, dass sie anfing, in Selbstmitleid zu baden, und dabei schnippisch wurde.

»Ich kann später auch noch sauer sein.« Laura wedelte mit der Hand.

Und weil es jetzt auch egal war, berichtete Sofia ihr tatsächlich jede Einzelheit, von der Dachterrasse in Stresa bis zu ihrem Spaziergang an der Seepromenade. »Das Ende hast du ja gerade miterlebt«, sagte sie und hob unglücklich die Schultern.

Jetzt war es Laura, die zerknirscht wirkte. »Es tut mir leid. Ich wollte dich ärgern mit dem Notizbuch, ich war so wütend. Aber deine Beziehung zerstören, das wollte ich wirklich nicht.« Mit bittendem Blick sah sie Sofia an.

»Dann sind wir wohl quitt, hm?«, fragte Sofia mit einem schiefen Lächeln. Dann straffte sie die Schultern. Sie hatte noch nie anderen Schuld zugewiesen, wenn sie selbst Mist gebaut hatte, und damit würde sie heute nicht anfangen. »Aber du brauchst kein schlechtes Gewissen zu haben, das habe ich alles schön selbst verbockt. Hast du das Notizbuch etwa geheim gehalten? Nein, das war ich ganz allein.«

»Du dachtest nicht, dass es solche Konsequenzen hatte!« Sofort war Laura im Verteidigungsmodus – niemand durfte ihre beste Freundin schlecht machen und sei es besagte beste Freundin selbst. Das Recht dazu hatte als Einzige Laura. Beinahe hätte Sofia gelacht. Aber nur beinahe.

»Es war sowieso eine Schnapsidee«, sagte sie dann resolut. »Wir haben ohnehin nicht zusammengepasst.«

*

»Ranieri, wie weit sind Sie mit der Körperverletzung auf der Piazza Don Minzoni?«, wollte der Questore wissen, als er seinen Kopf zur Bürotür hineinsteckte.

»Darum kümmert sich Venuti«, antwortete Alessandro geistesabwesend, den Blick fest auf den Computerbildschirm gerichtet. Das halbe Dorf Corazzo schien im Jahr 2001 einen grünen Fiat Tipo besessen zu haben. Wie sollte er da jemals den Unfallfahrer ermitteln? Er weigerte sich, über Sofia und das Notizbuch nachzudenken, das aufgeschlagen neben seiner Tastatur lag. Er hatte nicht die leiseste Ahnung, welchen Code Tommaso benutzt hatte, aber er würde den Teufel tun und Sofia nach der Lösung fragen.

»Ich hatte Sie gebeten, Venuti zu begleiten«, insistierte der Questore.

Nein, er musste ohne die Café-Besitzerin weiterkommen. Mit der Hand fuhr er sich über seine Augen, seine Wut war so schnell verflogen, wie sie gekommen war. Typisch neapolitanisch, dachte er selbstironisch. Inzwischen hatte er sogar ein schlechtes Gewissen, wie er mit Sofia gesprochen hatte. Obwohl er eigentlich im Recht gewesen war. *Oddio!* Wie hatte sie einfach wichtige Informationen vor ihm geheim halten können? Natürlich, es ging um Corazzo, von Anfang an hatte er das Gefühl gehabt, im Dorf gegen eine Mauer zu rennen. Sofia hatte einen besseren Draht zu den Bewohnern, weshalb sie wohl gedacht hatte, sich einmischen zu müssen. Doch wenn sie recht hatte und der Mörder in Corazzo zu finden war, brachte sie sich mit unüberlegten eigenständigen Ermittlungen in Gefahr. Darauf schien sie ebenso wenig Gedanken verschwendet zu haben. Verärgert schüttelte er den Kopf. Er musste sich jetzt auf diesen Fall konzentrieren und nach dem Fiat suchen. Aber wie? Die Autos von damals waren sicher längst verschrottet, hatten zahlreiche weitere Macken und Dellen dazubekommen oder waren repariert worden. Keine Chance, nach fast dreiundzwanzig Jahren herauszufinden, welches das Unfallauto gewesen war. Die Pensionsbesitzerin Clara Tacchini war ehrlich zerknirscht gewesen, als er mit ihr gesprochen hatte, ihre Aussage zweifelte er nicht an.

»Ranieri, hören Sie mir überhaupt zu?«

Erst als der Questore seinen massigen Körper in Alessandros Blickfeld schob, blickte er auf. »Entschuldigung. Was haben Sie gesagt?« Er versuchte nicht ganz so desinteressiert zu klingen, wie er es in Wirklichkeit war.

»Die Schlägerei hier in Verbania. Piazza Don Minzoni.« Sein Vorgesetzter ließ sich auf den Stuhl vor dem Schreibtisch sinken. »Ich hatte Ihnen aufgetragen, die Bank nach den Aufnahmen der Überwachungskamera zu fragen und diese zu durchforsten. Falls unser Täter dort zu sehen ist, haben wir einen Anhaltspunkt.«

»Richtig.« Alessandro nickte, immer noch nicht ganz bei der Sache. »Venuti kümmert sich.«

»Ja, sehen Sie.« Der Questore beugte sich vor. »Und das verstehe ich eben nicht ganz. Ich hatte Sie damit betraut, Sie persönlich.«

Seinem Vorgesetzten war eine Laus über die Leber gelaufen, das war offensichtlich. Nur warum, weshalb und wieso ausgerechnet jetzt, konnte Alessandro nicht sagen.

»Der Mord in Corazzo«, begann er also. »Ich glaube nicht, dass wir den wahren Täter haben.«

»*Wir* haben sowieso niemanden«, korrigierte der Questore. »Die Kollegen in Turin haben einen Verdächtigen.«

»Nicht den richtigen.«

Der Questore seufzte. »Ranieri. Sie waren in Turin, richtig?«

»Richtig.«

»Haben Sie dort einen Beweis für die Unschuld des Verdächtigen gefunden?«

»Nicht direkt.«

»Also nein.«

»Nein«, musste Alessandro zugeben. »Auch wenn es immer noch die Fingerabdrücke an seiner Gürtelschnalle gibt, die wir nicht zuordnen können«, warf er dann ein.

»Und was sagt Ihre Kollegin? Commissaria Amareni?«

»Amoretti.«

Sein Vorgesetzter winkte die Korrektur beiseite. »Teilt sie Ihre Bedenken?«

Wenn er ehrlich war: »Nein.«

»Weshalb genau sitzen Sie dann nicht in der Banca Popolare und sichten Überwachungsvideos?«

»Weil ich nach grünen Fiat Tipos suche.« Alessandro war nicht gewillt, dem Questore mehr Informationen zu geben.

»Sind die auf der Piazza Don Minzoni gesichtet worden?«

»Nein.«

Der Questore stand auf. »Dann lassen Sie es.«

»Der Mord ...«

»Der Mord ist aufgeklärt. Der Bürgermeister ist mit unserer Arbeit sehr zufrieden, und besonders glücklich ist er darüber, dass es keinen Mörder in der Region Verbania gibt. Belassen wir es dabei, Ranieri. Dann ist für Sie auch eine Gehaltserhöhung drin.«

Alessandro besaß ein sonniges Gemüt. Sicher, er war hin und wieder leicht aufbrausend, das war sein süditalienisches Temperament. Aber um ihn nachhaltig zu verärgern, brauchte es einiges. Und jetzt spürte er, wie langsam Wut in ihm aufstieg. Wut darüber, dass man ihn seine Arbeit nicht vernünftig zu Ende bringen ließ.

»Questore, wenn Sie die Frage gestatten: Weshalb sind Sie Polizist geworden?« Auch Alessandro stand nun auf. »Was war Ihr Anliegen? Denn meines war und ist es, Verbrechen aufzuklären. Restlos aufzuklären und nicht beim kleinsten Gegenwind – vom Bürgermeister, von den Kollegen aus Turin oder meinem Vorgesetzten – den Schwanz einzuziehen.«

Offenbar hatte er seinen Chef kalt erwischt, der Questore blinzelte zweimal, antwortete aber nicht.

»Mit allem gebührenden Respekt«, und den hatte er wirklich, der Questore war ein guter Mann, auch wenn er in diesem Fall lieber den einfachen Weg wählte, »bevor ich einen Unschuldigen« – zumindest einen halbwegs Unschuldigen – »hinter Gittern sehe, kontrolliere ich lieber doppelt und dreifach, ob ich nicht etwas übersehen habe.«

Der Questore atmete hörbar aus, dann nahm er seine dunkle Brille von der Nase, zog ein Tuch aus seiner Hosentasche und begann sie zu putzen. »Sie scheinen sich ziemlich sicher zu sein.«

»Es ist gut möglich, dass ich unrecht habe«, räumte Alessandro ein. Er selbst war davon überzeugt, dass der Mord mit dem Unfall zu tun hatte, aber er war nicht so selbstverliebt zu glauben, dass er nicht auch falsch liegen könnte. Vor Commissaria Amoretti hatte er großen Respekt.

»Aber der kleinste Zweifel lässt Sie nachts nicht schlafen«, ergänzte der Questore. Umständlich setzte er seine Brille auf, dann blickte er Alessandro direkt in die Augen. »Ich halte viel von Ihnen, Ranieri, das wissen Sie.«

»Danke.«

»Und in dieser Sache ...«

Er wurde von Signora da Silva unterbrochen, seiner Sekretärin, die nun an die Bürotür klopfte. »Der Bürgermeister«, sagte sie leise und hob die Hand, in der sie das Telefon hielt.

Der Questore ächzte erneut. Mit einer unbestimmten Geste, die an Signora da Silva oder auch an Alessandro gerichtet sein konnte, verließ er das Büro. In der Tür drehte er sich noch einmal um: »Tun Sie, was Sie für richtig halten, Ranieri. Der Bürgermeister wird nichts über Ihre Ermittlungen erfahren.«

*

»Der Commissario ist ein vernünftiger Mann«, versuchte Laura Sofia gut zuzureden. »Nicht so wie Tino«, fügte sie abfällig hinzu.

»Oje. Was ist passiert?« Eine willkommene Ablenkung, um nicht mehr über Alessandro nachdenken zu müssen, dachte Sofia. Sie hatte die Spülmaschine eingeräumt, alle Tische abgewischt und aufgeräumt, was ihr so einfiel aufzuräumen. Immer schon hatte sie bei Kummer oder Aufregung aktiv werden, etwas tun müssen. Deshalb steckte sie nun in der Misere, dachte sie zerknirscht, weil sie einfach nicht hatte lockerlassen können, weil sie ihr Gewissen hatte beruhigen müssen, dass sie bei Gianluca eben nichts getan hatte. Sie seufzte.

»Ach, Tino.« Laura winkte ab. »Ex-Frau hier, Scheidung da. Kann ich nicht einmal in der Sonne einen Aperol trinken, ohne über Probleme zu sprechen?«

»Das tut mir leid.«

»Nicht so schlimm. Matteo hat mir eine Bootstour versprochen. Ein Freund von ihm besitzt so ein schickes Motorboot.«

»Matteo?« Erstaunt blickte Sofia ihre Freundin an. »Der mit Susanna geflirtet hat?«

»Ein Missverständnis.«

»Soso.«

»Er hat sich entschuldigt.«

»Mit einer Bootstour?« Skeptisch blickte Sofia ihre Freundin an.

»Mit einem Armband.« Laura hielt ihr das Handgelenk hin, an dem ein hübsches Goldkettchen hing.

»Na, dann ist ja alles in Butter«, murmelte Sofia.

»Apropos Butter: Hast du mittlerweile neue Baci di Dama?«, fragte Laura neugierig. »Die würden mir noch etwas weiterhelfen dabei, dir zu verzeihen. Und wo wir davon sprechen, Davides Post trage ich in der nächsten Zeit lieber selbst aus, mein Bruder ist nachtragender als ich.«

Sie würde wohl noch sehr viele Kekse backen müssen, bis ihr Verhältnis zur Familie Perlino wieder halbwegs normal wäre, dachte Sofia. Von ihrem Verhältnis zu Alessandro wollte sie gar nicht sprechen.

»Aber wenn du das Notizbuch nun nicht mehr hast, dann lässt du die alte Geschichte um den Unfall jetzt ruhen, oder?«, fragte Laura. »Wenn es wirklich einen Mörder in Corazzo gibt ...« Den Rest des Satzes sprach sie nicht aus, Sofia verstand aber auch so, was sie meinte. Womöglich

wäre die Person, die in den alten Geschichten herumsto-
cherte, das nächste Opfer.

»Die Polizei ermittelt ja jetzt weiter«, antwortete Sofia
unverbindlich. Doch sie wusste, dass sie die Sache nicht
ruhen lassen konnte. Alessandro würde nach einem grünen Fiat Tipo forschen, vielleicht mit Clara sprechen, aber
was dann? Er kannte Corazzo einfach nicht so, wie sie ihr
Heimatdorf kannte. Er würde nicht wissen, wie man mit
den Bewohnern sprechen musste. Der Unfallfahrer war
fast dreiundzwanzig Jahre mit seinem Verbrechen davongekommen, Sofia bezweifelte, dass Alessandro daran etwas
ändern konnte.

*

Deshalb beschloss sie, am Abend die Höhle des Löwen zu
betreten. Sie atmete tief ein, eine Kampfer stand hier in der
Nähe, deren aromatischer Duft beruhigend wirkte, dann
drückte sie auf den Klingelknopf des Mehrfamilienhauses
in der Via ai Monti.

»Es tut mir leid, ich wollte das nicht, aber ich muss es
wissen: Wo hast du die alten Fotoalben?«, sagte Sofia, als
ihre Mutter die Tür öffnete. Sie ließ Giulia verwirrt im
Flur stehen und marschierte direkt ins Wohnzimmer. Aus
der Küche hörte sie das Klappern von Geschirr, eine Kaffeekanne köchelte auf dem Herd, der Duft zog durch die
Wohnung.

Im Wohnzimmer lief der Fernseher, eine Wiederho-
lung von Kommissar Rex. Die österreichische Krimiserie
mit einem Schäferhund in der Hauptrolle wurde seit Jahren erfolgreich im italienischen Fernsehen gesendet, und
Giulia Dalmasso war ein großer Fan. Weshalb ihre Lands-

leute diese Serie so liebten, wusste Sofia nicht, es musste am Hund liegen. Warum auch immer. Sie schaltete den Apparat aus.

»Sofia, wie konntest du nur?«, rief Giulia, die ihr gefolgt war.

»Ein grüner Fiat Tipo«, sagte Sofia statt einer Antwort.

»Wer hatte einen grünen Fiat Tipo?«

Stirnrunzelnd und die Hände an einem Geschirrtuch abtrocknend, trat ihr Vater aus der Küche zu ihnen. »Die Perlinos«, sagte er.

»Außer den Perlinos.« In der Hoffnung, um dieses Gespräch herumzukommen, öffnete Sofia den hellen Holzschrank, in dem ihre Mutter alte Fotos aufbewahrte.

»Was hast du dir nur dabei gedacht?« Giulia Dalmasso verschränkte die Arme vor der Brust und funkelte Sofia an.

»Ich kann euch gar nicht sagen, wie leid es mir tut.«

»Aurora war völlig aufgelöst!«

»Ich weiß.« Zerknirscht setzte Sofia sich aufs Sofa.

»Hättest du diese alten Geschichten ruhen lassen, wäre alles in Ordnung.«

Sofia schüttelte den Kopf. »Ich kann die alten Geschichten nicht ruhen lassen«, widersprach sie. »Diese ganze Geheimniskrämerei! Wenn ihr von Anfang an geredet hättet, wäre das alles möglicherweise nicht passiert.« Clara, Gina, Francesco, und wer wusste schon, wer noch alles weiterhin schwieg. Hätten sie damals schon mit der Polizei, mit Tommaso gesprochen, wäre der Unfall vielleicht aufgeklärt worden. Und auch wenn Sofia noch nicht alles wusste, so war sie sich sicher: Der Mord an Gianluca hätte verhindert werden können. Nur wann genau?

»Hier.« Ihr Vater hatte zwei Fotoalben aus dem Schrank

gezogen und hielt sie ihr hin. »Aus dem Kopf kann ich dir sagen: die alte Signora Cinzia, seit mehr als fünf Jahren tot.«

»Marco«, unterbrach Sofias Mutter, doch er ließ sich nicht beirren. »Signor Rossi, die Uccellis«, zählte er auf. »Mein Gedächtnis ist sicher nicht vollständig«, gab er zu. »Aber das ist ein Anfang. Die Fotoalben kannst du mitnehmen.«

»Das wirst du nicht!«

Marco drehte sich zu seiner Frau. »Sofia hat recht«, sagte er und legte ihr eine Hand auf die Schulter. »Oberflächliche Verletzungen mögen heilen, indem man sie in Ruhe lässt. Tiefe Wunden müssen genäht werden. Man muss sie untersuchen, ausspülen, desinfizieren und behandeln. Erst wenn man alles darüber weiß, kann der Heilungsprozess beginnen.« Er nickte seiner Tochter zu. »Wenn dir das hilft, nimm es mit. Aber versprich mir eins: Sei vorsichtig.«

*

05. Oktober 2001: Raffaele

»Hey, pass doch auf!«

Beinahe wäre Raffaele auf die Straße gestolpert und von dem roten Roller erfasst worden, der neben ihm zum Halten kam.

»Was ist mit Ihnen los, sollte ich besser fragen«, antwortete der junge Mann mit den blonden Locken. Alberto oder Alessandro oder ...

»Antonio!«, fiel Raffaele noch rechtzeitig ein. Er hatte den Abend bei Tommaso und Eleonora verbracht, nun ja, eigentlich nur bei Tommaso, Eleonora war schon seit Stunden im Bett. Sie hatten Karten gespielt, gelacht und vor allem

getrunken, weshalb Raffaele sich alles andere als sicher auf den Beinen fühlte.

»Du solltest vorsichtiger fahren«, sagte er. »Nicht dass du noch jemanden erwischst mit deinem Höllengefährt.«

»Soll ich Sie nach Hause bringen?«

Raffaele stützte sich mit der Hand an der Hauswand neben ihm ab. »Danke, aber das Laufen hilft mir, den Kopf freizubekommen.« Und um ehrlich zu sein, befürchtete er, in seinem Zustand von dem Roller hinunterzurutschen.

»Vielleicht sollte ich das auch tun, nach Hause laufen«, sagte der Junge. »Mit eingezogenem Schwanz nach Hause laufen.« Er klang verbittert wie ein alter Mann, und die Tatsache kam Raffaele in diesem Moment urkomisch vor.

»Ahhh, Herzschmerz, die Freuden der Jugend«, sagte er lachend. Dann ließ er sich auf die kleine Treppe sinken, die zu den Häusern in zweiter Reihe führte, und klopfte auf den freien Platz neben sich. Der Junge brauchte ganz offensichtlich jemanden zum Reden. Zögerlich stellte Antonio seinen Roller ab und setzte sich neben ihn.

Eine Weile schwiegen sie beide, hörten den leisen Geräuschen der Nacht zu. Aus der Ferne dröhnte das Brummen eines Automotors zu ihnen, in einem der Gärten in der Nähe bellte ein Hund.

»Sie hat mich versetzt«, sagte Antonio plötzlich. »Ich dachte, da wäre was zwischen uns und sie hat mich einfach versetzt.«

Mitfühlend klopfte Raffaele dem jungen Mann auf die Schulter. »Das, was das Herz heute schon weiß, wird der Kopf erst morgen wissen«, zitierte er die erstbeste Redewendung, die ihm einfiel.

»Ich hatte ein sicheres Ding in Cannobio«, jammerte Antonio nun.

Ah, keine Liebe, nur das Ego, dachte Raffaele. Er hielt sich den Kopf, in dem sich plötzlich alles drehte. »Was machst du dann hier und bist nicht in Cannobio?« Wäre er nüchtern gewesen, wäre ihm möglicherweise ein vernünftiger Ratschlag eingefallen, dachte er, als der Junge auf seinen Roller stieg.

Er fragte sich, ob er wirklich geholfen oder alles nur schlimmer gemacht hatte.

»Allora.« Es war nicht zu ändern. Seufzend stand er auf, um endlich nach Hause zu gehen und seinen Rausch auszuschlafen. Dabei sah er die Rücklichter des roten Rollers im Wald verschwinden.

*

Mit den Fotoalben und einem Glas Limonade hatte Sofia es sich auf ihrem Balkon bequem gemacht. Sie hatte Musik angestellt und eine Playlist von Måneskin gewählt, der Band aus Rom, die durch den Eurovision Song Contest in ganz Europa bekannt geworden war. Sofia hatte sie schon einige Jahre zuvor in der Castingshow X Factor gesehen, die Laura mit Begeisterung schaute, und war gleich Fan geworden. Sie liebte die Band und ihre rhythmischen Songs, jetzt aber musste sie nachdenken und hatte deshalb ein ruhiges Lied angestellt.

Leicht wippte ihr Fuß im Takt zu »Trastevere« mit, und sie schlug das Fotoalbum auf. Die Namen, die ihr Vater ihr genannt hatte, standen schon auf einem Notizzettel. Viel Hoffnung, dass sich ihr die Lösung durch einen Schnappschuss ihrer Eltern präsentierte, hatte sie nicht, aber es war immerhin ein Anfang.

Die alte Signora Cinzia, die längst gestorben war, hatte sie auf der Liste durchgestrichen, und mit den Uccellis hatte sie nach dem Besuch bei ihren Eltern ein wenig geplaudert: Von Antonios Unfall hatten sie erst nach ihrer Rückkehr aus dem Urlaub erfahren, sie waren Ende September auf einer Familienfeier eingeladen gewesen, eine Tante von Signora Uccelli hatte ihren Geburtstag auf dem heimischen Weingut bei Alba gefeiert. Natürlich konnte die Angabe falsch sein, aber fürs Erste glaubte Sofia ihnen.

Sie nahm einen Schluck Limonade und blätterte weiter. Wie gut, dass ihr Vater so perfekt organisiert war. Ihre Mutter hätte wahrscheinlich kreuz und quer Fotos eingeklebt, die ihr gefallen hätten, während ihr Vater fein säuberlich nach Jahreszahlen sortiert und jedes Foto mit Namen, Ort und Datum versehen hatte. So dauerte es nicht lange, bis Sofia zurückgeblättert hatte ins Jahr 2001.

Zärtlich strich sie über das Bild, das sie selbst mit Nonna Valerija zeigte, im August, den wohl heißesten Tagen des Jahres im Innenhof ihres Elternhauses. Valerija hatte ihr Holzbrett auf dem Tisch ausgebreitet, und die kleine Sofia, mit zwei Zöpfen damals noch, saß auf einem Plastikstuhl und formte Tajarin. Sofort war die Erinnerung zurück: das Mehl, das staubte und mit dem Nonna Valerija ihr jedes Mal einen Stups auf die Nase gab, der Geruch des frischen Nudelteigs, der sich mit dem des Sommers vermischte. Sonnencreme, der Kampferlorbeer, der am Hoftor stand, und dazu das Summen der Insekten, die in den Blüten der Hortensien nach Nektar suchten. Plötzlich schob sich noch eine andere Erinnerung vor Sofias inneres Auge. Etwas später, aber es musste der gleiche Sommer gewesen sein, sie erinnerte sich an das rosa Zopfband mit der Hello-Kitty-Katze. Nonna hatte sie etwas gefragt, Sofia wusste nicht mehr was, sie wusste nur noch, dass ihr plötzlich ganz kalt geworden war. Nonna hatte sie in den Arm genommen, ihr eine heiße

Schokolade gekocht, auch wenn es draußen immer noch mehr als zwanzig Grad warm gewesen war, und ihr gesagt, dass sie von der Gabe geahnt habe. Die Gabe. Hatte sie deshalb darauf bestanden, dass Sofia das Wahrsagen lernte? Ihre Mutter war strikt dagegen gewesen, hielt nichts von Hokuspokus. Für ihren Vater war es nicht wichtig genug gewesen, sich mit Nonna zu streiten, und Sofia hatte es als großen Spaß empfunden. Seufzend blätterte sie weiter. Nein, großen Spaß machte ihr die Sache seit Gianluca ganz und gar nicht mehr. Worüber hatte Valerija gesprochen? Sofia versuchte sich zu erinnern, aber es wollte ihr einfach nicht einfallen. Oder war es überhaupt nicht das gewesen, was Nonna zu ihr gesagt hatte? Ein roter Roller erschien vor ihrem inneren Auge, ein roter Roller, der im gleichen Moment, als Valerija gesprochen hatte, an ihnen vorbeigefahren war. Alles, was Nonna gesagt hatte, war in seinem Gedröhn untergegangen.

Sofia schüttelte den Kopf, um ihre Gedanken zu sortieren.

Die Nacht, in der Antonio gestorben war, musste ebenfalls warm gewesen sein – nicht mehr ganz so heiß wie im August, aber dennoch ungewöhnlich für einen Tag im Oktober. Sie bemühte sich, ihre eigenen Erinnerungen zu fassen, die jedoch zu nebulös waren, zu jung war sie noch gewesen.

»Autos«, murmelte sie. Sie suchte Autos. Wie weit lohnte es sich zurückzugehen? Oder vorzuspringen? Die meisten Dorfbewohner, die sie kannte, fuhren ihre Autos nicht nur Jahre, sondern Jahrzehnte. Andererseits ... sie wollte nicht noch eine falsche Beschuldigung riskieren. Gestern hätte sie noch Alessandro gefragt, doch jetzt ... Schnell nahm sie einen weiteren Schluck Limonade und verbot sich alle weiteren Gedanken an den Commissario, an ihren Kuss und den nachfolgenden Streit. Sie musste sich konzentrieren.

Und dann, ganz plötzlich, war es da, das Foto, von dem sie gehofft hatte, es existiere. Im Vordergrund die kleine Sofia mit ihren Zöpfen an der Hand von Giulia, die den Kopf zu Aurora Perlino geneigt hatte. Doch was dort vor sich ging, interessierte Sofia nicht, viel wichtiger fand sie den grünen Fiat im Hintergrund, an dessen Tür gelehnt Tommaso Mazzoli seiner Eleonora winkte.

Und plötzlich passte alles zusammen, fielen alle Puzzleteile an ihre richtige Stelle. Die alte Dame zu Besuch bei Gianluca, von der Commissario Ranieri gesprochen hatte. Tommasos Notizbuch. Sein seltsames Verhalten in den Wochen und Monaten vor seinem Tod. All das ergab nun einen Sinn.

*

Laura meldete sich nach dem dritten Klingeln. »Ich hoffe, du hast eine gute Begründung, mich mitten in der Nacht zu wecken«, grummelte sie.

»Es ist nicht einmal halb elf«, antwortete Sofia nach einem Blick auf die Uhr.

»Ich habe einen anstrengenden Tag hinter mir.«

»Ach? Matteo?«

»Sofia!«, rief Laura so entrüstet, dass Sofia sich sicher war, recht zu haben. Doch hier ging es – ausnahmsweise – nicht um Lauras Liebesleben.

»Ich glaube, ich weiß, wer es war«, sagte sie. Sie hielt sich nicht mit langen Erklärungen auf, Laura wusste, wovon sie sprach. »Ich hole gerade meine Notizen. Das meiste, was Tommaso aufgeschrieben hatte, habe ich übertragen.« Während sie die Bar aufschloss, musste sie sich das Telefon zwischen Ohr und Schulter klemmen.

»Du ... was?« Sie konnte regelrecht hören, wie Laura sich senkrecht im Bett aufsetzte. »Du hattest doch versprochen, nicht mehr weiter nachzuforschen!«

»Ich glaube, er hat nicht versucht herauszufinden, wer es gewesen ist, sondern wer Zeuge war.« Die Tür fiel hinter ihr zu, sie schaltete das Licht an und schlängelte sich durch Tische und Stühle zur Bar. »Wenn ich recht habe ...« Sie öffnete die Schublade, suchte nach dem Notizbuch, das sie hier verstaut hatte. »Moment.« Sofia hielt das Handy vom Ohr weg und lauschte. War da ein Geräusch gewesen? Hatte etwas geknistert? »Hallo?«, rief sie. »Laura, ich ruf dich zurück.« Bevor ihre Freundin etwas entgegnen konnte, hatte sie die Verbindung unterbrochen und das Handy in ihre Tasche gleiten lassen.

»Hallo?«

Keine Antwort. Sofia hielt inne. Auf einmal kam es ihr ganz und gar nicht mehr klug vor, dass sie das Gespräch mit Laura beendet hatte. Ihre nicht ausgesprochenen Worte fielen ihr wieder ein.

Langsam trat sie einen Schritt zurück, hinter der Bar hervor, während sie vorsichtig nach dem Smartphone tastete. Ihr Herzschlag beschleunigte sich. Kein Grund zur Panik, versuchte sie sich zu beruhigen. Alles war in Ordnung, wahrscheinlich war es nur eine Katze, ein Streuner, der ... Plötzlich wurde es schlagartig dunkel. Jemand hatte das Licht ausgeschaltet. Oder gar die Sicherungen?

Instinktiv wandte Sofia sich zur Tür, den Weg fand sie blind, auch im Dunkeln. Ihr Herz schlug ihr jetzt bis zum Hals, mit großen Schritten durchquerte sie den Raum, stieß sich den Oberschenkel an einem Tisch, eilte weiter. Die wenigen Meter kamen ihr vor wie eine Ewigkeit.

Endlich erreichte sie den Ausgang, fahles Mondlicht fiel von draußen herein. Sofia fasste nach dem Griff und ... die Tür war verschlossen. Panik breitete sich in ihr aus. Sie wusste, dass sie vorhin nicht abgesperrt hatte. Erneut rüttelte sie an der Klinke, sie musste doch aufgehen, sie musste doch ... Und plötzlich setzte die Panik ein. »Hilfe!« Sie hämmerte von innen gegen die Tür, schrie und klopfte.

Dann spürte sie es. Hinter sich. Sie hatte sich nicht getäuscht, da war noch jemand, hier, mit ihr in der Bar. Sie konnte jemanden atmen hören, spürte die Wärme eines anderen Körpers. Abwehrend hob sie die Hände, doch da durchzuckte ein heftiger Schmerz ihren Hinterkopf. Und dann wurde es schwarz.

19. KAPITEL: DIE HÜTTE IM WALD

Das Erste, was Sofia spürte, als sie wieder zu sich kam, waren die Fesseln. Sie saß aufrecht, aber konnte sich nicht bewegen, weder die Hände noch die Füße. Die Kabelbinder, die man um ihre Gelenke und einen Stuhl gewunden hatte, schnitten ihr ins Fleisch. Als sie versuchte, die Augen zu öffnen, wurde ihr schwindelig. In ihrem Hinterkopf pochte es so stark, dass ihr übel wurde. Hinter ihren Augenlidern flimmerte es, und sie schaffte es gerade eben so, sich nicht zu übergeben. Tief einatmen, dachte sie. Tief einatmen, ausatmen, sich nicht ablenken lassen von den Schmerzen, die klopften und wühlten. Sie stöhnte leise, bemühte sich aber, die Schmerzen auszublenden und zu fokussieren. Wieder atmete sie tief ein, und dieses Mal roch sie etwas, das ihr bis jetzt entgangen war. Ein modriger Geruch, gemischt mit Kiefernadeln. Eine Hütte im Wald. Irgendwo im Nichts. Was hatte er mit ihr vor? Ihr Magen verkrampfte sich, als sie daran dachte, wie er Antonio einfach hatte sterben lassen, wie Gianluca von ihm ermordet worden war.

»Massimo«, sagte sie leise.

Stille. Er war hinter ihr, das spürte sie.

Erneut versuchte sie die Augen zu öffnen, aber mehr als schemenhafte Umrisse konnte sie nicht ausmachen. Ein Regal? Daneben ein Fenster? Die Wolken verdeckten den Mond, sodass kaum Licht hineindrang.

»Ich wusste, dass du es herauskriegen würdest.« Seine Stimme klang gepresst. »Es war nur eine Frage der Zeit.«

»Du hattest sein Auto.« Ihre Stimme zitterte. Vor Kälte, vor Angst. »Du hast dir Tommasos Auto geliehen. Den grünen Fiat Tipo. Ihr habt so vieles geteilt. Auch das Auto.«

»*Ragazza*, warum musstest du nur deine Nase da hineinstecken?« Er klang ehrlich betrübt. Mit langsamen Schritten ging er um sie herum. »Glaubst du, es wäre ... Glaubst du, es macht mir Spaß, dir etwas anzutun? Wie gern würde ich auch nächste Woche noch bei dir in der Bar sitzen und mich von dir mit Caffè und Wein verwöhnen lassen.« Wütend ballte er die Hände zu Fäusten. »Hättest du die Sache nicht einfach auf sich beruhen lassen können?«

Das hatte sie nicht. Hätte es nicht gekonnt. Zwei Menschen waren gestorben, und ihr Blut klebte an Massimos Händen.

»Warum?«, fragte sie. »Warum hast du es vertuscht?«

»Weißt du, was alles auf dem Spiel stand?«

Das wusste sie nicht, nein. Er war damals Bürgermeister gewesen, der wichtigste Mann in Corazzo. Hatte eine Frau gehabt, Kinder, war überall respektiert. Aber dennoch.

»Antonio hat sein Leben verloren«, sagte sie.

Nun war er es, der nicht antwortete. Ihre Augen gewöhnten sich langsam an die Dunkelheit, und sie konnte das große Jagdgewehr sehen, das neben dem Regal an der Wand lehnte. Mit aller Macht versuchte sie die Welle der Übelkeit, die sie erfasste, zurückzudrängen. Ein Gewehr also. Schnell wandte sie den Blick ab, doch das Bild der Waffe hatte sich in ihre Netzhaut eingebrannt und wollte nicht mehr verschwinden. Wenn sie sich nur befreien könnte! Aber er hatte Kabelbinder genommen, das Plastik war unnachgiebig, schnitt bei der kleinsten Bewegung tiefer ins Fleisch.

»Wie hast du es herausgefunden?«, fragte er plötzlich.

Er wollte reden, das war gut. »Ein Foto von Tommaso«, gab sie zu. »Ihr wart so gut befreundet, ihr drei, du, Raffaele und Tommaso. Die drei Musketiere, hat Eleonora immer gesagt. Aber es ging schon länger auseinander, schon viele Jahre. Tommaso hat nur noch die Fassade aufrechterhalten, Raffaele und Eleonora zuliebe. Warum hat er dir nicht erzählt, dass er todkrank war? Wäre es nicht das Wichtigste, Unterstützung von seinen besten Freunden zu erhalten?«

Massimo seufzte schwer und sah auf seine Hände. »Er hat damit gehadert«, sagte er. »Mit der Entscheidung.«

»Mit der Entscheidung, den Unfall unter den Teppich zu kehren?«

»Es war sein Auto, Sofia. Sein Auto, das er mir geliehen hat, weil ich meines besoffen gegen einen Baum gefahren habe. Hat er es zur Anzeige gebracht? Hat er mir den Führerschein abgenommen? Nein, er hat mir sein Auto geliehen, damit ich nach Verbania fahren konnte. Als Bürgermeister war ich überall eingeladen, habe überall einen Wein, einen Grappa angeboten bekommen. Natürlich, jeder wollte mein Freund sein, sich gut mit mir stellen. Aber hätte ich fahren sollen? Hätte ich fahren dürfen?« Kopfschüttelnd, so als könne er es selbst nicht fassen, erzählte er, wie Tommaso ihn angehalten hatte. Mehr als nur einmal habe der Carabiniere den Bürgermeister beim alkoholisierten Fahren erwischt. Und mehr als nur einmal habe er ihn mit den Worten »Pass das nächste Mal besser auf« weiterfahren lassen. »Er hätte etwas tun können, nein, er hätte etwas tun *müssen*. Er wusste, dass ich betrunken Auto fuhr. Dass ich nicht damit aufhören würde.« Massimo lachte freudlos auf. »Tommaso ist genauso schuldig wie ich.«

Sofia schwieg. Tommaso hatte es gewusst, hatte alles von Anfang an gewusst, sein Notizbuch enthielt keine

Hinweise auf den Täter, sondern auf Zeugen. Das war ihr aufgegangen, als sie das Foto gesehen hatte. Schon Claras Aussage, dass sie ihm von ihrem Abend im Wald erzählt hatte, hätte alle Alarmglocken bei ihr klingeln lassen sollen. Denn natürlich kannte Tommaso alle grünen Fiat Tipos in Corazzo, natürlich wäre er von Haustür zu Haustür gegangen, um herauszufinden, wessen Auto rote Lackspuren aufwies. Und Eleonora? Sie hatte den Schaden an ihrem eigenen Auto bemerkt, musste ihn bemerkt haben. Deshalb war sie zu Gianluca in Claras Pension gegangen, deshalb war es ihr so wichtig gewesen, dass Sofia die Wahrheit herausbekam. Ob sie geglaubt hatte, es könnte ihr Ehemann selbst gewesen sein?

»Er war ein guter Junge«, sagte Massimo traurig. »Es war eine Tragödie. Ich habe es mir nie verziehen, werde es mir niemals verzeihen. Und ab diesem Tag habe ich keinen Tropfen Alkohol mehr getrunken, wenn ich Auto fahren musste.«

Das hatte Antonio auch nicht wieder lebendig gemacht. »Wie ist es passiert?«, fragte sie. Sie wollte es wissen, musste es wissen.

»In einer Kurve, ich war zu schnell unterwegs, viel zu schnell. Bin mittig gefahren, um mir die Sache zu vereinfachen. Wenn jemand entgegenkam, hätte ich das Licht gesehen. Aber wer sollte um diese Uhrzeit auch noch auf den Straßen unterwegs sein? Nicht von Corazzo an den See.« Mit beiden Händen fuhr er sich durch die Haare. »Aber er hatte kein Licht, Sofia. Wie hätte ich ihn sehen können, er hatte kein Licht.« Mit etwas, das sich wie ein Schluchzer anhörte, brach er ab.

Sofias Herzschlag dröhnte in ihren Ohren. Sie musste ihn weiter zum Reden bringen, musste ihn ablenken und beschäftigen. Das Gewehr neben dem Regal, sie wusste, dass es dort stand, auch wenn sie sich zwang, nicht hinzusehen.

Eine Zwergohreule stieß ihren monotonen Ruf aus.

»Und Gianluca musste sterben, weil er es wusste?«, fragte sie. »Was hat Tommaso ihm verraten?«

»Der alte Esel hat ihm einen Brief geschrieben. Ausgerechnet einen Brief, das ganze Geständnis, alles schriftlich.« Massimo, der in den letzten Minuten still und in sich gekehrt gewirkt hatte, schien jetzt aufgebracht. »Fast dreiundzwanzig Jahre ist es her, dreiundzwanzig Jahre, in denen wir gut gelebt, in denen ich mir etwas aufgebaut habe. Und das soll alles zu Ende sein, weil Tommaso vor seinem Tod reinen Tisch machen wollte? Oh, Gott wird ihn richten.« Wütend tigerte er in der kleinen Hütte auf und ab, fuhr sich erneut durch die weißen Haare. »Das konnte ich nicht zulassen. Ich habe Gianluca vor die Wahl gestellt, habe ihm gesagt, dass er die ganze Sache vergessen soll, dass er nach Turin zurückfahren soll. Aber er hat mir mit der Polizei gedroht, mit Gerichten und Urteilen, mit …« Schwer atmend brach er ab. »Er hat mir keine Wahl gelassen.« Den Mund zu einem schmalen Strich zusammengepresst blickte er sie an.

Sie sah ihm fest in die Augen. »So wie ich?«, fragte sie dann.

Er wandte seinen Blick ab, unglücklich. »Sofia … ich …«

»Was hast du vor? Willst du mich auch zum Schweigen bringen?« Impulsiv waren die Worte aus ihr herausgebrochen, im Nachhinein hätte sie sich gern auf die Zunge gebissen. Es war nicht klug, ihn zu reizen, sie musste Zeit gewinnen, musste ihn überzeugen, sie laufen zu lassen. »Weshalb der Sacro Monte?«, fragte sie.

Massimo seufzte schwer. »Ich war in der Kirche«, sagte er leise. »In San Giovanni. Vielleicht habe ich gedacht, ich könnte beichten, könnte etwas von meiner Schuld loswerden. Aber dann ... Überall diese Kreuze, Sofia, überall hängt ein toter Mann an einem Stück Holz.«

Kalt fuhr es ihr den Rücken entlang.

»Und so ... so bin ich auf die Idee gekommen. Habe gehofft, die Polizei damit vielleicht auf eine falsche Fährte zu führen.« Mit zitternden Händen griff er nach dem Jagdgewehr. »Hast du Angst?«, fragte er.

Sofia überlegte. Horchte in sich hinein. Die letzten Minuten war sie fast verrückt geworden vor Angst, der Panik nahe gewesen. Doch jetzt, wo er das Gewehr in der Hand hielt? Wo der Tod so nah war, dass er direkt vor ihr stand und ihr ins Gesicht grinste? »Er zeigt sich nicht im Kaffeesatz«, sagte sie, vielleicht etwas verwundert. »Den eigenen Tod wird man nicht lesen.«

Massimo nickte langsam. »Das ist auch besser so«, sagte er. Dann hob er das Jagdgewehr.

Ein ohrenbetäubender Krach ließ Sofia zusammenzucken. Kein Schuss. Die Tür der Hütte, die aufgebrochen worden war. »Waffe fallen lassen!«

Commissario Alessandro Ranieri. Die folgenden Augenblicke liefen wie in Zeitlupe ab: Alessandro trat mit einer Pistole im Anschlag auf Massimo zu, während weitere uniformierte Kollegen in die Hütte stürmten. Massimo, der zunächst wie erstarrt dastand, dann langsam das Jagdgewehr auf den Boden legte, sich hinkniete und die Hände hinter dem Kopf verschränkte. Der Polizist, der ihm Handschellen anlegte. Der andere, der ihr die Fesseln löste. Gerettet. Frei.

*

275

Eingehüllt in eine Rettungsdecke, die ihr ein fürsorglicher Carabiniere umgelegt hatte, sah Sofia zu, wie Alessandro Massimo in einen Polizeiwagen verfrachtete. Obwohl es dunkel war, verfolgte sie die Rücklichter des Autos, bis sie nicht mehr zu sehen waren. Die Hütte wurde untersucht, vermutlich auf Spuren, weitere Waffen oder Hinweise. Und überall war Alessandro, der seinen Kollegen Anweisungen gab, hierhin deutete und dorthin, und immer wieder Blicke in ihre Richtung warf, um sicherzugehen, dass es ihr gut ging. Ein herbeigerufener Notarzt hatte sich die Verletzung an ihrem Hinterkopf angesehen, wo Massimo sie niedergeschlagen hatte. Schon jetzt hatte sich eine Beule gebildet, sie würde auch noch einige Tage Schmerzen haben. Aber ihr war weder schwindelig noch übel, sodass der Arzt ihr schließlich widerstrebend sein Okay gegeben hatte, nicht ins Krankenhaus zu müssen. Morgen früh würden die Gäste wieder einen Caffè – oder einen Mokka – erwarten.

Endlich schien Alessandro seine wichtigsten Aufgaben erledigt zu haben und kam zu ihr herüber. Er hatte einen Becher mit Tee aufgetrieben.

»Geht es dir gut?« Mit der rechten Hand umfasste er ihre Wange, als könnte er nicht glauben, sie hier zu sehen. Trotz der späten Stunde trug er ein Hemd, in der Mitte hatte er einen Knopf vergessen zu schließen, und die dunklen Haare fielen ihm ungeordnet in die Stirn. »Es tut mir so leid«, sagte er plötzlich. »Ich hätte dich nicht so anfahren dürfen.«

»Nein, mir tut es leid. Ich hätte keine Beweismittel unterschlagen dürfen.« Sie schüttelte den Kopf. »Lass uns diesen dummen Streit vergessen.« Mit einem vorsichtigen Lächeln sah sie ihn an. »Du bist genau im richtigen Augenblick gekommen.«

»Keine Sekunde zu früh«, sagte er mit zusammengezogenen Brauen.

»Du machst dir doch keine Vorwürfe?«

»Natürlich mache ich mir Vorwürfe! Du hättest tot sein können.«

Sie schüttelte den Kopf und hob die Hand, um den Hemdknopf zu schließen.

»Ich wusste, dass du kommen wirst«, sagte sie.

»Ach ja?«

»Der Mokka hat es mir verraten.«

Sein Mundwinkel zuckte. »Hättest du ihn nicht gleich schon zu Anfang nach dem Schuldigen fragen können?«

»Nächstes Mal werde ich dran denken.«

»Nächstes Mal?« Entsetzt blickte er sie an.

Sie musste lachen. »Aber weißt du, was er mir noch verraten hat, der Mokka?«, fuhr sie dann fort.

Mit hochgezogenen Augenbrauen wartete er, dass sie weitersprach. Sofia lächelte, stellte sich auf die Zehenspitzen und flüsterte ihm ins Ohr: »Glück in der Liebe.«

Was er darauf entgegnen wollte, bekam sie nicht mehr mit, denn plötzlich kreischte jemand von rechts schrill in ihr Ohr.

»Sofia, du lebst!« Laura fiel ihr so heftig um den Hals, dass Sofia ganz durchgeschüttelt wurde.

»Sie ließ sich nicht davon überzeugen, zu Hause auf Nachricht zu warten«, erklärte Alessandro Lauras Auftauchen.

»Au.« Mit einer Hand umarmte Sofia ihre Freundin, die sie gar nicht mehr loslassen wollte, mit der anderen tastete sie vorsichtig nach ihrem Hinterkopf.

»Aber sie hat dir das Leben gerettet«, sagte Alessandro dann. »Sie war es, die den Notruf gewählt und darauf bestanden hat, dass ich informiert werde.«

»Und ich bin so froh, dass Sie sie gefunden haben«, rief Laura und fiel auch Alessandro um den Hals. »Dass du sie gefunden hast«, korrigierte sie sich dann mit Blick auf die Nähe, die zwischen Alessandro und Sofia herrschte.

»Wie *hast* du mich überhaupt gefunden?«, wollte Sofia jetzt wissen.

»Wir haben dein Handy geortet, er hatte es an sich genommen, vermutlich, damit du niemanden anrufen kannst. Er wusste offenbar nichts von GPS und hat es achtlos in seinem Wagen gelassen. Du hast großes Glück gehabt.«

Sofia schauderte und versuchte, nicht daran zu denken, wann und ob man sie überhaupt je in der einsamen Hütte im Wald gefunden hätte.

»Ein Hoch auf alte Männer und ihren Mangel an Technikkenntnissen«, sagte Laura grinsend. Dann wurde sie ernst. »Massimo. Ich kann es gar nicht glauben.«

Auch Sofia fühlte sich immer noch wie betäubt. Nachdem sie das Foto gesehen und die Zusammenhänge verstanden hatte, war sie einfach losgelaufen. Nachgedacht hatte sie dabei nicht, und das, obwohl schon zwei Menschen gestorben waren.

»Er wollte seinen Status nicht verlieren«, sagte Alessandro. »Hatte wahrscheinlich Angst vor einer Gefängnisstrafe. Zuerst war es reine Panik, er ist abgehauen aus Angst, die Einsamkeit im nächtlichen Wald hat es ihm leicht gemacht. Und dann, nachdem nichts passierte, nachdem er dreiundzwanzig Jahre davongekommen war, fand er, dass es ihm zustand. Dass er sich sein gutes Leben, seinen Ruhestand verdient hatte.«

»Das ganze Dorf hat ihn geliebt«, murmelte Laura erschüttert.

»Genau. Das hätte er alles verloren. Wegen eines jungen Mannes aus Turin.«

»Wegen Tommaso. Sein schlechtes Gewissen hat Gianluca doch erst hergeholt«, korrigierte Sofia.

»Aber Tommaso selbst war ja schon tot. Massimo hatte sich sicher gefühlt, es gab keinen Mitwisser mehr«, sagte Alessandro. »Und dann kam dieser junge Mann aus Turin mit dem Brief, in dem alles geschildert wurde, in dem seine Schuld schwarz auf weiß niedergeschrieben war.«

»Das musste er um jeden Preis verhindern.« Sofia nickte. »Wie hat er es geschafft, ihn zu überwältigen?«

»Er muss ihn überrascht haben. Ich vermute, Massimo hat Gianluca mit dem Versprechen von Informationen zum Sacro Monte di Ghiffa gelockt. Es gab einen Anruf von einer öffentlichen Telefonzelle in Premeno, den sicher Massimo getätigt hat. Im Anschluss daran hat Gianluca sich die Wanderkarten gekauft und Clara über den Sacro Monte ausgefragt. Er hat wohl selbst damit gerechnet, dass das Treffen eine Falle sein könnte. Und dennoch ist er hineingetappt.« Alessandro schüttelte den Kopf. »Möglicherweise hat er Pepe Viscardi gesehen, der ihn durcheinandergebracht hat, es kam viel zusammen.«

»Der arme Gianluca.« Fröstelnd schlang Laura die Arme um die Brust.

»Es ist kalt«, sagte Alessandro und legte seinen eigenen Arm um Sofia. Er neigte seinen Kopf und gab ihr einen leichten Kuss auf die Wange. »Ich bringe dich nach Hause.«

*

Nicht nur für Sofia war es schwer, ganz Corazzo schien unter Schock zu stehen. Seine Einwohner litten unter der Vorstellung, was Massimo getan hatte.

Doch derjenige, den es am härtesten traf, war Raffaele.

Drei Tage dauerte es, bis er wieder in Sofias Bar auftauchte, müde, traurig und mit tief liegenden Ringen unter den Augen. Statt sich an ihren üblichen Tisch draußen vor dem Café zu setzen, schlurfte er zu ihr an die Theke.

»Es tut mir so leid.« Zuerst hatte er Tommaso an den Krebs verloren, nun war ihm sein zweiter Freund genommen worden.

»Hauptsache, dir geht es gut, *ragazzina*.« Mit seinen knochigen Fingern tätschelte er ihren Arm. »Da denkt man, man kennt jemanden …« Kopfschüttelnd brach er ab.

Ungefragt stellte Sofia ihm einen Caffè hin und legte ein Baci di Dama daneben.

»Wenigstens dich habe ich noch.« Er lächelte traurig.

»Und deine wunderbare Ehefrau.«

»Rosa.« Jetzt stahl sich doch ein Lächeln auf seine Lippen.

»Vielleicht wollt ihr Eleonora einmal einladen«, schlug Sofia spontan vor.

Raffaele nickte. »Sie ist einsam. Die Witwe meines besten Freundes, ich hätte mich längst kümmern müssen.« Mit den Fingern trommelte er leise auf die Theke. »Meinst du, Eleonora kann Karten spielen?«

Ganz sicher, meinte Sofia, sie war schließlich Tommasos Witwe, und Tommaso hatte das Kartenspiel über alles geliebt.

Als Raffaele nach Hause ging, sein Schritt wirkte nun nicht mehr ganz so schwer wie zu Anfang, als er gekommen war, da atmete Sofia wieder auf. Corazzo würde heilen, dachte sie. Ihr Dorf hatte einen Unfall und einen Mord überstanden. Mit Massimos Verhaftung war alles ans Licht gekommen, jeder hatte seine Rolle beim Tod Antonios überdenken und hinterfragen müssen. Schuldgefühle waren allerorten zu spüren, aber zumindest gab es keine Geheimnisse mehr.

Gina reichte ihre Kündigung bei *Alimentari Perlino* ein. Aurora war diejenige, die das Schreiben entgegennahm. Lange blickte sie ihre Angestellte an, fast dreißig Jahre gemeinsame Arbeit, jeden Tag. Schließlich nickte sie, presste die Lippen aufeinander und drückte Gina an sich. »Ich verzeihe dir«, flüsterte sie. Die Worte, die sie ihrem Mann bisher noch nicht hatte sagen können.

Padre Fabrizio hielt eine bewegende Predigt, der selbst Sofia und Laura beiwohnten, und als Sofia am Vortag auf der Landstraße nach Corazzo am Unfallort von Antonio vorbeigekommen war, hatte sie gesehen, wie Eleonora ein Kreuz und einen Blumenkranz niedergelegt hatte.

Vanessa hatte einen Studienplatz an der Accademia di Belle Arti in Rom ergattert, und Sofia wurde aus ihren Gedanken gerissen, als Laura winkend mit ihrem Roller vorfuhr.

Ja, dachte Sofia, als der Duft der gerösteten Haselnüsse für die Torta di Nocciole in ihre Nase drang, Corazzo würde heilen.

Weitere Titel finden Sie auf den
folgenden Seiten und im Internet:

WWW.GMEINER-VERLAG.DE

Stephan R. Meier
**Riviera Express –
Schatten über Triora**
Kriminalroman
336 Seiten, 13,5 x 21 cm,
Klappenbroschur
ISBN 978-3-8392-0667-6

Triora, die weltberühmte Hauptstadt der Hexen.
Commissario Gallo wird in das idyllische Hinterland
der lebhaften Küstenstadt Sanremo gerufen. In einer
Schlucht in den malerischen Hügeln über der Riviera
dei Fiori ist eine Leiche gefunden worden. Safranplanta-
gen, Olivenhaine und Kräuterpfade säumen den Tatort.
Gallo erkennt bald, dass es eine Verbindung zwischen
dem Toten und einer vermissten Naturforscherin gibt.
Hatte sie gehofft, die alten Geheimnisse der unzähligen
Kräuter, Gewürze und Heilpflanzen von Triora zu ent-
decken, für die im 16. Jahrhundert mehr als 200 Frauen
der Hexerei angeklagt wurden?

GMEINER SPANNUNG

WWW.GMEINER-VERLAG.DE
Wir machen's spannend

Claudia Bardelang
Falscher Erbe
Kriminalroman
320 Seiten, 13,5 x 21 cm,
Klappenbroschur
ISBN 978-3-8392-0696-6

Unweit einer Florentiner Polizeibehörde detoniert eine
Bombe. Durch die Explosion kommt Signora Ludovica
Buonarroti ums Leben, eine gut betuchte Dame mit
sagenhafter Kunstsammlung. Der Sprengsatz war in
einem Paket versteckt, das an Buanarrotis Nachbarn
adressiert war. Alessandro Filipepi ist ein alleinstehen-
der, exzentrischer Millionenerbe. Und er schwebt weiterhin in höchster Gefahr. Denn Commissario Lorenzo
Riani und sein Kollege Ispettore Torrini befürchten,
dass der Attentäter sein Werk nicht unvollendet lassen
wird ...

GMEINER SPANNUNG

WWW.GMEINER-VERLAG.DE
Wir machen's spannend